全面建设小康社会研究丛书

○丛书主编＼白河

XIAOKANG
WENHUALUN

小康文化论

⊙牛先锋＼著

广东省出版集团

广东教育出版社

图书在版编目（CIP）数据

小康文化论 / 牛先锋著. —广州：广东教育出版社，
2007.10

（全面建设小康社会研究丛书 / 白河主编）

ISBN 978−7−5406−6787−0

Ⅰ．小⋯　Ⅱ．牛⋯　Ⅲ．文化事业−建设−研究−中国

Ⅳ．G12

中国版本图书馆 CIP 数据核字（2007）第 152468 号

广东教育出版社出版发行

（广州市环市东路 472 号 12−15 楼）

邮政编码：510075

网址：http://www.gjs.cn

广东新华发行集团股份有限公司经销

佛山市浩文彩色印刷有限公司印刷

（南海区狮山科技工业园 A 区）

889 毫米×1194 毫米　32 开本　7.625 印张　190 000 字

2007 年 10 月第 1 版　2007 年 10 月第 1 次印刷

印数 1—2 000 册

ISBN 978−7−5406−6787−0

定价：15.80 元

质量监督电话：020-87613102　购书咨询电话：020-34120440

目录

3

导 论
小康文化：中国特色社会主义
文化的现实形态

一

　　文化是人类社会发展的重要构成因素，又是人类社会发展的重要推动力量。随着社会的发展与进步，人们对文化的自身发展以及文化对社会发展的影响力越来越关注。关于什么是文化，应验了"仁者见仁，智者见智"这句俚语。在不同的社会发展时期，从不同的学科、不同的立场、采用不同的方法，所得出的文化定义也是多种多样的。综合对文化概念的各种论述，可以把文化的概念作广义和狭义两个方面理解，这样才显得条理不至于太混乱，便于把握和研究。广义的文化是指"人化"了的东西，即经过人或社会作用和加工过的东西，是人化了的世界，它包括物质文化、精神文化和反映社会组织文明程度的制度文化；狭义的文化是指精神领域的一切东西，也就是精神文化，它只是广义文化中的一个组成部分，主要包括思想观念、民族精神、宗教信仰、情感意识、伦理道德、知识能力等人的主观活动及其成果。

　　关于广义文化的定义有很多，例如在 1973 年出版的《苏联大百科全书》中，"文化"的定义是"社会和人在历史上一定的发展水平，它表现为人们进行生活和活动的种种类型和形式，以及人们所创造的物质和精神财富"。在同年代的《大英百科全书》中，"文化"的概念是"总体人类活动的遗产"。中国的文化大师梁漱溟也认为"文化并非别的，乃是人类生活的样法[①]。"20世纪90年代出版的一本《文化学概论》更直接地把文化的本质看作是人化，该书认为："从概念的内涵上来说，文化的本质就是人化。究竟什么是人化呢？所谓人化，指的是人类通过劳动，即自由自觉的活动，使自然打上人的意识、人的印记，变成人的作品，成为人的自由的表现。"[②]从狭义角度给文化下定义的也大有人在，英国人类学家泰勒在其专著《原始文化》中指出，从民族学的意义上说，文化包括知识、信仰、艺术、道德、法律、习俗和任何人作为一名社会成员而获得的能力和习惯在内的复杂整体。我们在日常生活中经常把政治、经济、文化、军事等并列使用，其实使用的就是狭义上的文化概念。

针对广义的文化定义有人反驳道："从人的角度考察文化，把人与文化结合起来，原则上是正确的。文化是人创造的，而人又是文化的产物，把人与文化割裂开来，既不能正确理解文化也不能正确理解人。可如果我们仅仅在人与文化的两极结构中思维，脱离人与文化借以存在的社会，往往陷入自相矛盾。我们用人来解释文化，又用文化来解释人。我们自以为在解释，实际上是在人与文化的怪圈子中循环。""要正确理解文化的本质，科学地历史地把握人与文化的关系，应该摆脱大文化观，即把人的一切创造物都称之为文化的观点的束缚，把文化看成是由知识、信仰、哲学、法律、

---

① 梁漱溟：《东西方文化及其哲学》，53页，北京：商务印书馆，1922。

② 郭齐勇：《文化学概论》，14~15页，武汉：湖北人民出版社，1990。

道德、艺术、风俗习惯等组成的观念形态。"①此番道理说得很透彻，研究文化只有把文化看作是整体社会中的一个独立的形态，才能深刻揭示其发展规律，也只有把文化当做是一个独立的形态，才能研究它与社会其他领域的普遍联系和相互作用与影响。事实上我们经常使用的文化概念一般上都是指，建立在一定经济基础之上，与一定的政治制度相适应的观念形态的文化及其文化产品。世界观、人生观、价值观是观念形态文化的灵魂，政治思想、法律思想、伦理道德、科学知识、文史哲、宗教信仰等都是其重要内容。我们在本书中应用的小康文化概念就是指狭义上的文化，指精神文化、尤其是指精神文化中观念形态的文化。

小康文化是指中国小康社会建设阶段的文化。小康文化的性质和发展阶段是与中国社会的性质与整体发展阶段完全相一致的，是中国经济社会全面发展和人的全面发展的一个重要组成部分，同时又是经济社会全面发展和人的全面发展的重要推动力量。

进入 21 世纪，我国进入了全面建设小康社会，加速推进社会主义现代化建设的新的发展阶段。全面建设小康社会的时间是 21 世纪头 20 年。这 20 年，我们的目标是要集中力量，全面建设惠及十几亿人口的更高水平的小康社会，使经济更加发展、民主更加健全、科教更加进步、文化更加繁荣、社会更加和谐、人民生活更加殷实。这 20 年也是中国实现现代化第三步战略目标必经的承上启下的发展阶段，是为 21 世纪中叶基本实现现代化，把我国建成富强、民主、文明、和谐的社会主义国家的重要奠基阶段。全面建设小康社会的时间界限，也是小康文化建设的时间界限。小康文化就是在 21 世纪头 20 年内的中国文化和文化建设，是全面建设小康社会的"全面"性的重要体现；小康文化与经济、政

---

① 陈先达：《关于文化研究中的几个问题》，载于《高校理论战线》，1995 年第 10 期。

治、社会等因素相互作用，相互促进，共同构成 21 世纪头 20 年全面建设小康社会的历史宏卷，为中国基本实现现代化在文化建设上奠定坚实的基础。

21 世纪头 20 年全面建设小康社会这一阶段，是社会主义初级阶段中的一个发展阶段，是建设中国特色社会主义的必经阶段，这一阶段在社会性质上是社会主义的。与此相联系，小康文化在性质也是社会主义的，是中国文化与社会主义文化的有机统一，即中国特色社会主义文化。中国特色社会主义文化贯穿于中国特色社会主义建设过程始终，而小康文化只是中国特色社会主义文化发展过程中的一个阶段。小康文化及其建设具有中国特色社会主义文化建设的共性，又具有与全面建设小康社会阶段的具体经济社会情况相结合的独特性。个性寓于共性之中，个性又反映共性。研究和建设小康文化不能脱离开中国特色社会主义文化发展的基本规律，不能背离中国特色社会主义文化的发展方向，不能更旗易帜，另起炉灶；也不能否认全面建设小康社会这个阶段文化发展特点，不能否认这一阶段文化建设内部与外部环境的特殊性。必须从实际出发，全面建设小康社会的文化。

总之，小康文化就是全面建设小康社会阶段的中国特色社会主义文化，是奠定在全面建设小康社会的经济基础之上，与小康社会的经济和政治制度相适应的知识、思想、道德等精神活动及产品服务。

二

我国进入全面建设小康社会以后，经济社会发生了很大的变化，与此相适应所建设和培育的小康文化也有自己新的特点。小康文化是社会主义初级阶段文化发展的一个新的阶段，在性质上属于中国特色社会主义文化。以马克思主义为指导的先进思想文化是小康文化发展的主流；但是在改革开放不断深入和扩大，社会主义市场经济体制不断完善，全球化趋势和知识经济曲折发展的情况下，文化发展呈现出多样化与复杂化的态势，小康文化又具有新的特点。

第一，日益加快的经济全球化步伐，促使世界各种文化和文明潮流相互激荡，适应世界范围内相互激荡的文化潮流，小康文化开放性的特点将会变得更为显著。

经济全球化是指商品、服务、生产要素与信息的跨国界流动，以及通过国际分工，在世界市场范围内提高资源配置的效率，从而使各国间经济相互依存度日益加深。经济全球化是随着人类社会生产力发展而产生的一种客观趋势，谁也回避不了，都得参与进去①。经济是基础，经济的发展变化迟早会对社会各个方面产生重要的影响。经济全球化所建构的制度框架、运行规则及思想理念对人类政治、文化、外交等领域所产生的影响已经明确地表现出来。

在社会发展中文化有其独立的内涵，但是文化的发展和传播需要有效的载体和方式，而且文化的渗透力和生长力使其很容易在人类其他活动领域中显得似乎是漫不经心地复制自己，"克隆"自己的面貌。经济全球化看似是一种全人类的经济活动，但这种经济活动需要严密的组织化、程序化的运行、国际之间的有效合作与支持等，而这一切都与文化密不可分，文化给经济全球化打上了民族的烙印，而经济全球化也在"强化"或"弱化"着民族文化。早在一百五十多年前马克思、恩格斯在《共产党宣言》中就预言：过去那种地方的和民族的自给自足的和闭关自守状态，被各民族的各方面的互相往来和各方面的互相依赖所代替了。物质的生产是如此，精神的生产也是如此。马克思、恩格斯的预言，在今天经济全球化的时代已经得到了应验。相信在经济全球化潮

① 江泽民：《在参加出席九届全国人大一次会议香港代表团审议时的讲话》，载于《人民日报》，1997 年 3 月 10 日。

流的推动下，随着资本、技术、信息和人员的国际流动，知识、意识形态和文化、价值观念超越国界，在世界范围流动会变得更为频繁，这必然会进一步加剧世界各种文化间的冲撞、震荡、渗透、整合和交融。

经济全球化像一把重锤，但它是无形的；还在你浑然不觉之时，它已经开始悄悄敲击文化的壁垒，等你有所感受之时，一睁眼会大吃一惊地发现，壁垒已经千疮百孔，想堵也堵不上了。此时，无论你是遗憾地叹息，还是无可奈何地承认现实，你都不得不面对这样的事实：任何一种文化都不可能在孤立的状态下发展下去了。

可以预见，21世纪头20年，经济全球化的步伐只会加快，不会放慢。随着经济全球化这一进程，国际之间的文化交流与合作将会进一步深化和增多，世界各种文化相互交融，相互影响，取长补短，共同发展，是大势所趋。小康文化只有以开放的姿态，在世界文化相互交融的背景下，积极主动地在国际舞台上展现自己的风采，积极主动地吸取世界各国文化的优秀成果为我所用，严肃认真地剔除自身存在的糟粕，弥补自身的缺陷，才能更加灿烂，大放异彩。

第二，知识经济和信息化的发展，将深刻改变文化的内涵、形式和培育方法，使小康文化更具现代气息。

知识经济是以知识作为社会生产力的关键要素，知识创新作为经济增长的主要动力，知识产业作为社会主导产业的一种技术社会形态。在当代世界，知识对经济增长起着巨大的贡献作用，魅力四射，知识经济以其创造的巨大生产力，在改变着社会生产关系、上层建筑，在影响着人们的思想观念、行为方式和社会生活方式。当今世界，科学技术突飞猛进，知识经济已见端倪，国力竞争日趋激烈。21世纪是知识经济时代，知识经济的影响力，迫使人们去研究它，把握其历史发展趋势；去迎接它，制定正确的战略策略；去发展它，实现趋利避害的目的。

现在知识经济初露端倪，经济社会大变革还未全面到来，但是在世界范围内，各种社会思潮、政治思潮争相表达自己的观点，各种流派也粉墨登场，提出自己的未来观和发展观。后现代文化一时午起，新观念、新思维层出不穷。仅仅从知识对经济的影响力角度看，知识经济好像只是科学技术的新发展，它的内涵只包括科学技术，但即使就此理解，知识经济本身就是文化的表现；况且知识经济作为一种技术社会形态，所引发的种种文化思考，形成的各种观念，以及各个国家面对知识经济所采取的包括政治、经济、文化以及社会发展战略的调整，都在不断地改变和丰富着当代文化的内涵。

据国际上权威人士估计，21世纪前期，知识经济将处于演变与发展过程之中，到21世纪中期，知识经济将全面代替工业经济，成为经济方式的主导。而21世纪头20年正是中国全面建设小康社会的关键阶段，在这一阶段上中国要坚决贯彻科学技术是第一生产力的思想，认真落实科教兴国战略和可持续发展战略，树立和落实科学发展观，构建社会主义和谐社会，提高全民族的科学文化水平，抓住世界经济重新洗牌的机会，利用后发优势，发展自己，为中华民族的振兴作出贡献。这一切将会大大丰富小康文化的内容。

就当前来看，信息技术是知识经济的核心技术之一，信息技术的高速发展把人类社会带进了信息化时代。因特网1982年才正式诞生，到今天只有二十几年时间，但其发展势头令人惊叹。现在世界上每隔半小时就有一个新网络与因特网相连，每过一个月就有100万新的使用者加入。我国从1995年开始发展互联网以来，每年用户数量一直以翻两番的速度增长。据调查，以上网者的学历来分，大专和本科学历者为主，以年龄来分，接触互联网的年轻人最多。现在在一些城市，互联网在青年一代心目中的分量超过了报纸杂志和广播，成为综合效用仅次于电视的媒体。互联网作为文化传播媒体出现和使用，不仅促使了人们之间的虚拟交往日益频繁，信息量迅速增加，知识更新不断加快，而且引起人们生活习惯、工作方式、思维方式及价值观念等方面的深刻变化。

在信息技术把人类快速带进了信息化时代的过程中，人类文化也在不知不觉中快速传播和使用着，不同思想之间交流的频繁，信息量的迅速增加，知识的不断更新，这实际是在倍增着人类的文化内容，而且因特网本身已经演变成为一种极具影响力和感染力的文化。小康文化在这样的背景下，要积极和大胆地利用因特网作为文化传播媒介，不断完善网络安全措施；更要创造性地把网络文化纳入自己的领域，增加小康文化的亲和力和吸引力。

第三，市场经济鼓励竞争与创新，随着社会主义市场经济体制的完善，小康文化和文化产业的创新性会进一步突出。

社会主义市场经济体制的确立，是当代中国社会生活中具有重要意义的大事。市场经济体制的实施，从直接作用上看是要发展社会生产力，创造更大的经济效益。但是市场经济的间接影响是持久性、全方位的，它将会深刻地改变社会和人的存在方式、思维方式、生活方式。单独从文化的角度来看，以市场取向的改革在我国真正实行只有二十几年的时间，已经极大地改变了长期以来人们头脑中形成的封建落后思想，闭关自守、自我满足、平均主义、重农轻商、以"官"为本等观念受到了极大的冲击，人们在一定程度上树立起了民主、平等、竞争、进取、开放、创新、和谐的思想意识。像现代社会所需要的自由、平等、法制等精神，如果没有长期以来市场经济所培育出的市民社会，也是不可能确立起来的。

社会主义市场经济体制是市场经济同社会主义基本制度的有机结合，因此，它在理论上能够克服市场经济对人们的思想的许多负面影响，充分发挥其积极的作用。我国的发展实践已经证明，发展社会主义市场经济不仅有利于解放和发展社会主义社会的生产力，增强社会主义国家的综合实力，提高人民的生活水平，而且也有利于增强人们的自立意识、竞争意识、效率意识、平等意识、民主法制意识和开拓创新精神。这对于形成中国特色社会主义思想道德体系，培养积极向上的中华民族的民族精神，具有积极的作用。

市场取向的改革有效地促进了文化体制的改革与完善，增强了文化事业的活力，激发了文化工作者的积极性，促进社会主义文化的繁荣和优秀文化人才的成长。一个社会的经济体制不可能长期脱离开整个社会的其他领域而独立地存在和运行下去，经过二十多年的改革开放和社会主义现代化建设，我们已经明显地感受到，市场经济体制改革不可能孤军独进，迫切需要政治体制、文化体制的配套改革，才能取得预期的效果。我国所进行的教育体制改革、科技体制改革，社会主义精神文明建设和民主法制建设等，可以说在一定程度上是经济体制改革的强烈呼唤。同样，如果没有文化体制和其他体制改革的跟进，经济体制改革也不可能成功，如以公民思想道德体系建设为内容的文化建设，在很大程度上是市场经济负面作用的重要纠错机制。

市场经济对文化活动和文化产业及文化产品的生产都会产生重大的影响。市场经济将商品观念逐步地渗透到文化活动中，通过提供新的文化生产手段、新的文化消费方式，深深地改变文化格局。从当代世界范围来看，人的视觉、听觉所受到的文化冲击力，很大一部分直接来自于市场文化，即大众文化，像娱乐性的影视作品、打斗性的影视作品以及描写成人生活的影视作品都大行其道，乡村音乐、打击乐、爵士乐等音乐风行全球，大规模地占领了文化空间。这与市场经济有着极其密切的关系，试想一下在计划经济条件下，这些影视和音乐作品在我国有多少人知道，更别说有机会和条件去生产和消费。过去的文化产品以生产决定需求，讲求的是政治功能、教育功能，产品的审美功能、娱乐功能、消遣功能居于极为次要的地位；而市场经济所带来的市场文化，以需求定生产，文化产品以多种形式开发出来，文化娱乐的形式花样翻新，服务方式也多种多样，包括政治功能、教育功能等严肃性的文化也以喜闻乐见的方式呈现给消费者。文化市场已在很大程度上将文化的裁决权从少数人手中转向广大文化消费者手中，文化消费者很大程度上决定着文化的生产和存在方式。文化市场的形成，文化产品的生命力受市场的严格考验，这在很大程度上要求文化产品创作的艺术性、可欣赏性和丰富多样性。全面建设小康社会的阶段，是我国社会主义市场经济体制进一步完善的阶段，文化产业和文化市场的形成与发展，将使小康文化更富有创新的特性。

第四，伴随着改革开放进程的深化和社会主义市场经济的发展，中国社会的转型速度日益加快，社会经济成分、组织形式、就业方式、分配方式呈现出多样化的发展趋势，与此相对应，小康文化多样性的特点越来越明显。

从社会经济成分来分析，我国把以公有制为主体、多种所有制经济共同发展确立为社会主义初级阶段的基本经济制度，在制度上为多种所有制经济的共同发展提供了可靠的保障。以公有制为主体，多种所有制经济共同发展，全民、集体、个体、私营、中外合资、外商独资等不同所有制经济在市场竞争中百舸争流，力争上游的局面已经初步形成。从社会组织形式来分析，在发展社会主义市场经济过程中，各种非行政性的社团组织、中介机构和民间自治组织大量涌现。从社会阶层变化分析，市场经济的浪潮催生了新的社会阶层，我国原有的社会阶层构成发生了新的变化，出现了民营科技企业的创业人员和技术人员、受聘于外资企业的管理技术人员、个体户、私营企业主、中介组织的从业人员、自由职业人员等新阶层。社会阶层的分化与重组，必然会在利益分配上有所反映，不同的利益群体有不同的社会地位和不同的利益要求，这种利益要求将会通过各种方式在文化上表现出来。

从就业方式上分析，在发展市场经济的进程中，随着劳动用工制度的改革，原来由国家统一安排就业的就业模式已被打破，在各种非公有制经济组织中就业的人员逐渐增多，大批劳动者从事个体经营，社会就业渠道日益广泛。一些劳动力在不同所有制、不同行业、不同地域之间频繁流动，人们的职业、身份处于经常变动之中。

社会经济成分、组织形式、利益分配、就业方式的多样化发展，在文化上的反映必然是对文化活动及其文化产品多样化的要求，必然是文化的多样化发展。在全面建设小康社会这20年，这种社会生活的多样化趋势会进一步发展，小康文化的多样化也将从许多方面表现出来。

在全面建设小康社会的新阶段上，人们对个性发展，个人利益追求的愿望更加强烈，独立意识、竞争意识不断增强。人们对文化需求、劳动就业、学习机会、购物消费、娱乐休闲等生活选择的余地增大。人们思想会变得越来越活跃，接触各种思想观念的手段和机会将大大增加，各种观念的冲突和思想变动越来越频繁。由于社会阶层和利益群体的不断分化与重组，不同的阶层和群体在思想认识、道德观念、价值标准等方面具有相当大的差别，其处世的态度、为人的准则、交友的层次、娱乐方式和看问题的立场、做事情的动机都存在着迥然不同。文化多样化的发展是社会文明进步的重要标志，但在全面建设小康社会的新的发展阶段上，对小康文化的多样性，也要从正反两方面进行分析，注重采用文化的手段，在弘扬先进文化的前提下，实现不同层次文化的共同繁荣。

第五，树立和落实科学发展观，构建社会主义和谐社会，既是对我国改革开放和现代化建设经验的科学总结，也是在新的国内外形势下更好地推进我国经济社会发展的战略举措，是全面建设小康社会的战略任务。因此，小康文化也要自觉地承担起贯彻和落实科学发展观、构建社会主义和谐社会的责任，突显小康文化的现实服务性。

科学发展观是发展观念的更新，是顺应人类社会发展趋势的必然选择。发展不等于社会某一个方面的进步，不能简单地等同于经济的增长，更不能等同于GDP总量的增加。人类社会对发展的认识经历了不同的阶段，20世纪60年代之前，几乎是把经济增长当作发展的唯一内容，所持的发展观念可以称这为"增长型"发展观；当人类认识到经济增长的极限性后，在20世纪70年代提出了"可持续型"发展观；到80年代人类提出了经济、社会、人的全面发展的"综合型"发展观。2003年中国共产党在十六届三中全会通过的《决定》中明确地指出：中国的发展要"坚持以人为本，树立全面、协调、可持续的发展观，促进经济社会和人的全面发展"，并将此作为深化经济体制改革的重要指导原则。2005年中国共产党十六届五中全会通过的《中共中央关于制定国民经济和社会发展第十一个五年规划的建议》再次强调指出，制定"十一五"规划，要以邓小平理论和"三个代表"重要思想为指导，全面贯彻落实科学发展观。坚持发展是硬道理，坚持抓好发展是党执政兴国的第一要务，坚持以经济建设为中心，坚持用发展和改革的办法解决前进中的问题。发展必须是科学发展，要坚持以人为本，转变发展观念、创新发展模式、提高发展质量，落实"五个统筹"，把经济社会发展切实转入全面协调可持续发展的轨道。科学发展观的提出，顺应了人类社会发展的趋势，科学揭示了中国特色社会主义建设的规律，深刻阐明了当代中国共产党人对于经济社会发展的新认识，对于完善社会主义市场经济体制，全面建设小康社会，具有重要的指导意义。树立全面、协调、可持续的发展观，是实现全面建设小康社会宏伟目标的迫切要求，是推进中国特色社会主义事业健康发展的重要保证。

实现社会和谐，建设美好社会，始终是人类孜孜以求的一个社会理想，也是包括中国共产党在内的马克思主义政党不懈追求的一个社会理想。我们党提出构建社会主义和谐社会，符合马克思主义的基本原理，符合马克思主义关于社会主义社会的科学设想。我们党在社会主义社会建设理论和实践上取得的新进展，既是对党执政经验的总结，也是对国外一些执政党执政经验教训的借鉴；既是对我国社会主义建设规律认识的深化，也是对共产党执政规律、社会主义建设规律、人类社会发展规律认识的深化；既是对中国特色社会主义理论的丰富和发展，也是对马克思主义关于社会主义社会建设理论的丰富和发展。

　　科学发展观是以人为本的新的发展观念，社会主义和谐社会理论是马克思主义社会建设思想的新的理论升华。社会主义和谐社会和科学发展观的关系极其密切，贯彻落实科学发展观是建设社会主义和谐社会的主要手段，而社会主义和谐社会则是确立和实践科学发展观的目的。在实践层面上，社会主义和谐社会和科学发展观两者都属于全面建设小康社会的战略内容和战略举措；在观念层面上，两者反映的是中国共产党治国理政的新理念，都应该属于小康文化范畴。因此，小康文化建设一方面要自觉地把科学发展观和社会主义和谐社会理论纳入文化视阈深入研究，另一方面要充分发挥文化的人文关怀和精神激励之功用，积极推动科学发展观的贯彻落实、促进社会主义和谐社会的构建。

三

　　进入 21 世纪我国所面临的国际国内环境都发生了重大的变化，而且这种变化有的还在不断的演化。和平与发展仍是当今时代的主题，但国际形势继续处于深刻复杂的变化之中。世界格局处于向多极化过渡的重要时期，经济全球化趋势不断深入发展，科技进步突飞猛进，国际产业升级和转移速度加快，各国注重经济发展和国际经济技术合作，区域经济一体化进程加速。从总体上看，这些因素给我国的改革发展带来了难得机遇和有利条件，但我们必须清醒地看到，当今世界仍很不安宁，各种矛盾错综复杂，影响和平与发展的不稳定不确定因素依然存在。从国内来看，我国现代化发展目标已经从实现第一、第二步战略目标转向实现第三步战略目标，但是从国际比较来看，我们的经济总量、特别是人均经济总量还比较低，与大国地位还不完全相称。市场供求格局从短缺转变为基本饱和，但这种饱和只是在低水平基础上的饱和，一些关键性的产品和技术仍要依赖国外市场。经济体制从计划经济转到了社会主义市场经济，但是市场经济体制仍不完善。工业化进程从初级阶段向中级阶段演进，但工业化的任务仍很重，而且又正遭遇全球范围内信息化和知识经济的挑战。因此，在变化了的国际和国内环境条件下，小康文化也面临着新的发展机遇和新的挑战。

首先，全球化给小康文化带来的机遇和挑战。

从小康文化建设的角度来看，积极参与全球化为中国文化走向世界舞台，展示五千年中华文明历史，展现当代中国特色社会主义文化提供了难得的机遇。在全球化进程中世界各国文化相互激荡，思维方式、价值观念、伦理道德、民族精神、科技教育、文化体制、文化产品等文化要素可以在全球的竞争中，全面检验自己的生存、影响和发展能力，在各种不同文化间的冲突、碰撞和融合中，验证到底有没有生命力。参与全球化还为中国文化吸收和借鉴人类一切优秀文化成果，不断完善中国特色社会主义文化提供了机遇。通过参与全球化，我国文化发展也确实取得了不少的成果，没有积极的对外开放政策和面向世界的胸怀胆略，西方世界对中华文明存在的许多认识偏差不可能得到消除，中国文化也不可能像今天这样在欧美受到尊重。在全球范围文化交融的过程中我们不但展示了中国文化的魅力，而且也汲取到不少有益的文化营养，像知识经济观念、可持续发展观念、民主观念、法制观念、人权观念、效率观念、社会均衡观念等，都已经成为我国现代化过程中的重要思想资源。同时，我们还在全球化的过程中学习到了许多先进的技术和管理经验，学习到了许多进步的思想和理念，这一切都大大丰富了我们的文化。

全球化在给小康文化带来机遇的同时，也使小康文化建设面临着严峻的挑战。当前和今后一个相当时间内，主导全球化进程的力量主要来自西方，发展中国家在全球化中的声音微弱，不但是在经济上处于不利的地位，而且在文化上同样如此。发达资本主义国家凭借其经济和科技优势，以"强势文化"的姿态向发展中国家扩散、渗透。少数国家还借经济全球化之机，向别国强行推行自己的价值观、经济体制和社会制度，以文化传播为幌子进行"西化"、"分化"、"腐化"和"毒化"人民。西方文化中的消极因素也会给发展中国家造成很大的冲击和负面影响。在全面建设小康社会的过程中，国外资产阶级的腐朽思想文化仍然还会利用各种机会和渠道传播进来，对人们的思想产生消极影响。西方文化产品也会利用经济强势，以全球化过程中确立的"游戏"规则，名正言顺地进入我国市场，与国内文化产品竞争。像美国的文化产品，现在已经充斥全球每一个角落，即使在反美情绪十分高涨的伊拉克，美国的影视产品和音乐CD也大行其道。这足见美国影视作品的影响力，也给小康文化市场和文化产业的发展提了一个醒。

其次，知识经济快速发展对小康文化建设带来的机遇和挑战。

知识经济是人类社会知识积累和创新的结果。严格意义上说，只要有人类的存在就有知识，无论何时知识都来自于生产活动，也会作用于生产活动。但不是任何生产方式下的经济形式都可以称为知识经济，只有当知识的积累、知识的创新速度达到足以能够对经济的增长起主导作用的时候，才能称得上是知识经济。在通常意义上，知识与文化并列使用，有等同的含义。按照国际上公认的解释，"知识"包括四个方面的含义："知道是什么的知识（Know-What），知道为什么的知识（Know-why），知道怎么样的知识（Know-How）和知道是谁的知识（Know-Who）。""Know-what是指关于事实方面的知识"，"Know-why是指自然原理和规律方面的科学理论"，"Know-How是指做某些事情的技艺和能力"，"Know-Who涉及谁知道如何做的某些信息，它包含了特定社会关系的形成，即有可能接触有关专家并有效地利用的知识。"其中知道是什么和知道为什么的知识相当于信息，属于可编码知识；知道怎样做和知道是谁的知识属于"隐含经验类知识"，不易编码和度量。这种解释与精神领域观念形态上的文化内涵是基本一致的，从这个意义上来说知识经济时代就是文化的繁荣昌盛与大发展的时期。

事实也确实如此，当知识经济在世界范围初露端倪，而在我国还属于"小荷才露尖尖角"的今天，中国特色社会主义文化已经呈现出良好的发展态势。国内各地的带有区域性特征的文化，无论是内容还是表现方式已经冲破了地方性的局限，走向了全国，多种形式的文化下乡、文化扶贫把先进的、有益的文化传到了边远的山村，而文化旅游、文化采风以及文化产品和市场的开发又把各地的文化汇集起来，传播开来，使一些长年尘封的民族优秀文化发扬光大。中外文化交流日益频繁，文化产品的进出口贸易呈现出不断的增长势头，信息网络的便捷性，促成了"克隆文化"现象的产生，无论地球上什么地方的文化，轻点鼠标就可以一览无遗。就文化而言"越是民族的，越是世界的；越是世界的，越是民族的"，只有在知识经济时代才能成为现实。中华民族文化上下五千年，博大精深，知识经济时代的到来为中华文化的繁荣与发展带来莫大的机遇。

17

　　从文化的传播手段上比较，我们就可以清楚地发现互联网（知识经济的重要内容之一）具有信息量大、传播速度快、时效性强的优势，具有高度开放、全球交互，融声音、文字、图像于一体，兼书报、广播、影视于一身的特点，它要比传统的报刊、广播、电视等媒体优越得多。互联网的普及和广泛应用，将会对人们的思想观念的形成、民族精神的塑造、教育科学的普及产生积极的作用，同时也为我们传播先进文化和优秀民族文化提供了先进的手段，增强了先进文化和优秀民族文化的影响力和渗透力。我们党已经看到，信息技术、特别是信息网络技术的发展，为我们开展思想政治工作提供了现代化的手段，拓展了思想政治工作的空间和渠道，提高了思想政治工作的时效性，扩大了覆盖面，增强了影响力。正如江泽民所指出的，我们"要高度重视互联网的舆论宣传，总的方针是积极发展，充分运用，加强管理，趋利避害，发挥优势，主动出击，不断增强网上宣传的影响力和战斗力，使之成为党和国家思想政治工作的新阵地，成为我们对外宣传的新渠道。"[1]我们必须看到，知识经济给文化发展提供的机遇，并且在全面建设小康社会的新的阶段，乘势而上，加快小康文化的建设步伐。

　　然而，机遇与挑战并存。从目前知识经济发展来看，发达国家处于遥遥领先的地位，以信息网络为例，美国在信息网络中的主导地位和英语"网络第一语言"的身份，无论是哪个国家还是哪种语言都不能与之相抗衡，全球互联网管理中所有的重大决定仍由美国主导作出。自己国家的信息设施要与别国终端相连，并且在很大程度上受别国的影响，对于本国包括文化建设在内的各项事业发展，都存在着严重的潜在危险。另外，网络作为文化手段也有其负面影响，网上一些迷信、色情、暴力和其他有害信息的传播，对人们特别是

---

[1]《江泽民论"三个代表"》，128 页，北京：中央文献出版社，2001。

对青少年的健康将造成极坏的负面影响；故意发布虚假信息，暴露个人隐私和商业机密，网上诈骗，黑客攻击等，将严重影响正常的市场秩序和生活秩序。网络还是西方国家向我国输出自由化的意识形态、价值观念和腐朽生活方式的途径。小康文化建设过程中，我们不能不认真分析我们所处的知识经济背景，勇敢而慎重地迎接这一挑战。

再次，市场经济对小康文化带来的机遇和挑战。

我国社会主义市场经济体制的建立，不仅解放和发展了生产力，增强了国家综合国力，提高了人民生活水平，同时也使我国的文化建设和文化事业呈现出积极健康的良好态势。首先是整个社会的思想观念发生了重大的变化，平等意识、公正意识、诚信意识、开放意识、创新意识、竞争意识、法律意识等反映社会进步的意识已经初步确立起来；尊重教育、尊重知识、尊重人才、尊重劳动、尊重创造的社会风气得到了不断的弘扬。其次是社会主义道德体系逐步完善，爱国主义、集体主义、社会主义思想日益深入人心，为人民服务精神不断发扬光大，有理想、有道德、有纪律、有文化的四有公民培养成绩斐然。再者科学技术飞速发展，教育质量不断提高，教育规模不断扩大，热爱学习、热爱科学，奋发向上、追求进步、追求真理、追求创造的气氛日益浓厚，科学、文明、健康的生活方式得到了高扬。社会文化产品日益丰富，人民群众不断增长的文化需要在一定程度上得到了满足。在全面建设小康社会的新阶段，随着社会主义市场经济体制的不断完善和市场秩序的日益规范，一定会给小康文化发展带来更大、更多、更好的机遇。

然而，市场经济对小康文化的发展，也有其不可回避的负面作用，如果不能及时地进行控制和管理，任其自然发展，没落腐朽的文化也会对科学进步的文化发生强力的攻击；封建落后文化和资本主义腐朽文化也会对先进文化产生重大的影响。就目前而言，市场经济自身的弱点和消极方面也已经反映到社会的精神生活中来。在社会的一些领域和一些地方，道德失范，是非、善恶、美丑界限混淆，拜金主义、享乐主义、极端个人主义有所滋长，见利忘义、损公肥私行为时有发生，不讲信用、欺骗欺诈成为社会公害，以权谋私、腐化堕落现象严重存在。这些问题已经严重地影响了中国特色社会主义文化的健康发展，在全面建设小康社会的进程中，必须引起高度的重视。

在市场经济体制下，道德体系对于调整人们的市场行为起着非常重要的作用，健康的道德风尚对于调适市场主体和消费个体的市场行为，对于规范良好的市场秩序，发挥着法律规范无法代替的功效。小康文化就是要建立这样良好的道德体系，在市场经济条件下，面对金钱物质利益的刺激，小康文化所要建立起来的道德体系，既要充分发挥社会主义市场经济机制的积极作用，又要抑制其负面影响。要在不断增强人们的自立意识、竞争意识、效率意识、民主法制意识和开拓创新精神，在重视物质利益的原则下，反对只讲金钱、不讲信誉和良心，做到"君子爱财，取之有道"；要在保障公民依法享有政治、经济、文化、社会生活等各方面的民主权利的基础上，鼓励人们通过诚实劳动和合法经营获取正当的物质利益，引导每个公民自觉履行宪法和法律规定的各项义务，积极承担自己应尽的社会责任；要在最低纲领与最高纲领有机统一基础上，实现最高理想与共同理想的结合；既要重视社会的发展与进步，又要重视人的全面发展。中国特色社会主义道德体系就是要肩负起这样的重任，这对于小康文化建设是一个严峻的考验。

最后，社会多样化对小康文化带来的机遇和挑战。

在转型的当代中国社会，经济成分、组织形式、利益分配、就业方式、社会阶层的日益多样化，可以集中的从社会生活多样性上反映出来。社会生活的多样性，自然包括文化的多样性。我国地域辽阔，历史久远，虽然是统一的国家，但文化的多样性早已存在，随着我国从传统的农业社会向现代工业社会的转型，文化的多样性又有了新发展，多样文化并存的格局已经清晰地表现出来。从文化形态存在的层面看，不仅存在着中国传统文化、西方文化、社会主义文化之分，高雅文化、大众文化、民间文化之别，而且还存在民族文化、地区文化和社区文化、城镇文化、企业文化、校园文化等之间的差异性问题。从文化的服务功能看，不仅存在着服务于意识形态的主流文化，服务于生活休闲的娱乐文化，而且还存在着服务于不同社会阶层的专业性文化，服务于社会大众的大众文化。从文化受体来看，有城市文化和农村文化，这其中还可以根据人们的职业和生活习惯不同细分为蓝领文化、白领文化、打工族文化、学生文化、军营文化等等，不一而足。从文化媒体和文化产品来看，有报刊文化、电影文化、电视文化、广播文化、互联网文化，书刊杂志、报纸、录音带、录像带、CD、VCD、网上下载等文化载体多不胜举，文化产品的种类也琳琅满目。几亿人同读一本书、同听几出戏，同看一部电影，同时讨论一个话题的时代已经一去不复返了。文化的多样性是社会进步和文化繁荣的表现，在"百花齐放，百家争鸣"方针指导下，以先进文化为主导，多样文化共同发展的格局，为小康文化建设提供了难得的机遇。

但是，文化多样性发展的格局，也会对小康文化提出挑战。从意识形态领域来看，马克思主义的指导地位，共产党的领导核心地位，社会主义的前进方向，共产主义的信念，科学的世界观、人生观、价值观仍是文化主流，但是与马克思主义、社会主义格格不入的思想观念，对人们的影响也不容忽视。某市对高校学生思想政治状况进行的滚动调查结果显示，2000年同意或基本同意"私有化是我国社会发展的必然选择"的学生，比1999年上升了12个百分点，持反对意见的比1999年下降了7个百分点；同意或基本同意"社会主义终究可以战胜资本主义"的，比 1999 年下降了 9 个百分点。某市市委组织部的一项调查表明，有少数党员在当今纷繁芜杂的社会环境中，逐渐丧失了政治鉴别力和政治敏锐性，并且产生了信仰危机。有 26.3% 的党员对家庭成员成为共产党员持无所谓的态度甚至是不希望的态度，而且值得注意的是，党员职务层次与这种希望呈反向关系，领导职务越高，这种希望度越低。39.6% 的党员认为存在党员信仰危机。[①]（以实践"三个代表"重要思想为基本内容的保持共产党员先进性教育活动，一项重要的任务就是要解决共产党员信仰危机的问题。）从当代中国的大众文化看，四种低俗的文化（性描写、性暴露与泛化的言情相结合的黄色文化；充斥凶杀、暴力、黑社会、地痞流氓等内容的黑色文化；充满消极的失落感、虚无感、幻灭感，鼓吹自我麻醉、自我超脱的灰色文化；带着浓郁的神秘主义倾向和封建迷信思潮的白色文化），正在侵蚀着健康有益的大众文化机体。

从整个人类文化发展史看，先进的文化必将代替落后的文化，有益的文化必将代替有害的文化，随着历史的进步，落后的、有害的文化必将溺沉在历史的长河中。但是，就一个阶段和时期来说，有先进文化就有落后文化，存在有益的文化就存在有害的文化，而且这两种相反的文化，将会处于激烈的斗争之中。目前，中国文化的多样性发展，已经出现了两种相反的文化势力的较量。在 21 世纪随着全面建设小康社会的进程的发展，中国社会的转型的速度毫无疑问将会进一步加快，社会的多样性将更加突出，由此而带来的文化多样性发展，必然会对小康文化建设提出严峻的挑战。

---

① 许明等著：《建设新世纪的先进文化》，13~14 页，上海：上海社会科学出版社，2002。

四

全面建设小康社会这一命题的"全面"性，就包含着小康文化建设。党的十六大报告指出："全面建设小康社会，必须大力发展社会主义文化，建设社会主义精神文明。"报告把文化与经济、政治、民主法制等一道纳入全面建设小康社会的总体目标，标明了我们党对文化的发展规律和文化战略意义认识的深化。胡锦涛 2005 年 2 月 19 日在省部级主要领导干部提高构建社会主义和谐社会能力专题研讨班上的讲话中指出："一个社会能否和谐，一个国家能否长治久安，很大程度上取决于全体社会成员的思想道德素质。没有共同的理想信念，没有良好的道德规范，是无法实现社会和谐的。要切实加强社会主义先进文化建设，不断增强人们的精神力量，不断丰富人们的精神世界。"胡锦涛的讲话，指明了文化建设在构建社会主义和谐社会中的重要地位和作用。要大力发展社会主义文化，在全面建设小康社会这个阶段，就是要大力发展小康文化。

文化是人类社会的一项重要内容，社会越进步，文化的作用越突出。当今世界，文化与经济、政治相互交融、相互渗透。文化的力量，不仅深深熔铸在民族的生命力、创造力和凝聚力之中，而且日益成为综合国力和国际竞争力的重要组成部分。国家的发展和强盛，民族的独立和振兴，人民的尊严和幸福，社会的和谐与安定都离不开强大的文化支撑。

在全面建设小康社会的新的发展阶段上，小康文化是中华民族的灵魂，是维系国家统一和民族团结的精神纽带。综观当代世界，凡是成熟的民族都有属于自己的独有的文化形态和文化个性，而这种独到的文化个性是民族亲和力和凝聚力的重要源泉。五千年来在中国这块土地上演绎了许多幕分分合合的故事，但中华民族之所以根脉不断、精神不散，重要原因之一就来自于对中华文化的认同感和亲和力。中国特色社会主义文化，渊源于中华五千年文明、植根于当代伟大的实践，是中华民族身份的象征，是最广泛团结全国人民乃至全球华人的旗帜，是激励各族人民建设伟大祖国、实现民族复兴的强大精神支柱。在全面建设小康社会的征程上，我们要不断增强中华民族的凝聚力、创造力，培养一代又一代的"四有"新人，就必须结合全面建设小康社会这一阶段上的新的实践和时代发展要求，大力发展小康文化，弘扬民族精神，用小康文化来吸引和凝聚每一个中华儿女的力量，为中华民族的伟大复兴而奋斗。

文化是综合国力的重要组成部分，也是增强综合国力的重要力量。如果在现代化的初始阶段，我们对文化的综合国力地位认识还不十分清楚的话，那么，在加速推进社会主义现代化的今天，在当今的时代背景下，文化在综合国力中的作用就十分彰显了。在国际上对综合国力测评时，已经把文化作为一项重要指标，而且把文化这项指标还细分为多项分指标单独给分指标定量计分。在我国进入20世纪80年代以后，特别是到90年代，几乎所有研究综合国力的学者，无一例外地都把文化力作为综合国力的一个组成部分来对待。①在和平与发展的当今时代主题下，世界激烈的综合国力竞争，不仅包括经济实力、科技实力、国防实力等方面的竞争，也包括文化实力和民族精神的竞争。我国作为世界上一个发展中大国要在综合国力竞争中居于有利的位置，除了发展自己的经济、国防和科技实力外，还必须高举小康文化旗帜，在世界文化交流和竞争中把我国建设成为文化强国，使中国特色社会主义文化不仅在中国人民中，乃至在全世界人民中都具有强大的吸引力和感召力。

发展小康文化还是解决小康社会我国社会主要矛盾、构建社会主义和谐社会的必然要求。小康社会的主要矛盾仍然是人民日益增长的物质文化需要同落后的社会生产之间的矛盾。改革开放以来，我国经济社会长足发展，我国已经总体上解决了人民群众的温饱问题，走出了物质匮乏的卖方市场阶段，人民生活总体上达到小康水平。在物质需要一定程度上得到满足的同时，在全面建设小康社会这个阶段上，人们对精神文化生活将会提出更高更新的要求。社会对文化的需

---

① 黄硕风研究员在《综合国力论》书中把综合国力看作一个系统，这个系统由许多子系统构成，在其列举的 8 个子系统中，本书在写作时认为科技力、教育力、文化力应统属于小康文化的研究范畴。陈秀英、涂勤在《建立具有中国特色综合国力评价指导体系与全盛时期》一文中认为综合国力由五大要素构成，其中包括教育科技文化能力（即教育科技文化发展水平）。在周浩然、李荣启著的《文化国力论》中提出了文化国力论，把它定义为综合国力中的文化力，这与把文化当作综合国力的组成部分意思是相当的，该书还进一步分析了文化国力的构成要素，认为人的现代化素质是文化国力的决定性因素，科技教育是文化国力的基础，文化事业与文化产业是文化国力的重要组成部分，可持续发展是文化国力的重要内容，民族精神是文化国力的支柱，民族文化是文化国力的源泉，民族形象是文化国力的重要因素，创新是文化国力发展的动力。这种分解，为研究文化在综合国力中的地位提供了更为准确的指标。本书在研究小康文化时，有保留地采用了这种划分方法。

求一方面对小康文化建设提供新的动力，另一方面也使得精神文化产品的生产与人民群众日益增长的精神文化需求之间的矛盾更加突出。全面建设小康社会，既要着眼于满足人们的物质生活需要，又要着眼于满足人们精神文化生活的需要和人的素质的提高，实现人的全面发展。丰富健康的文化生活是衡量人们生活质量的重要标志，也是实现人的全面发展的决定性因素。因此，坚持以人为本的科学发展观，加快文化建设，不断满足人民群众日益增长的多层次精神文化需求，推动人的全面发展，促进社会和谐，已经成为全面建设小康社会的一项重大而紧迫的任务。

在对小康文化的内涵、小康文化的特点、小康文化建设面临的机遇和挑战、小康文化的重要性有一个比较全面认识的基础上，本书拟分八个专题对小康文化和小康文化建设进行系统的论述。

第一个专题主要探讨小康文化的渊源、实质及其发展方向；第二个专题具体分析小康文化建设的指导方针，把握小康文化建设的基本原则；第三个专题重点论证小康文化要以民族精神的培育和弘扬为己任，为全面建设小康社会提供强大的精神动力；第四个专题强调小康文化建设中道德的重要性，建立和完善与社会主义市场经济体制和现代化建设相适应的道德体系；第五个专题和第六个专题分别以大力发展教育事业和科技事业为主要内容，目的在于说明教育和科技的发展与创新对于小康社会建设的重大推动作用；第七个专题论述在市场经济体制和对外开放的新水平上，中国发展文化事业和文化产业的重要性及其发展对策；第八个专题论述小康文化体制改革与创新的必要性，以体制创新为契机，大力推动小康文化建设，繁荣中国特色社会主义文化。结束语主要论述小康文化在树立和落实科学发展观，构建社会主义和谐社会中的责任。

全书从社会主义文化发展规律出发，以文化、社会主义文化、先进文化、小康文化及其小康文化建设为线索，系统论证全面建设小康社会新阶段上的小康文化形态与建设，增强人们对小康文化重要性的认识，增强建设小康文化的自觉性。以马列主义、毛泽东思想、邓小平理论和"三个代表"重要思想为指导，紧紧把握党的十六大关于小康社会文化建设的精神，从理论上系统阐述 21 世纪中国小康文化的内涵、特征、建设目标和建设原则。着重从民族精神的培育、教育和科学事业的发展、文化事业和文化产业的推进等方面系统论证小康社会文化建设的基本构架，进而结合当今世界和当今中国先进文化发展的现实状况和趋势，分析小康社会文化建设的规律和制度安排。全书写作坚持理论与实际相结合的原则，力争做到理论宣传性与学术研究性的统一。

第 一 章
源远流长: 小康文化的形成与发展

中国文化源远流长,上达远古,绵延不断,在川流不息的历史长河中,汇纳中外文化百川,几经碰撞,兼容并蓄,与时俱进,铸就了今天中国特色社会主义文化的灿烂。

一 中国传统文化的嬗变和新文化的崛起

新文化是历史上的中国传统文化的延续,但这种延续是扬弃性的延续,是继承与批判、吸纳与剔除的改造。这一过程是在中国传统文化与国外文化、特别是与西方文化的碰撞中展开的,是在中西文化的激烈交锋中进行的。

(一) 中国传统文化的特点及作用

中国是一个历史悠久、疆域宽广的多民族国家,而且各地经济社会发展状况存在着极大的区别。与历史久远、疆域辽阔、多民族和经济社会发展水平的差异性相联系,中国文化表现出源远流长、多样性和多层次性的特点。中国有五千年的文明历史,也有五千年的文化发展历史。在中国文化的发展过程中,汉族文化是主体,多种地域文化并存发展。按照地域划分,可粗略分为南北文化两大类型,如果细分则包括燕赵文化、齐鲁文化、三晋文化、吴越文化、岭南文化、巴蜀文化、湖湘文化等等。从文化的主体划分又可分为雅文化与俗文化。按照阶级划分则可分为统治阶级文化与被统治阶级文化。而从价值追求来说，中国文化中又包括多种派系，突出者有儒家、法家、道家、墨家、名家等，其中儒、释、道三家是主流，而儒学文化最为突出。由于儒学文化长期保持了正统和一元化的地位，所以儒学文化成了中国传统文化的代称。

中国传统文化总体上来说有三个方面的特征。

在对世界认识问题上形成了整体性、变动性和规律性的辩证法思维。这是中国传统文化的一个重要特征。强调"泛爱万物，天地一体"，认为宇宙是一个大的整体，世间万物则是一个个小的整体。传统文化的整体观，用今天的话语来表达就是，事物都是普遍联系的。可贵的是传统文化的辩证思维还进一步认识到，普遍联系的事物是处于变化之中的。孔子把世界比作是江河之水，川流不息，不舍昼夜。而《周易》更是指出"唯变所适"，"穷则变，变则通，通则久"。事物不仅是变化的，而且变化是有规律可循的，"天地合而万物生，阴阳接而变化起"，事物存在着对立面，对立面的运动推动事物变化，"一阴一阳之谓道"、"无独必有对"、"一动一静，一往一来，一阖一辟，一升一降，循环无已，积微而著，由著复微。"辩证思维是安身立命的根基，把辩证思维运用于人与自然的关系中，中国传统文化一方面提出了"天人合一"，强调人的活动要符合自然规律，另一方面又提出"天人相分"、"人定胜天"，强调人可以按照客观规律改造世界。黄楠森、龚书铎、陈先达曾对传统文化中的辩证思维方式精辟地概括为："世界是统一和真实的；世界是变化的，期间充满矛盾；人与自然的和谐、社会人际关系的和谐是可能的和必需的。真实和统一，是人们认识世界的基础；世界充满矛盾、变化，是人们认识世界的根本方法；人与自然的和谐、社会的和谐是人们认识世界和世界的根本目的。三个方面不同思维方式为古代中国人提供了认识世界的基本框架。"①

以礼义为核心的道德体系是传统文化的另一个重要特征。中国传统文化的伦理道德崇尚"君子"人格,把君子看作为"礼义之始",崇尚君子的价值指向实质是崇尚礼义。荀子把"礼"定义为"养",即"养人之欲,给人之求",这与墨家的"义利"之说,儒家的"修身、安人"之说,本质上是相通的。礼义的重要作用是解决人与自然、人与社会的矛盾,达到以礼义为核心的社会和谐。

民本主义的政治文化是中国传统文化的又一个重要特征。在传统的政治文化中,"大一统"思想贯穿社会发展始终,儒家主张天下"定于一",墨家主张"一同天下",法家更主张天下"定于一尊",在政治现实中,君主便是"一"的象征。只有君主的存在,才能达到政治上、文化思想上的统一,所以尊重君主,忠于君主,一切听命于君主,成为传统政治文化的主流思想。君主有"明君"与"昏君"之分,明君之明则民归之,昏君之昏则民弃之,君主与老百姓之间的关系是,"君者舟也;庶人者,水也。水则载舟,水则覆舟"。因此,君主的意志要由"民欲"来决定,"民之所欲,天必从之。"在民、君、社稷三者孰轻孰重上,"民为贵,社稷次之,君为轻。是故得乎丘民而为天子,得乎天子为诸侯,得乎诸侯为大夫"。孟子说得更明白,"得天下有道,得其民,斯得天下矣"。传统政治文化强调,民要忠君,君要爱民,君从民意出发,才能统一天下。以忠君为始,以民意为终,这一政治文化体现出了浓厚的民本主义色彩。

---

① 黄楠森、龚书铎、陈先达主编:《有中国特色社会主义文化研究》,160 页,济南:山东人民出版社,1999。

从对中国传统文化的特征的基本概述中，我们可以看出中国传统文化有丰富的内涵，它对于促进中华民族的形成、发展和统一，对于培养了中国人忧乐天下的道德情怀和刚健挺拔的道德意志，对于协调人与自然与社会人际关系等，都起着重要的作用，它所包含的辩证思维、民本思想、和谐思想等文化的精华，为今天我们构建社会主义和谐社会提供了可供借鉴的文化材料。但是，由于中国传统文化是"在小农经济、君主专制的条件下存在的，过度的德性化的倾向使人失去探索外部世界的兴趣；普遍的修身的要求、以义为上的原则在黑暗政治条件下沦落为宰制人民实际利益的桎梏，真正的社会整体利益和人道原则遭到泛化的家族意识和绝对君主专制制度的双重削弱和肢解；小农经济基础上的共同利益要求只能通过专制君主来表达，而无所制约的君主专制使民本意识只能通过动荡和武器的批判才能得到某种程度的舒张，"①加之中国传统文化所具有的内向化品格，使之在近代资本主义文化的炮火面前，很难有自我调整的余地。

（二）中国传统文化的嬗变

中国传统文化的嬗变内部的原因是经世学派的推动，外部原因是西方文化的冲击。

中国传统文化具有内向的品格，但也不乏向外看的气息。清朝初期的顾炎武、王夫之、黄宗羲等学者就留心于经世之学，到了嘉庆、道光年间，清朝衰败迹象已经显露，经世致用思潮复兴。复合这一思潮的既有学者也有督抚大员，他们译著作、发议论、办时务，为中国文化由传统向近代转变奠定了基础。

进入 19 世纪以后，西方在工业革命的带动下发展更为迅速，资本加快了在全球寻找原料和销售市场的脚步。1840年，中英鸦片战争爆发，中国的国门被英国的炮舰打开。从

---

① 黄楠森、龚书铎、陈先达主编：《有中国特色社会主义文化研究》，183 页，济南：山东人民出版社，1999。

此，西方的资金、生产设备、军事装备、工业产品，以及艺术、宗教等观念形态的文化，大量来到中国。中国当时的统治者真正意识到了西方科技文明的威力，同时中国传统文化也受到了西方文化的第一次真正意义上的挑战，"采西学制洋器"的洋务运动成为"自强之道"。这一时期清朝当局在器物和文化方面都作出了一定的反映，成立了京师同文馆、上海同文馆，江南制造局设立了翻译馆，福建设立了马尾船政学堂，全国各地还设立了不少军事学堂。这些文馆、学堂，聘请西方人教习，学习西洋文字和外国历史地理，翻译出版国外书刊。同时还选派留学生，到欧美各国学习。这一时期，外国的传教士在中国的传教活动也日益增多，西方文化在中国的影响日益扩大。洋务运动是早期经世学派"师夷长技以制夷"思想的实践，也是为中国大规模引进西方文化的开端。从此开始，在中西文化的碰撞中，中国传统文化的强势渐弱，而西方文化的弱势渐强。

从鸦片战争以来，在中西文化的碰撞过程中，中国传统文化的嬗变主要有四种模式：

第一种是"中体西用"，即"中学为体，西学为用"。1898 年，洋务派代表人物张之洞对"中体西用"作了详尽的阐释。他认为："中学为内学，西学为外学；中学治身心，西学应世事……"张之洞的解释核心思想就是，不可变者为体，可变者为用。后来，在中西文化的进一步对撞中，有人对"中体西用"提出过严厉的批评（严复在 20 世纪初对此批评就很强烈），但是在当时能提出这样的观念，则实属不易，并且这个口号当时在全国也甚有影响力，成为维新派的一面旗帜。

第二种是"全盘西化"，即完全放弃中国传统文化，全面接受西方文化，用西方的思想制度来改造中国。"全盘西化"的口号最早是由胡适提出来的，他在 1929 年的一篇英文文章《今日中国的文化冲突》中，用了两个词"Wholesale Westernization"和"Wholehearted Modernization",前者译为全盘西化,后者译为充分现代化,但他当时认为两个词意义差别不大。他的文章中举了三种文化态度:抗拒西洋文化、选择折衷、充分西化,他称自己选择第三种,"主张充分的西化,一心一意的走上世界化的路"。其实,具有全盘西化思想者,胡适既不是空前,也不是绝后,维新派思想家谭嗣同在对中西文化进行比较后曾提出"今中国之人心风俗政治制度,无一可比数于夷狄",主张"尽变西法之策";比谭嗣同更早的清朝大员郭嵩焘,在19世纪70年代考察英国时,就改变了自己原来对中国文化的信心,认为中国在"仁、义、礼、智、信"五个方面都不如西方,这种全盘西化的倾向,致使他至死都受到舆论的抨击。在胡适之后的陈序经更为偏激,他批评胡适的全盘西化论不彻底,提出了"现代化=西化"的观点。即使到今天,全盘西化思想仍有市场。

第三种是"儒学复兴",儒学复兴实际上是泛指中国传统文化的复兴。在鸦片战争以后,面对西方文化的冲击,一些文化保守人士提出,只有复兴中国传统文化,才能击退西方文化攻势。长期在西方生活的中国文化怪杰辜鸿铭是其代表人物,他认为,中国文化在与西方文化的碰撞中并未失败,半部《论语》仍可振兴中华。后来的陶希圣等人认为,中国在文化领域中是消失了,要使中国能够在文化领域中抬头,要使中国的政治、社会和思想都具有中国的特征,必须进行中国本位文化建设。

第四种是"西体中用论",即以西方的社会存在方式、生产方式等为体(样板),把中国传统文化和"中学"作为实现"西体"的途径。有人批评说西体中用与全盘西化没有多少差别,都是以西方的原则为原则。

中国传统文化的嬗变还有许多种模式,时间跨度也比较长,直到今天中西文化的碰撞并未结束,而且今后也还会在全球化的过程中继续延续。我们在此列举这些模式主要是想说明，从鸦片战争以来中国传统文化遭遇了西方文化的正面撞击，嬗变过程真正开始了。从此以后，在评价中国传统文化的活动中，西方文化成了一个明确的参照体系。

（三）新文化的崛起

传统文化的嬗变历程，在1911年是个里程碑。1911年，辛亥革命爆发，清王朝统治瓦解。南京临时政府成立后，在教科书问题上进行了革命性的变革，禁用清学部颁行的教科书，并废止小学读经；次年临时政府教育部颁行新的教育宗旨，新宗旨清除了"忠君"和"尊孔"两项内容。这两个大举措，标志着传统文化特别是儒学在中国社会的正统地位的结束。可是，这样局面没有维持多久，袁世凯复辟称帝后，在文化上出现了尊孔复古的逆流。从1912年开始，袁世凯先后下令要求"全国人民遵守礼法"、"尊崇孔圣"，声称"孔子之道，亘古常新，与天无极"。并且在政治和社会活动中，有组织地对资产阶级新文化进行讨伐。一时间尊孔复古，包括迷信鬼神在内的思潮泛起。为回击这股文化复古逆流，陈独秀、李大钊等发动了新文化运动。

新文化是与中国传统文化相对应的一个概念，主要是指五四运动以来的文化。新文化运动以《新青年》杂志为阵地，疾声呼唤："国人欲脱蒙昧时代，羞为浅化之民也，则急起直追，当以科学与人权并重。""拥护那德莫克拉西（Democracy）和赛因斯（Science）两位先生。"新文化运动强烈抨击独尊儒术，反对定孔教为国教；猛烈批判封建纲常名教，提倡健全人格和独立的个性；提倡科学，反对迷信和盲从。新文化运动的矛头指向封建文化，其中集中在孔孟儒学，这对于确立中国文化中科学与民主的理念，对于荡涤传统文化中的封建伦理道德观念，起到了积极的作用。但是，新文化运动的提倡者们在反对中国传统文化的斗争中也确实存在着一些矫枉过正的言论与行动，运用了一些"用石条压驼背"的医法。然而从总体上看，这些过激言行，不足以反映新文化运动的本质和主流。当十月革命把马克思主义传播到中国以后，新文化运动就进入了一个新的发展阶段。

二 马克思主义的传播与新民主主义文化的形成

西方文化在中国的传播是与侵略活动紧密地联系在一起的，这使中国进步人士在接受西方文化的同时，也看到西方文明与文化的实质。马克思曾指出说，资产阶级文明在其故乡还装出一副体面的样子，而在殖民地就丝毫不加掩饰了，从而将其极端的伪善和野蛮的本性赤裸裸地暴露出来。更为突出的是，到 20 世纪初，西方资本主义的矛盾与危机日趋激化，第一次世界大战使西方文明的伪善面目暴露无遗，中国人更清楚地感受到了西方文化"杀人利己，寡廉鲜耻"的本质。这时的新文化运动向何处去呢？照搬西学走西方文明发展道路行不通，而重新回头拾掇起传统文化也是行不通的。中国社会和文化的发展陷入了危机与困惑。此时，俄国发生了十月革命，中国爆发了五四运动，这两件事情为中国社会和文化走出危机与困惑提供了一条新的路径，也正是沿着这条路径，达到了新民主主义文化的目标。

（一）新文化运动的方向

俄国十月革命一声炮响，给我们送来了马克思列宁主义。十月革命的胜利消息和马克思列宁主义传到中国，促使中国先进人士开始认真地文化检讨。有识之士进行文化思考后指出，中国传统文化和西方文化都有弊端，未来文化的发展将会是第三种文明，即"俄罗斯文明"。瞿秋白揭示了新文化运动向新的方向发展的深层次原因，他说，帝国主义压迫的切骨痛苦，触醒了空泛的民主主义的噩梦。学生运动的引子，山东问题，本来就包括在这里。工业先进国的现代问题是资本主义，在殖民地上就是帝国主义，所以学生运动倏然一变而倾向于社会主义。五四运动之后，中国无产阶级展示了自己的力量，马克思主义在同各种思想、主义、流派的交锋中逐步传播开来，成为新文化运动的主流。从此，中国文化沿着这个流向向前飞奔。

马克思主义在中国传播并不是对中国传统文化的全盘否定，更不是中断了先前的新文化运动。马克思主义在中国的传播过程，一方面是马克思主义在不断地适应着中国的实际、不断地"中国化"，另一方面是在不断地丰富着新文化运动的内涵并使之有了新的发展方向。新文化运动所提倡的民主、科学的口号，在马克思主义的传播过程中不仅没有否定，而是被赋予了更深刻的解释，民主不是狭隘的资产阶级民主，而是人民当家做主，科学不仅仅是自然科学技术和工业的发展，而且也是一种科学的世界观和方法论。

1921年中国共产党成立，这不仅对于中国革命而且对于中国文化的发展都是一个重要的推动力量。以共产党领导的新民主主义革命，在马克思主义的指导下蓬勃发展起来，从文化角度来看，它根本上动摇了旧文化存在的社会基础和制度依托，为中华民族文化的复兴扫清了障碍。中国共产党自从成立以后，就一直在努力将一个被旧文化统治，因而愚昧落后的中国，变为一个为新文化统治，因而文明先进的中国。毛泽东对马克思主义在中国的传播与中国文化的发展作出了精辟的论述，他总结指出："自从中国人学会了马克思列宁主义以后，中国人在精神上就由被动转入主动。从这时起，近代世界历史上那种看不起中国人，看不起中国文化的时代应当完结了。伟大的胜利的中国人民解放战争和人民大革命，已经复兴了并正在复兴着伟大的中国人民的文化。这种中国人民的文化，就其精神方面来说，已经超过了整个资本主义的世界。"①

---

① 《毛泽东选集》第4卷，663页，北京：人民出版社，1991。

（二）以马克思主义为指导的革命文化及运动

以马克思主义为指导的革命文化是在极其艰苦的环境中成长起来和发展下来的，革命文化的领导力量是新成立的中国共产党，推动革命文化运动的主力是战斗在文化战线上的共产党人和进步的知识分子所组成的为人民的"文化军队"。

中国共产党是在五四新文化的氛围中诞生的，中国共产党一诞生也就非常重视思想文化的作用和对文化工作的领导。革命文化产生之时，生存环境异常的严峻。正是有了一批人民的"文化新军"，才顶住了当时反动政府、大小军阀对新文化运动的打压和对新生的革命文化的封杀，使得以马克思主义为指导的革命文化逐步发扬光大。

中国共产党非常重视文化建设，党成立之后，就旋即把宣传思想工作摆在了重要地位，出版书报刊物、组织工人学校、加强对工会和工人运动的研究和领导，为马克思主义的传播和提高工人政治觉悟，做了艰苦细致的工作。1924 年，以国共合作为基础的革命统一战线建立之后，中国共产党利用合法途径创办了一系列革命刊物，组建了许多"左翼"文化团体，促使了进步思想文化的传播和发展，提高了工农的文化素质和思想觉悟。

在土地革命战争时期，党在领导根据地进行经济建设、政权建设和武装斗争的同时，也积极开展文化建设。党制定和实施了一系列教育政策和措施，规定工农民主政府的一项重要任务和职能就是以保证工农劳苦民众有受教育的权利为目的，在革命根据地内实行全免费的普及教育。毛泽东在《第二次苏维埃全国代表大会上的报告》明确阐述了文化教育的总方针是：以共产主义的精神来教育广大的劳苦民众，使文化教育为革命战争与阶级斗争服务，使教育与劳动结合起来，使广大中国民众都成为享受文明幸福的人。教育的内容是把马克思主义思想教育放在第一位，强烈反对封建复古教育、国民党的法西斯教育和帝国主义的奴化教育。党在根据地创办了红军大学、苏维埃大学和其他各种技术专门学校,培养干部;创办列宁小学和义务劳动学校,组织青少年学习文化知识;通过夜校和识字组等形式开展扫盲工作。1927年大革命失败后,面对反动派对共产党文化的猖狂进攻,一批共产党员和进步知识分子积极参与了中国社会性质问题的大论战。这场长达十年之久的论战,一方面使中国共产党进一步明确了中国近代社会的性质和中国革命的对象、任务、动力、性质和前途;另一方面也促使了更多的知识分子学会了用马克思主义的立场方法去分析和观察中国问题,对中国文化今后的发展方向产生了重要的影响。

抗日战争时期是中国共产党关于思想政治工作和文化工作理论形成的重要时期。抗日战争爆发后,党根据形势的变化,调整了文化策略,形成了革命知识分子为核心的文化统一战线。抗日救亡文化运动在国统区广泛展开,针对抗战时期出现的专制复古的文化逆流和蒋介石在《中国之命运》一文中对共产党和马克思主义的攻击,共产党人和进步的文化工作者先后发动了"大众语运动"、"新启蒙运动",毛泽东则亲自修改了《评〈中国之命运〉》一文,文章驳斥了蒋介石对近代以来,特别是五四以来各种新文化、新思想的攻击,揭露了其一贯反科学、反民主的本质,肯定了五四运动的伟大历史地位。抗日根据地的文化建设有声有色地开展起来,按照民族的、科学的、大众的新民主主义文化的性质和要求,创办了抗日军政大学、陕北公学、鲁迅艺术学院等院校,分别培养了大批从事军队工作、群众工作和文艺工作的优秀干部。普及教育、报刊出版也有新的发展。这个时期文化建设的一个重要成果是形成了延安精神,其基本内涵是:坚定的共产主义理想信念,全心全意为人民服务的集体主义道德观念,自力更生、艰苦奋斗的创业精神,国际主义和爱国主义的有机结合。

(三) 新民主主义文化的形成及基本内容

在总结中国传统文化,特别是总结五四运动以来新文化运动和以马克思主义为指导的革命文化运动的基础上，1940年1月毛泽东发表了题为《新民主主义的政治与新民主主义的文化》，即《新民主主义论》。《新民主主义论》对革命文化理论进行了比较系统的阐述，提出了新民主主义文化纲领。《新民主主义论》的发表，标志着新民主主义文化的形成。

新民主主义文化，就是反帝反封建的，民族的科学的大众的新文化。

所谓民族的是指文化的民族性。文化的民族性首先表现为文化具有民族的形式和特点，在文化建设过程中要充分发挥民族的主体性和创造性。新民主主义文化建设不是被动地无选择地接受西方文化，以致最后沦为彻底的殖民地，进而完全丧失了民族政治、经济和文化的独立，而是要主动取长补短，以最终实现民族政治、经济和文化的全面复兴。在新民主主义文化建设过程中，我们对古今中外的文化要采取"拿来主义"的态度，经过批判地继承，最后创造出具有民族特点的新文化。其次表现为文化负有维护民族独立与尊严的使命，新民主主义文化反对帝国主义的压迫，主张民族的尊严和独立。新民主主义文化的旗帜上写着反帝反封建的口号，文化斗争服务于反对帝国主义侵略的政治斗争。

所谓科学的是指反对一切封建思想和迷信思想，主张实事求是，主张客观真理，主张理论和实践的统一。共产党人继承和发扬五四新文化运动所提倡的科学精神，不仅对科学的重要性给予了更深刻的理论阐释，而且在实践上不断为科学的发展扫除障碍；不仅重视自然科学，而且大力倡导以马克思主义为指导的社会科学。

所谓大众的是指为全民族90%以上的工农劳苦民众服务，并逐渐为民众所掌握的新文化。唤起广大民众以挽救民族的危亡，一直是贯穿在近代思想文化中的一个主题。但是五四运动以前的文化哲人们，一方面希望用文化唤醒民众的反帝意识，另一方面又惧怕甚至仇视民众觉醒后所掀起的革命斗争高潮的到来。五四运动以后，以李大钊等为代表的第一代中国的马克思主义者，才真正认识到人民的力量，勇敢地将文化运动引到社会和民众中去，提高工农群众的文化思想素质，培养革命的有生力量，使革命的文化转化成有力的革命武器。实现文化的大众性，广大的知识分子一方面负有传播文化、教育人民的重要职责，另一方面自身必须首先在立场上、思想感情上完成一个转变，即真正地转变到人民的立场上来。

新民主主义文化纲领的提出，是对近代以来一切进步人士和共产党人文化探索历程的概括和总结，它澄清了文化建设中的一些错误认识，初步解决了一些主要的文化理论问题，是对马克思主义文化理论的重大发展。《新民主主义论》发表之后，不仅在根据地引起了极大的反响，而且在国统区流传开来，得到了文化界的重视，也引起了国民党当局的莫大恐慌。

新民主主义的文化纲领对于新中国的文化建设也产生了深远的影响。党的十六大报告明确指出：在当代中国，发展先进文化，就是发展面向现代化、面向世界、面向未来的，民族的科学的大众的社会主义文化，以不断丰富人们的精神世界，增强人们的精神力量。这无疑是对毛泽东文化思想的继承和发展，是民族的科学的大众的新民主主义文化向民族的科学的大众的中国特色社会主义文化的发展。

三　小康文化是中国特色社会主义文化的现实形态

中国特色社会主义文化是中国特色社会主义理论的重要组成部分。从中国共产党领导的文化建设历史可以看出，中国特色社会主义文化提出于毛泽东、形成于邓小平，今天还处于不断的发展之中。从理论体系的来龙去脉看，中国特色社会主义文化是对新民主主义文化和社会主义建设时期文化的直接继承和发展，主要是 1978 年十一届三中全会以来我们党在探索中国特色社会主义道路的过程中逐步形成和发展起来的，包括党的第二代和第三代领导集体关于社会主义精神文明建设和文化建设的重要思想以及当今中央提出的和谐文化建设思想。小康文化在本质上是中国特色社会主义文化。党的十六大指出："全面建设小康社会，必须大力发展社会主义文化，建设社会主义精神文明。"在全面建设小康社会、加速推进社会主义现代化建设的新的发展阶段，大力发展社会主义文化就是要求我们在坚持以经济建设为中心，不断提高生产力水平，在发展社会主义民主，加强社会主义法制，建设社会主义政治文明的同时，积极推进小康文化建设，不断满足人民对精神文化的需要。

（一）党对中国特色社会主义文化的探索

中国共产党对中国特色社会主义文化的探索经历了一个艰苦而曲折的过程，这个过程大致可以分三个阶段。

第一个阶段是中国特色社会主义文化的曲折探索。这个阶段从新中国成立（或者社会主义制度建立）到"文革"结束。

新中国成立之后，经历了一个短暂的过渡时期，到 1956 年新民主主义革命结束，社会主义制度的确立，使新民主主义文化转向了社会主义文化。1956 年我国建立了社会主义制度，这为中国社会主义文化的发展开辟了广阔的前景，中国的科技、教育、思想道德、文学、艺术等方面都取得了丰硕的成果，社会主义文化体制也具有雏形。然而，"文化大革命"的发生，几乎是"革了文化的命"，使中国社会主义文化的探索与发展受到了极大的摧残，直到"文革"结束之后，中国社会主义文化的发展才迎来了真正的春天。

第二个阶段是中国特色社会主义文化的形成阶段。这个阶段起始于"文革"结束之时，大致上可以以 1991 年中国共产党成立 70 周年提出中国特色社会主义文化这个概念为止点。在这个阶段上，提出了社会主义精神文明的概念，并形成了社会主义精神文明建设的一整套思想与方法，尽管中国特色社会主义文化的概念还没有正式提出，但在精神文明建设的内容中包含了文化建设。而且在今天看来，中国特色社会主义文化与精神文明是完全统一的。

中国进入改革开放和现代化建设的新时期后，邓小平对文化建设始终给予极大关注。他多次强调，一定要坚持精神文明建设的"四有"目标，"要教育人民成为'四有'人民，教育干部成为'四有'干部。"[1]"四有"中，"最重要的是有理想、有纪律。理想就是社会主义现代化。"[2]要加强四项基本原则教育，马克思主义基本理论教育；要用坚定的信念把人民团结起来，保持和发扬艰苦奋斗的传统；要抓好党风和社会风气，克服腐败现象。邓小平特别强调，要从现代化建设和国际竞争的战略高度重视教育和科学技术的发展。为此，他提出了"科学技术是第一生产力"的科学论断，指出中国必须在世界高科技领域占有一席之地。他指出，在现代化建设的整个过程中，我们都要坚持"两手抓、两手都要硬"的方针，只有物质文明和精神文明都搞好，才是有中国特色的社会主义。

第三个阶段是中国特色社会主义文化概念正式提出，并得到进一步发展的阶段。这个阶段从 1991 年中国特色社会主义文化概念的提出起，直到今天。

1991 年 7 月 1 日，在庆祝中国共产党成立 70 周年大会上的讲话中，江泽民从社会主义不仅要实现经济繁荣，而且要实现社会全面进步的视角，创造性地提出了有中国特色社会主义的经济、政治、文化是有机统一、不可分割的整体的论断，对中国特色社会主义文体理论与建设进行了阐述。

① 《邓小平文选》第 3 卷，205 页，北京：人民出版社，1993。

② 同上书，209 页。

1997年9月党的十五大召开，标志着党的第三代中央领导集体关于中国特色社会主义文化理论思想体系的形成。十五大报告指出："建设有中国特色社会主义文化，就是以马克思主义为指导，以培育有理想、有道德、有文化、有纪律的公民为目标，发展面向现代化、面向世界、面向未来的，民族的、科学的、大众的社会主义文化。这就要坚持用邓小平理论武装全党，教育人民；努力提高全民族的思想道德素质和教育科学文化水平；坚持为人民服务、为社会主义服务的方向和百花齐放、百家争鸣的方针，重在建设，繁荣学术和文艺。建设立足中国现实、继承历史文化优秀传统、吸取外国文化有益成果的社会主义精神文明。"报告关于中国特色社会主义文化的论述，既继承和汲取了新民主主义文化理论的有益成果，同时又对我国社会主义文化建设的基本经验作了高度概括；既继承了邓小平文化建设理论，又在新的实践基础上对丰富和发展这一理论进行了探索和创新；既构建了建设有中国特色社会主义文化理论体系的框架，又对文化建设从理论与实践上作了总体部署。这清楚地表明，我们党关于中国特色社会主义文化的理论已经形成。

党的十六大之后，中国进入了全面建设小康社会新的发展阶段，在这个阶段上我们党对中国特色社会主义文化建设高度重视，并把它提升到中国特色社会主义事业总体布局的高度加以认识和部署。为推进和适应全面建设小康社会的需要，中国特色社会主义文化有了新的实现形态——小康文化。

(二) 中国特色社会主义文化的基本特点

中国特色社会主义文化理论是在继承和发展马克思主义文化理论、毛泽东新民主主义文化理论和邓小平文化理论基础之上，在当代科学技术迅猛发展、世界范围内各种思想相互激荡、经济全球化和知识经济浪潮扑面而来、综合国力竞争日益剧烈的背景下，创造性地提出的文化发展理论。它是对我国社会主义文化建设和精神文明建设丰富实践经验的科学总结，是对马克思主义文化理论的新贡献。这个理论的基本特点是：

突出了中国特色社会主义文化建设的战略地位。强调中国特色社会主义文化与精神文明的一致性。社会主义精神文明是社会主义的根本特征和基本要求，是社会主义制度优越性的重要保证。中国特色的社会主义文化，是我国现代化建设的重要目标，是凝聚和激励全国各族人民的重要力量，是综合国力的重要标志和组成部分，为经济社会发展提供强大的精神动力和智力支持。只有经济、政治、文化、社会协调发展，"四位一体"战略布局整体上搞好了，才是中国特色的社会主义。

明确了中国特色社会主义文化建设的主要目标和根本任务。中国特色社会主义文化建设的主要目标是：在全民族牢固树立建设中国特色社会主义的共同理想，牢固树立坚持党的基本路线不动摇的坚定信念。实现以思想道德修养、科学教育水平、民主法制观念为主要内容的公民素质的显著提高，实现以积极健康、丰富多彩、服务人民为主要要求的文化生活质量的显著提高，实现以社会风气、公共秩序、生活环境为主要标志的城乡文明程度的显著提高，在全国范围形成物质文明建设、政治文明建设、精神文明建设、构建社会主义和谐社会协调发展的良好局面。社会主义文化建设的根本任务则是：提高全民族的思想道德素质和科学文化素质，为经济发展和社会全面进步提供强大的精神动力、智力支持、社会规范、舆论环境和文化条件，培育"四有"新人。

规定了中国特色社会主义文化的本质特征。中国特色社会主义文化是以马克思主义为指导，以培育有理想、有道德、有文化、有纪律的公民为目标，面向现代化、面向世界、面向未来的，民族的、科学的、大众的社会主义文化。

阐明了中国特色社会主义文化建设的具体内容、要求和方法。大力加强社会主义思想建设，在全社会形成共同理想和精神支柱，引导人们树立正确的世界观、人生观和价值观，培育和弘扬民族精神。大力加强社会主义道德建设，提倡社会主义、共产主义道德，加强社会公德、职业道德和家庭美德建设，把先进性要求同广泛性要求结合起来。发展教育和科学，认真贯彻党的教育方针，培养德智体美劳等全面发展的社会主义事业接班人。实施"科教兴国"战略，落实科学发展观，切实把教育摆在优先发展的地位。改革完善科技体制，建立国家知识创新体系，大力发展高新技术，实现科技的跨越式发展。深化文化体制改革，弘扬主旋律，提倡多样化。坚持"二为"方向和"双百"方针。坚持把社会效益放在首位、社会效益和经济效益相统一的原则。深入持久地开展群众性精神文明创建活动，发挥先进集体和先进人物的榜样作用，加强文化基础设施建设，提倡健康文明的生活方式。

指明了中国特色社会主义文化的发展道路。社会主义文化必须立足本国而又面向世界、继承发扬优良传统文化和革命传统文化而又体现时代精神，致力于推陈出新，致力于文化创新，将各种有益文化成分融入到中国特色社会主义文化体系之中，在弘扬民族优秀文化、吸收外国文化的同时，抵制不良文化，坚持摒弃资本主义的文化糟粕和精神垃圾，坚决抵制各种腐朽思想文化的侵蚀。

提出了中国特色社会主义文化建设的根本措施和方法。要加强党对社会主义文化建设的领导，提高人们对社会主义精神文明建设战略地位的认识；要把党员干部、知识分子和青少年的精神文明建设作为战略重点来抓；要坚持"古为今用"、"洋为中用"、"中西结合"、以我为主、为我所用的原则，开展多种形式的对外文化交流，博采各国文化之长。

（三）21 世纪小康文化建设的基本内容与要求

小康文化是中国特色社会主义文化在小康社会发展阶段上的表现，在实质上它与中国特色社会主义文化是完全统一的。但是小康社会有自身的特殊性。小康文化建设面临的机遇和问题、内部和外部环境，建设的重点和任务也有所不同。这些因素决定了，在全面建设小康社会、加快推进社会主义现代化建设的这个阶段上，小康文化建设要遵循中国特色社会主义文化建设的基本要求，同时又有自身特殊的阶段性内容和重点。

第一，小康文化的建设方针是牢牢把握先进文化的前进方向。在当代中国，发展先进文化，就是发展面向现代化、面向世界、面向未来的，民族的、科学的、大众的社会主义文化，以不断丰富人们的精神世界，增强人们的精神力量。必须坚持马克思列宁主义、毛泽东思想和邓小平理论在意识形态领域的指导地位，用"三个代表"重要思想统领社会主义文化建设。坚持为人民服务、为社会主义服务的方向和百花齐放、百家争鸣的方针，弘扬主旋律，提倡多样化。坚持以科学的理论武装人，以正确的舆论引导人，以高尚的精神塑造人，以优秀的作品鼓舞人。大力发展先进文化，支持健康有益文化，努力改造落后文化，坚决抵制腐朽文化。文艺工作者要深入群众、深入生活，为人民奉献更多无愧于时代的作品。新闻出版和广播影视必须坚持正确导向，互联网站要成为传播先进文化的重要阵地。立足于改革开放和现代化建设的实践，着眼于世界文化发展的前沿，发扬民族文化的优秀传统，汲取世界各民族的长处，在内容和形式上积极创新，不断增强中国特色社会主义文化的吸引力和感召力。

第二，小康文化建设要坚持弘扬和培育民族精神。在五千多年的发展中，中华民族形成了以爱国主义为核心的团结统一、爱好和平、勤劳勇敢、自强不息的伟大民族精神。我们党领导人民在长期实践中不断结合时代和社会的发展要求，丰富着这一民族精神。面对世界范围各种思想文化的相互激荡，必须把弘扬和培育民族精神作为文化建设极为重要的任务，纳入国民教育全过程，纳入精神文明建设全过程，使全体人民始终保持昂扬向上的精神状态。

第三，小康文化建设要切实加强思想道德建设。坚持依法治国和以德治国相结合。要建立与社会主义市场经济相适应、与社会主义法律规范相协调、与中华民族传统美德相承接的社会主义思想道德体系。深入进行党的基本理论、基本路线、基本纲领和"三个代表"重要思想的宣传教育，引导人们树立中国特色社会主义共同理想，树立正确的世界观、人生观和价值观。认真贯彻公民道德建设实施纲要，加强社会公德、职业道德和家庭美德教育，特别要加强青少年的思想道德建设，引导人们在遵守基本行为准则的基础上，追求更高的思想道德目标。加强和改进思想政治工作，广泛开展群众性精神文明创建活动。

第四，小康文化建设要大力发展教育和科学事业。必须把教育摆在优先发展的战略地位，全面贯彻党的教育方针；坚持教育创新，深化教育改革，优化教育结构，合理配置教育资源，提高教育质量和管理水平，全面推进素质教育，造就数以亿计的高素质劳动者、数以千万计的专门人才和一大批拔尖创新人才。大力发展科学事业，在全社会形成崇尚科学、鼓励创新、反对迷信和伪科学的良好氛围。

第五，小康文化建设要积极发展文化事业和文化产业。发展各类文化事业和文化产业都要贯彻发展先进文化的要求，始终把社会效益放在首位。

第六，小康文化建设要继续深化文化体制改革。根据社会主义精神文明建设的特点和规律，适应社会主义市场经济发展的要求，推进文化体制改革。

总之，小康文化建设要围绕上述内容、根据上述要求展开和进行，在现阶段扎扎实实地把这些工作做好，推动社会主义和谐社会的构建，也就是在为建设中国特色社会主义文化作贡献。

第　二　章
灵魂与指南：小康文化建设的方针

　　小康文化的性质是中国特色社会主义文化，它有着丰富的内涵和自身的建设规律。建设小康文化必须坚持文化发展的社会主义方向，必须遵循文化自身的发展规律，必须结合我国全面建设小康社会的交际。立足于改革开放和现代化建设的实践，着眼于世界文化发展的前沿，发扬民族文化的优秀传统，汲取世界各民族文化的长处，在内容和形式上积极创新，不断增强中国特色社会主义文化的吸引力和感召力。

一　小康文化建设的指导思想

　　先进文化是小康文化的主流和方向，发展先进文化必须坚持正确的指导思想，即坚持马克思列宁主义、毛泽东思想和邓小平理论和"三个代表"重要思想在意识形态领域的指导地位，用科学的理论统领小康文化建设。

（一）马克思主义理论中的文化思想

　　小康文化建设要以马克思主义为指导，马克思主义是中国共产党人的科学世界观，同时马克思主义理论体系中还包含着丰富的文化思想，深入挖掘这些文化思想，可以直接为小康文化建设提供有益的指导。

第一，马克思主义阐明了物质生产和精神生产的关系，为小康文化建设中正确处理经济建设和文化建设的关系提供了理论基础。马克思主义唯物史观告诉我们，任何人类历史的第一个前提是有生命的个人的存在。而人们为了能够创造历史，首先必须能够吃、喝、住、穿，然后才能从事政治、科学、艺术、宗教等等活动。所以，直接的物质生活资料的生产便构成一个民族或一个时代的一定的经济发展阶段的基础，人们的国家制度、法的观念、艺术以至宗教就是在这个基础上发展起来的。没有物质的生产，便没有精神的产生；物质生产发展到什么程度，精神生产便达到什么水平。根据物质生产决定精神生产的规律，在全面建设小康社会的进程中，我们一定要把文化建设和经济建设联系起来，使文化与经济同步发展，不能搞脱离经济基础的"空想文化"和"虚无文化"，更不能以所谓的"精英文化"为借口，使文化建设脱离广大人民的现实需要。

第二，马克思主义揭示了社会意识形态产生和形成的社会基础，为我们理解文化演进提供了科学的工具。马克思主义指出：人们在自己的社会生产中必然会产生一种与物质生产力的一定发展阶段相适应的生产关系。这些生产关系的总和构成社会的经济结构，法律的和政治的上层建筑树立其上，并有一定的社会意识形态与之相适应。物质生活的生产方式制约着整个社会生活、政治生活和精神生活的过程。社会的物质生产力发展到一定阶段，便同一直在其中活动的现存的生产关系发生矛盾。那时，社会革命将会产生。随着经济基础的变更，庞大的上层建筑包括政治的和精神的上层建筑也会或快或慢地发生变革。随着人们的生活条件、社会关系和社会存在的改变，人们的思想意识也将发生改变。人类整个思想发展史证明了，精神生产将随着物质生产的变化而变化。根据这个原理，我们一定要把文化变革与我国的经济变革联系起来，找准文化变革的历史方位，不能脱离经济的发展而空谈文化的变革。小康社会的文化建设要与生产力发展水平和人民的物质生活水平相适应，既不能超前冒进也不能保守滞后，现实的生产实践和生活实践，才是文化生存和发展的生命源泉。

第三，马克思主义理论阐明了精神对物质的巨大反作用，为提高我们进行文化建设的自觉性提供了有力的理论支持。马克思主义深刻指出：历史进程中的决定性因素归根到底是物质生活的生产和再生产。但是，对历史进程发生影响的还有上层建筑的各种因素，其中包括政治的、法律的、哲学的和宗教的理论和观点。思想文化对经济的影响作用同样存在，甚至能够对物质生产产生巨大的反作用。根据这个观点，我们要高度重视小康文化建设地位和作用。在全面建设小康社会中，物质文化为精神文化的发展提供物质条件，精神文化又为物质文化的发展提供精神动力和智力支持，为它的正确发展方向提供有力的思想保证。精神文明建设是全面建设小康社会的重要方面，而且直接关系到小康社会的健康发展。

第四，马克思主义发现了在人类社会发展过程中精神生产和物质生产可能会出现不平衡现象，这对提高我们建设社会主义文化的信心提供了巨大的精神力量。马克思主义指出：精神生产的状况一般说来取决于物质生产的状况，但精神生产也不一定完全和物质生产的发展成正比例。在有的国家有时物质生产很发达，但精神生产并不一定就发达。在有的国家有时物质生产虽然比较落后，但精神生产并不一定就落后，相反，它也可能比较发达，甚至走在其他国家前面。这一发现告诉我们：我国虽然还处在社会主义初级阶段，在经济上暂时还比较落后，但文化发展也存在的许多有利条件，在全面建设小康社会的过程中，我们完全可以用马克思主义为指导，立足于当代中国的实际，从古今中外的优秀文化成果中汲取营养，使小康文化发展走在世界的前列。

第五，马克思主义阐明了对待人类文化遗产的科学态度，为我们批判继承文化遗产提供了正确的理论和方法论原则。马克思主义指出：人们自己创造自己的历史，但他们并不是随心所欲地创造，并不是在自己选定的条件下创造，而是在直接碰到的、既定的、从过去继承下来的条件下创造。这种条件也包括文化条件。历史的连续性决定了文化的连续性，批判地继承人类文化遗产是人类文化发展的规律之一。无产阶级文化、社会主义文化不是从天上掉下来的，不是离开人类文明发展大道在空地上建立起来的，而是在批判继承人类以往文化的基础上发展起来的。因此，在小康文化建设中，我们不但要批判地继承中国传统文化，而且要大胆吸收借鉴外国文化，也只有在这个基础上才能创造出人类先进的文化。

马克思主义的文化思想蕴含了大量的文化建设的指导原则，这些指导原则的价值和科学性在我国社会主义文化建设过程中已经得到了充分的证明，并将继续成为今后我国小康文化建设的指导性原则。

（二）小康文化建设的方向

小康文化建设要坚持马克思主义为指导，坚定社会主义发展方向。小康文化建设中怎样才能做到坚持马克思主义立场、观点和方法呢？回答有两条，一是要坚持"老祖宗"不能丢，在新的实践中坚持马克思主义不动摇，用发展着的马克思主义来指导我们的文化建设；二是要根据新的实践不断推进马克思主义的理论创新，丰富和发展马克思主义。

第一，小康文化建设要坚持马克思主义立场、观点和方法，就必须坚持"老祖宗不能丢"。毛泽东说过，"老祖宗的书必须读"、"基本原理必须遵守"，邓小平强调"老祖宗不能丢"，丢了就丧失根本，江泽民指出："一百多年来，没有哪一种理论、学说能像马克思主义那样保持勃勃生机，对推动社会进步起那样巨大的作用，造成那样深远的影响。

尽管现在世界上的情况有很多新变化，但历史发展的总趋势并没有越出马克思主义经典作家所揭示的基本规律。"小康文化要始终保持先进性和生命力，就一刻也不能没有马克思主义理论的指导。因为，马克思主义是科学，它严格以事实为依据，深刻揭示了人类社会的发展规律。文化建设坚持以马克思主义为指导，是从五四新文化运动以来，中国人民长期探索而做出的正确抉择。马克思主义是全国各族人民团结奋斗的共同理论基础，党章和宪法已经把马克思主义确立为我们立党立国的指导思想，丢掉了马克思主义的指导，我们的事业就会因为没有正确的理论基础和思想灵魂而迷失方向。所以，文化建设要坚持马克思主义的立场、观点和方法，就必须坚持"老祖宗"不能丢。

第二，小康文化建设要坚持马克思主义立场、观点和方法，就必须坚持"一个中心"和"三个着眼于"的要求。马克思主义具有与时俱进的理论品质，它诞生于19世纪，但没有停留在19世纪；它产生于欧洲，却传遍全世界。一个半世纪无论面对什么样的艰难险阻，它迎风霜斗雨雪，经受住了严峻的考验，始终充满活力。在全面建设小康社会、加快推进现代化建设的今天，每一个共产党员都要从当代中国的现实出发，看清《共产党宣言》发表一百五十多年来世界政治、经济、文化、科技等发生的重大变化，看清我国社会主义建设发生的重大变化，看清广大党员干部和人民群众工作、生活条件和社会环境发生的重大变化，一定要充分估计这些变化对我们党执政提出的严峻挑战。要以新的举措应对严峻的挑战，要以新的思路解决崭新课题。我们要进一步确立以实际问题为中心研究马克思主义的方法，以我国改革开放和现代化建设的实际问题、以我们正在做的事情为中心，着眼于马克思主义理论的运用，着眼于对实际问题的理论思考，着眼于新的实践和新的发展。既坚持马克思主义基本原理，又谱写新的理论篇章，既发扬革命传统，又创造新鲜经验，不断推进马克思主义理论创新。我们要突破前人，后人也必然会突破我们。这是社会前进的必然规律，也是马克思主义发展观的深刻内涵。只有这样才能把马克思主义这一人类优秀文化成果发扬光大，才能切实做到始终代表中国先进文化的前进方向。

第三，小康文化建设要坚持马克思主义的立场、观点和方法，就必须勇于在实践中发展马克思主义。实践没有止境，创新也没有止境。实践的观点是马克思主义认识论首要的和基本的观点。实践产生理论、检验理论、推动理论发展。实践既是理论创新的源泉，也是理论创新的动力。每一个时代、每一个国家的人民，只能解决当时代、自己国家所面临的任务，从当时的实践中提升出指导实践的理论。毛泽东曾经说，马克思活着的时候，不能将后来出现的所有的问题都看到，也就不能在那时把所有的这些问题都加以解决。俄国的问题只能由列宁解决，中国的问题只能由中国人解决。邓小平也指出，绝不能要求马克思为解决他去世之后上百年、几百年所产生的问题提供现成答案。列宁同样也不能承担为他去世以后50年、100年所产生的问题提供现成答案的任务。世界在变化，我国改革开放和现代化建设在前进，人民群众的伟大实践在发展，迫切要求我们以马克思主义的理论勇气，总结实践的新经验，借鉴当代人类文明的有益成果，在理论上不断扩展新视野，作出新概括。也就是说要在新的实践中不断总结新经验，并及时地把新的经验上升为指导改革开放和现代化建设的新的理论，这不是对马克思主义的背叛，而是对马克思主义理论的丰富和发展。

总之，小康文化的建设，必须坚持以马克思主义为指导，反对指导思想多元化。如果动摇或放弃马克思主义的指导地位，全党和全国人民就会失去共同的思想；如果在意识形态领域搞指导思想上的多元化，就会导致思想混乱和社会动荡。在全面建设小康社会的进程中，坚持先进文化的前进方向、推动中国小康文化的发展繁荣，就必须坚持马克思主义的指导地位，最根本的就是要用"三个代表"重要思想统领社会主义文化建设。

二　小康文化的创新发展

文化要发展，就要创新。创新是文化前进的动力，是文化生命力所在，这是一个规律。中国文化是在不断创新中发展延续下来的，中国特色社会主义文化也是在创新中逐步创立和丰富的。小康文化建设重在创新，只有在创新中才能实现与时代同步前进。

（一）在创新中前进的中国文化

文化要发展，要积极面向现代化，面向未来，面向世界，敢于突破陈规陋习，敢于用新的观念来取代旧的观念，敢于用创新的文化成果来为社会营造解放思想的氛围，提供社会全面进步的动力，这就是文化创新。中国文化代代相传，生生不息。每一个时代的文化都有自己的特点，也都比前一个时代有新的进步，但又不失去独特的中国文化品格。这是中国文化不断创新的结果与体现，说明中国文化具有强烈的自我创新能力。

中国传统文化具有超强的稳定性，几千年来以"仁、义、礼、智、信"为核心的儒家思想香火相传，延绵不断，成为从秦汉到明清的文化主流和治国思想。但是，我们不能据此得出中国传统文化没有新意识的结论。其实中国传统文化中充满着创新与求变的因子。《周易》中充满了辩证法的思想，不仅强调事物的变与动，而且认为从变到动是有规律可循的，其中"与时偕行"的观点在今天仍然有现实意义。《礼记》是儒家思想的大典，其中有"苟日新，日日新，又日新"之说，强调的同样是日新月异的思想。法家代表人物商鞅也提出过圣人"不法其故","不循其礼","三代不同礼"的思想，说明的也是因时因地制宜的道理。但是，由于中国长期闭关锁国，因此中国传统文化也具有浓厚的封闭特色。

1840年发生了鸦片战争，帝国主义的坚船利炮，打开了中国紧闭的国门，动摇了中国封建统治的政治地位，同时西方文化的传入也在中国传统文化的帷幕上撕开了一个口子，一种与中国传统文化、文明不同质的新东西在中国出现了。五四新文化运动是在一个完全不同于以往的历史基础上发生的。五四新文化运动和马克思主义在中国的传播，真正开启了中国文化创新的先河，一股清新的与传统不同的文化之风开始吹拂中国大地，正是这股清新之风吹开了新民主主义文化之花朵，中国特色社会主义文化是在新民主主义文化基础上生长和丰腴起来的。

中国文化的创新不只是为自身找到了新的发展出路，同时还在于为社会变革提供思想解放的氛围，开启人们的视野。五四新文化运动，一方面创造了富有活力的新文学、新文化，使中国文化从传统形态进入了现代形态，产生了真正意义上的现代文化；另一方面为国家、民族的改造、发展找到了一条前无古人的道路，即用来自西方的马克思主义来指导中国的社会变革。毛泽东说："马克思列宁主义来到中国之所以发生这样大作用，是因为中国的社会条件有了这种需要，是因为同中国人民革命的实践发生了联系，是因为被中国人民所掌握了。任何思想，如果不和客观的实际的事物相联系，如果没有客观存在的需要，如果不为人民群众所掌握，即使是最好的东西，即使是马克思列宁主义，也是不起作用的。"①作为文化形态的马克思主义与中国当时的实际相结合，形成了毛泽东思想，这是中国文化形态的一次大的创新，是社会主义文化建设的第一步。

改革开放后，邓小平曾经说过："如果我们不是马克思

---

① 《毛泽东选集》第4卷，1515页，北京：人民出版社，1991。

主义者，没有对马克思主义的充分信仰，或者不是把马克思主义同中国自己的实际相结合，走自己的道路，中国革命就搞不成功，中国现在还会是四分五裂，没有独立，也没有统一。对马克思主义的信仰，是中国革命胜利的一种精神动力。"①邓小平在这里是把"马克思主义同中国自己的实际相结合"与"对马克思主义的充分信仰"相并列，这就是说，中国共产党选择马克思主义文化并不是袭用他人的陈套，而是经过了自己的创造性加工，即是一种文化创新。邓小平理论的形成是中国共产党意识形态文化的又一次创新，正是这一意识形态文化的创新，开启了中国改革开放的大门，推动中国社会发生了翻天覆地的变化。

"三个代表"重要思想的提出，是对意识形态文化的又一次重大创新，是对马克思主义的一次创新性发展。"三个代表"重要思想本身又对中国特色社会主义文化创新提出了新的要求，要"始终代表中国先进文化的前进方向"就必须不断进行文化创新。在纪念中国共产党成立86周年的讲话中，江泽民提出了文化创新的概念，并且提出了文化创新的指导原则他说文化创新要"立足于建设有中国特色社会主义的实践，着眼于世界科学文化发展的前沿，不断发展健康向上、丰富多彩的，具有中国风格、中国特色的社会主义文化"，"发展社会主义文化，必须继承和发扬一切优秀的文化，必须充分体现时代精神和创造精神，必须具有世界眼光，增强感召力"，"同时必须结合新的实践和时代的要求，结合人民群众精神文化生活的需要，积极进行文化创新"。②"三个代表"重要思想，对社会主义意识形态文化的创新也有新的论述，江泽民指出："马克思主义具有与时俱进的理论品质。如果不顾历史条件和现实情况的变化，拘泥于马克思主义经典作家在特定历史条件下、针对具体情况作出的某些个别论断和

①《邓小平文选》第3卷，63页，北京：人民出版社，1993。

②《江泽民论"三个代表"》，160页，北京：中央文献出版社，2001。

具体行动纲领，我们就会因为思想脱离实际而不能顺利前进，甚至发生失误。"①提出文化创新的主张、提出马克思主义具有与时俱进的理论品质的这些重要论述，对于我们进一步解放思想，不断进行文化创新具有重要的指导意义。

（二）文化创新和小康文化创新

社会经济发展是分阶段的，与此相适应的文化发展也是分阶段的。当文化的发展进入一个相对完善的阶段时，容易出现文化的保守性倾向。人们可能会忽视进一步创新的要求，甚至会对创新思想产生抵触情绪，从而使文化陷入停滞之中。比如，马克思主义在中国意识形态的指导地位确立以后，教条式地对待马克思主义的态度，就是文化保守性的一个重要表现。因此，对待文化的发展也要有一个居安思危的态度，要在创新中推动文化的不断发展。

用"虚"和"实"的标准来划分，文化可以包括两个部分。一部分是文化实体，我们可以把它简化为文化知识；另一部分是文化虚体，我们可以把它简化为文化价值或文化观念。从这个规定出发我们可以把文化创新分成两个方面，第一个方面是文化知识的创新；第二个方面是文化价值观念的创新。考虑到文化的发展是在一定的体制内进行的，所以，文化创新也应该包括文化创新体系的建立。

首先，文化知识的创新。人类知识的发展有一个积累过程，而积累的过程是加速进行的，这与恩格斯指出的科学技术"是按几何级数发展"的道理是一致的。文化越是向成熟、高级的阶段发展，理性的、系统化的知识含量就越大。单从科技知识来看，第二次世界大战以来，科学的新发现和技术的新发明比过去 2000 年的总和还要多，知识创新的速度也比以前快得多。据估计，人类知识总量在 1800 年以前是 50 年翻一番，1950 年以前是每 10 年翻一番，到 1975 年

① 《江泽民论"三个代表"》，165 页，北京：中央文献出版社，2001。

只需 5 年就能翻一番。美国学者在 80 年代初研究指出，现有的物理学、化学、工程学、生物学等方面的知识有 90%是从 1950 年以后产生的。在知识的数量急剧增长的同时，知识的质量也在发生着深刻变化。近 50 年来科学技术发展每 10 年就要有一次重大的突破，而每一次突破都使人类越来越能够在总体上把握世界的规律，也越来越在物质的更深层次、更广的空间上认识物质运动的规律。知识的创新不仅是指自然科学知识的创新，同时也是指社会科学知识的创新。在当代自然科学与社会科学的作用已经很难截然分开，自然科学的发展为社会科学的进步提供大量的研究素材，而社会科学的发展又为自然科学的进步提供重要的方法论指导。自然科学和社会科学的共同发展在不断地增加着人类知识的存量，自然科学与社会科学的知识积累，又为知识的创新提供基础，并不断加快知识的增量。从当代知识发展的现状和趋向来看，知识创新已无可辩驳地成为文化创新的前沿领域。

其次，文化价值观念的创新。文化价值观念建立在社会现实基础之上，又有主观评价的成分，总的说它包括自然观和社会观。当代社会迅速发展，以往的一切文化价值观念都面临新的检验。例如，人对自然的看法近年出现了明显变化。自从工业化进程开始以来，自然一直被看作索取的对象，人与自然的关系以"征服自然"为特征。这种单向索取关系加剧了人与自然的紧张，其结果是严重破坏了自然环境，反过来危及人的生存。意识到这种危机，一种人与自然和谐发展的意识开始萌生，这也正是"天人合一"的中国古老智慧重放异彩的重要原因。社会观广泛涵盖人生观、阶级观、发展观、进步观等，这些观念同样在变化。例如发展观，一方面世界经济一体化使孤立的发展成为不可能，另一方面盲目发展导致了社会不公和生态危机，因此今天人们普遍抛弃了单纯以经济的发展为发展的片面发展观，而追求全面发展、可持续发展和人道的发展。中国共产党在十六届三中全会上提出的科学发展观，十六届四中全会提出的社会主义和谐社会理论，都是对人类社会发展规律认识的深化，反映在文化上就是文化观念的一次创新，它将会无可争议地构成小康文化的一项重要内容。我国近年文化价值观的更新十分显著，这种更新不仅涉及发展观、进步观、阶级观，还广泛涉及义利观、善恶观、审美观等等。对于文化价值观的积极调整应当给予充分肯定和大力支持。

再次，建立健全的文化创新体系是推动文化创新的必然要求。创新体系概念的提出始于技术创新理论，是由技术创新体系逐渐延伸到其他领域的创新体系。在创新实践中人们普遍意识到，创新不是孤立的行为，它会涉及方方面面的关系，因此需要对创新行为进行协调组织。建立创新体系的目的，是强化创新意识，明确创新方向，合理整合各种创新资源。当今发达国家都在致力于创新体系的建设。从创新体系建立相对比较完善的国家情况来看，所谓创新体系是由创新目标确立体系、创新投资体系、创新人员组织结构体系、创新价值评估体系以及创新成果转化体系这样一系列的子系统综合构成的。创新体系的建立有两个要点，第一是充分调动社会的创造活力和利用社会创造资源，第二是由国家组织、主导和调控。我国的创新体系特别是文化创新体系还在建立之中，还不完善，加快建立文化创新体系建设，是当前小康文化建设面临的一项紧迫任务。

小康文化的创新要立足于全面建设小康社会的实际和当今时代发展的主题，形成新的文化知识、文化价值观和创新体系，促进中国社会的全面发展，并对人类文明的进步作出自己的贡献。因此，小康文化创新要从文化发展的环境和面对的主要问题出发，认真思考经济全球化和世界多极化曲折发展的进程，思考科学技术突飞猛进，知识经济初见端倪的态势，思考中国社会正处于转型期的现实，思考 21 世纪党和国家面临的三大历史任务，为小康社会的中国和 21 世纪的世界发展，从文化战略角度提出新的思路。

同时，小康文化创新必须着眼于实现社会和谐与人的全面发展；坚持以"三个代表"重要思想作为文化创新的指导思想和衡量尺度；坚持以人民群众为实践主体和价值主体，尊重人民群众的首创精神，充分调动和发挥人民群众的积极性和主动性；坚持把最广大人民的根本利益作为文化创新的根本价值取向，着眼于不断满足人民群众日益增长的精神文化需求；坚持以改革开放和现代化建设的实践作为文化创新的立足点和落脚点；必须着眼于世界科学文化发展的前沿，大胆吸收和借鉴人类社会创造的一切优秀文明成果，遵循以我为主、为我所用的原则，博采世界各国文化之长，繁荣和发展中国特色社会主义文化。

（三）小康文化的创新点与生长点

文化创新必须准确找到创新点。与时代的发展相合拍，与任务需要衔接，文化创新才能展开，这样的创新也才有价值。小康文化的创新点和生长点在哪里呢？

当今时代的主题和世界的发展趋势是小康文化的创新点和生长点之一。小康文化是世界文明的重要组成部分，因此小康文化创新要面向世界。当代世界是一个飞速发展的世界，新技术革命在深入地影响各国的文化与生活。科学技术发展日新月异，知识、信息以几何级数增加，经济全球化使世界各国的经济、文化、政治和社会的联系更加紧密，以计算机为先导的信息技术、网络技术正在更深刻地改变着人类社会，各国的科技、教育、文化乃至思想情感的交流空间迅速扩大，世界范围内各种思想文化相互激荡。这些都是我们进行社会主义文化创新的积极因素。当然，在和平与发展为主题的时代背景下，霸权主义、强权政治和冷战思维仍然还存在；贫富差距还在加剧；民族、宗教、领土争端时有发生；文化霸权，强制推行自己的价值观的行为也还存在。面对时代主题下存在的问题，寻找发展的契机，为开创人类更加美好的未来作出不懈的努力，这正是小康文化的创新点和增长点。

全面建设小康社会、加快推进社会主义现代化建设事业的火热实践是小康文化的又一个创新点和生长点。文化是社会实践的产物，也是社会实践的反映，并服务于社会实践。从新世纪开始，我们进入了全面建设小康社会和社会主义现代化建设新的发展阶段。全面建设小康社会是建设惠及十几亿人口的更高水平的社会，从内容上看它包括民主政治和法制建设、经济建设、思想文化建设、生态环境建设，实现经济社会的协调发展和人的全面进步。从小康社会的建设主体来看，党是全面建设小康社会的领导核心，工人、农民、知识分子、新社会阶层等都是中国特色社会主义事业的建设者。从社会结构来看，全面建设小康社会时期是中国社会发生深刻转型的重要时期，社会经济增长方式和经营方式将会发生重大的变化，社会生活方式也将逐步从农业社会向工业社会转变，在这个过程中，改革、发展、稳定的形势也将发生重要变化。小康文化建设必须针对这些变化来调整自己的发展思路，从这些变化中汲取生长的营养，结合这些新变化实现创新。

人民群众的精神文化需要是小康文化创新的动力。小康文化是为最广大人民的根本利益服务的，因此小康文化创新必须服务于全体人民日益增长的精神文化需求。人民群众的需要是生动和现实的，这种需要是生产、生活实践中产生的，只有深入到人民群众的实践中，才能准确把握。因此，为最广大人民服务的小康文化也应该来源于人民群众，来源于人民群众建设小康社会的伟大实践。正是这样的原因，所以小康文化创新一定要特别地关注最广大人民群众的利益和愿望，要把人民群众拥护不拥护、赞成不赞成、高兴不高兴、答应不答应作为小康文化创新的出发点和归宿，努力满足人民群众多方面、多层次的精神文化需求。

总之，小康文化的创新点和生长点脱离开中国优秀文化传统，脱离开世界文明发展大道，脱离开中国特色社会主义建设的实践，是寻找不到的。小康文化的创新与发展，"必须继承和发扬一切优秀的文化，必须体现时代精神和创造精神，必须具有世界眼光，增强感召力。中华民族的优秀文化传统，党和人民从五四运动以来形成的革命文化传统，人类社会创造的一切先进文明成果，我们都要积极继承和发扬。我国几千年历史留下了丰富的文化遗产，我们应该取其精华，去其糟粕，结合时代精神加以继承和发展，做到古为今用。同时必须结合新的实践和时代的要求，结合人民群众精神文化生活的需要，积极进行文化创新，努力繁荣先进文化，把亿万人民紧紧吸引在中国特色社会主义文化的伟大旗帜下。"①

三　小康文化建设的层次关系

文化是社会存在的反映，存在有什么样的社会现象，就会有什么样的文化表现形式。我国正处于并将长期处于社会主义初级阶段，日益增长的物质文化需要同落后的社会生产之间的矛盾仍然是我国社会的主要矛盾，现在我们所达到的小康还是低水平的、不全面的、发展很不平衡的小康。与社会存在的层级结构相对应，小康社会也存在着积极向上的先进文化、健康有益的大众文化、历史遗留下来的落后文化以及消极颓废的腐朽文化。建设小康文化就应该从小康社会文化现存的状态出发，大力发展先进文化、支持健康有益文化，努力改造落后文化，坚决抵制腐朽文化。

（一）发展先进文化

先进文化是指代表人类文明发展方向，体现人类进步状

---

① 《江泽民论"三个代表"》，160 页，北京：中央文献出版社，2001。

态的文化。当代中国的先进文化就是中国特色社会主义文化。大力发展先进文化，就是发展面向现代化、面向世界、面向未来，民族的、科学的、大众的社会主义文化。发展先进文化的目标在于不断丰富人们的精神世界，增强人们的精神力量。在全面建设小康社会进程中，要大力发展先进文化就必须坚持马克思列宁主义、毛泽东思想和邓小平理论在意识形态领域的指导地位，用"三个代表"重要思想统领社会主义文化建设。坚持为人民服务、为社会主义服务的方向和百花齐放、百家争鸣的方针，弘扬主旋律，提倡多样化。坚持以科学的理论武装人，以正确的舆论引导人，以高尚的精神塑造人，以优秀的作品鼓舞人。

不同层次的文化之间有相互的影响力，从历史发展的长河来看，先进的文化必然代替和战胜落后的文化。但是，在一定的时期内，先进的文化并不一定自然而然地就能够处于主流地位，即使处于主流地位也会不断受到其他层次文化的影响和侵蚀。所以，在建设小康文化过程中我们必须对客观存在着的各种文化进行分析，把握各种文化在社会中所处的地位和存在的原因。然后，针对性地采取措施，以保证和巩固先进文化的主导地位。思想文化领域，先进文化不去占领，落后文化、腐朽文化就会去占领。因此，要发展先进文化必须通过完善政策和制度，加强教育和管理。移风易俗，努力改造落后的文化，努力防止和坚决抵制腐朽文化和各种错误思想观点对人们的侵蚀，逐步缩小和剔除它们借以滋生的土壤。用先进文化占领城乡思想文化阵地，在不断满足和提高人民群众的精神文化需求的前提下，促进社会主义精神文明发展。

(二) 支持健康有益文化

建设小康文化，在大力发展先进文化的同时，为满足不同层次人群或者人们在不同生活方面的需要，还需要支持健康有益文化的发展。健康有益文化，只是对文化功能效果的

63

一种描述，从当代文化研究的分类来看，把健康有益文化归入大众文化，比较恰当。说比较恰当，是由于大众文化作为市场经济和工业科技的产物，其中不乏优秀作品，能够满足人们健康心理需要，起到鼓舞人心，催人向上的作用。但是，在利益的驱动下，大众文化中也有些是追求感官刺激的低劣作品，这些不能看作是健康有益文化。有人说中国特色社会主义文化就是民族的、科学的、大众的文化，所以，先进文化也应该包括在大众文化范畴之中。但是，在这里我们不持如此观点，我们认为先进文化在中国虽然也具有大众性，却不能看作是大众文化。大众文化是一种特殊的文化形态，这种文化形态在西方市民社会早已存在，在我国是随着改革开放以后才出现和迅速发展起来的一种文化。因此，可以说大众文化是一种与现代化、都市化和市场经济相联系的、对普通老百姓影响最大的一种特殊文化形态。

大众文化是一种商业型、娱乐型的民间文化，它的传播载体有书报期刊，在当代电子传播媒介是其重要载体形式。大众文化的生产制作者的主要动机是经济利益，消费群体主要是现代都市大众。作为一种商业性文化，大众文化具有一般商品的共同特点，它首先是以营利为目的，其产品可以在市场上流通。但大众文化不是一般性的商业文化，而是一种消费型、娱乐型的商业文化，因而它又具有娱乐产品的共同特点，如娱乐性、流行性、大众性、通俗性等。同时，大众文化既然是一种"文化"，就必然具有一定的文化内涵，亦即具有一定的精神性质，只不过比起高雅文化来说，大众文化的精神内涵相对来说是较浅薄一些、直白一些。大众文化产品作为以现代电子媒介为物质载体和传播手段的文化形态，其存在方式具有形象化的特点，不再像古典文化作品那样追求内容与形式的和谐统一，也不像先进文化作品那样追求思想性、教育性和严肃性，而是特别注重外观形象。华丽的、绚烂夺目的、让人眩晕的形象是大众文化产品主要的表征。

在当代中国，大众文化的存在有其合理性和必然性。首先，大众文化是中国经济社会发展到一定阶段的产物。在改革开放以前，真正意义上的大众文化形态在中国几乎是不存在的，市场经济体制的确立，工业化和城市化进程的加快，市民社会的初步形成和社会分层的产生等因素，是中国大众文化存在的客观条件。其次，大众文化具有古典文化和高雅文化所不能比拟的长处。它的平凡性、通俗性、亲和力，以及它对普通老百姓内心世界的细微情感和日常生活心理的细致表达，都是古典文化和高雅文化所不能相比的。古典文化和高雅文化结构考究，气势磅礴，意境深远，比较理性和深沉。但正是由于过于理性，所以容易失去生动、活泼、通俗易懂的优点。另外，由于古典文化和高雅文化表现的大都是"类"的情感，对于每个个体千差万别的、具体的思想情感反映不足。对接受者的素质要求就比较高，受体需要有较高的文化审美素养，还需要有一定的时间和心境，所以，往往会陷于阳春白雪、孤芳自赏的局面。

当然，大众文化也有其严重的不足。首先，从大众文化的表现形式来看，大众文化对形象过分夸张和重视，以及对人类深沉情感和精神的拒绝，使它不再具有古典文化的厚重感和洞悉人生的分量。其次，从大众文化的性质来看，大众文化是一种商业型文化，过分追求经济利益的结果会造成对社会效益的忽视。为了迎合某些受众的需要，大众文化有可能从通俗化、形象化走向浅薄化和庸俗化，出现媚俗的不良倾向。再次，从大众文化的影响力来看，大众文化利用自身的优点，大行其道，会严重挤兑其他文化的生存空间，长此以往会造成高雅文化和古典文化之花的枯萎衰竭，也会使先进文化失去其应有的影响力。

小康文化建设要重视文化的多元性存在，也要保持多元文化规范有序地发展。在全面建设小康社会的进程中，中国社会所处的发展阶段和人民群众的思想道德素质、整体文化

65

素质、文化审美程度等方面因素决定了大众文化的发展空间还很大，发展的步伐还会加快，大众文化可能成为中国老百姓的首选文化。因此在小康文化建设过程中，我们一定要处理好大众文化与高雅文化、古典文化之间的关系。一方面，要注意对大众文化进行规范、引导、完善，使之建立起健全的机制，能够产生出健康活泼、为人民群众所喜闻乐见，又陶冶人的性情、提高人的思想水平的作品；另一方面，还要大力扶持和发展古典型文化、高雅文化，创造能够产生真正世界一流水准的文化艺术作品的社会环境和土壤，使我们的民族文化能够真正平等地立足于世界民族文化之林，使大众文化与高雅文化的建设都能汇入小康文化的建设中。

支持大众文化发展，就是要支持健康向上的、源于人民、服务于人民、满足人民高尚精神需求的大众文化，这是支持健康有益文化的具体表现。在全面建设小康社会的过程中，追求文化产品的社会效益，不只是主流意识形态文化的任务，同时也应当是健康有益的大众文化的任务。对于大众文化，如果不加强管理，完全由市场自由调节文化生产，那样就会使大众文化滑到媚俗甚至低级庸俗的境地，这样大众文化也就因此失去了健康有益的作用。因此，支持大众文化发展，也必须坚持弘扬主旋律的主题，使大众文化沿着社会主义文化发展的方向，沿着既保持独立创造精神，又能为大众普遍接受，既有良好的社会效益，又能带来巨大的经济效益的道路健康发展，这才是支持健康有益文化的正确做法。

（三）改造落后文化

文化具有民族性和时代性。文化的民族性是指各民族文化千差万别，多姿多彩。文化的时代性是指人类文化是不断向前发展的，因而有先进和落后之分。民族性和时代性决定了在世界文化范围内不同的民族文化有先进与落后之分，在一个民族内部，文化也有先进与落后之别。落后文化主要是指在社会历史发展过程中遗留下来的那些落后的、愚昧的、非科学的意识观念。当前我国社会存在的落后文化，主要是指长期封建社会遗留下来的封建主义文化残余，这类文化带有迷信、愚昧、颓废、庸俗甚至反动的色彩。应该承认，在我国社会主义文化已经居于主导地位，科学技术也有了巨大的进步，但不可否认，在不同的社会群体中、在不同的时期里，落后文化还以不同的形式大量存在着，像找巫婆神汉算命相面，喝"信息茶"，吃"信息面"，抢购、抢吃"神丹妙药"等，都是落后文化的表现。在小康文化建设过程中，落后文化还会花样翻新地表现出来。

在人类社会已经进入信息时代，科学技术高度发达的今天，在已经经历了长时期社会主义文化洗礼的中国，为什么落后文化还有生存空间，为什么还有一些人、甚至长期受过高等教育的人、受过马克思主义教育的人会接受这些落后文化呢？

第一，文化具有相对的独立性，文化的发展相对于经济社会有一定的滞后特点。人类的精神文化虽然根源于一定的经济关系、经济生活，但它并不会随着某种经济关系和经济生活的改变而立即消失。马克思指出："一切已死的先辈们的传统，像梦魇一样纠缠着活人的头脑。"列宁说过："旧社会灭亡的时候，它的死尸是不能装进棺材、埋入坟墓的。它在我们中间腐烂发臭并且毒害我们。"这里的"死尸"，就是指旧的精神文化。作为文化重要组成部分的思想道德更具有惰性，中国人反对封建文化历时可谓久矣，其势可谓猛矣。仅从五四新文化运动算起已近一个世纪，若从鸦片战争算起时间更长，期间经历"体"、"用"之争、"德先生"与"赛先生"的檄讨、"立宪"与"共和"的较量、"打倒孔家店"的炮轰，但是到了21世纪的今天，"情大还是法大、权大还是法大"的问题在生活现实中并没有得到很好的解决，"官本位"思想、"升官发财"思想在一些地方和人员头脑中还是久踞不去。这足以说明，破除落后文化何等困难，而清除落后文化观念更是难上加难。对于这一点，在小康文化建设过程中我们必须充分认识，改造落后文化并非朝夕之事，不能急于求成，但也不能任其自然发展。

第二，人们认识能力的有限性，是落后文化存在的认识论基础。马克思在论述宗教产生的原因时说过一句话，宗教是人类对事物的现象和本质认识不清而产生的对事物盲从和恐惧。从对自然界的认识来看，虽然随着科学技术的发展，人们对自然界和社会的认识在逐步深化，但仍然对一些现象不能完全作出科学的解释，而且科学每前进一步，又都会带来新的未知领域和新生事物，于是有神论之类落后文化便会乘虚而入，形成新的落后文化现象。

第三，经济不充分发展和市场经济体制的不完善，是落后文化存在的物质和体制条件。作为旧的落后的精神文化尤其是思想道德文化之所以在我国还继续存在，除了精神文化自身的一些原因外，还有着经济方面的原因。文化的存在以现实的经济关系和经济生活为前提，如果产生这种文化的经济基础本身没有彻底破除，那么根植于这种经济条件之上的精神文化当然就更不能彻底消失了。中国没有形成并经历发达的市场经济阶段，只是近20年来才逐渐确立了市场经济体制。这对彻底克服旧的落后的文化尤其是思想道德文化是极其不利的，市场经济条件下形成的自立意识、竞争意识、效率意识、民主法制意识和开拓创新精神，讲求效率、开拓创新、平等竞争、崇尚科学、尊重知识和人才的观念，在市场经济体制没有充分发育的前提下是确立不起来的。不完善的市场经济体制和在这种情况下的经济生活与经济关系，恰好是落后文化得以存身和滋生的重要原因，也是尽管我们从五四运动以来就在不断强调破除落后文化，但却不能彻底铲除的一个重要原因。

落后文化的死灰复燃和滋生，不仅会严重阻碍先进文化和有益文化的建设，而且会严重影响国家的经济和民主政治建设。"文化大革命"这场长达十年浩劫，在一定意义上可以说就是落后文化通过政治运动的表现，在"文革"中，唯心主义泛滥、形而上学猖獗，个人崇拜、宗法观念、血统论盛行，蔑视民主和法制，扼杀个性、抹杀个人利益、张扬禁欲主义。

文化作为一种精神力量，对社会政治和经济具有巨大的影响和作用，落后文化造成的影响在"文化大革命"时期和"法轮功"猖獗之时表现得淋漓尽致。因此，全面建设小康社会、加快推进社会主义现代化建设，必须通过大力改造落后文化，形成先进的文化氛围，为现代化建设提供强有力的精神动力和智力支持。只有改造落后文化，才能促进物质文明、政治文明和精神文明健康的发展，才能促进社会主义和谐社会的构建进程。

改造落后文化，一方面是"改革"旧的文化，另一方面是"创造"新的文化，只有除旧立新两手抓，才能取得良好的效果。从"除旧"方面看，当前急需做的是要反对封建迷信，封建迷信是一种腐朽落后的观念和行为，是一种典型的落后文化。只有坚持移风易俗，缩小和剔除落后文化滋生的土壤，在全社会形成提倡科学、追求真理的良好风气，营造激浊扬清、扶正祛邪、反对落后文化的环境和氛围，才能为"立新"创造条件。从"立新"方面看，一是要加强思想教育，弘扬科学精神和时代精神；二是要完善政策制度，切实守住、管好现有的思想文化阵地。针对市场经济条件下文化领域出现的新情况、新问题，通过健全和改进文化管理方式，来促进文化市场的正常发育；通过完善现行法律和法规，依法打击制造、贩卖和传播落后文化产品的行为，把文化生产引导到有利于文化发展的轨道上来。在"除旧"以后，只有新的先进的文化紧紧跟上，填充其文化真空，旧文化才不至于死灰复燃。

（四）抵制腐朽文化

所谓腐朽文化，主要是指资产阶级的某些腐朽思想文化。腐朽文化从根本上讲，是私有制的产物。我国当前的腐朽文化现象，是剥削阶级和剥削制度思想残余影响的结果。腐朽文化在社会生活中的表现形式多种多样，对人们的精神世界和社会主义事业影响和危害极大。目前妨碍小康文化健康发展的腐朽文化主要有三种，即拜金主义文化、享乐主义文化和极端个人主义文化。

拜金主义文化是伴随着商品经济而产生的，马克思说过，自从有可能把商品当作交换价值来保持，或把交换价值当作商品来保持以来，求金欲就产生了。商品经济极其强烈地刺激人们的金钱欲望，从而诱发出拜金主义。拜金主义就是金钱至上，使人的本质被金钱所淹没，从而使人性失落，人格扭曲，因而是极端有害的。享乐主义文化是对人的理性和社会性的一种否定，是对人的自然性、本能、欲望、感官追求的非理性的放纵，是对他人、社会、人类甚至自我的迷失。人们一旦奉行享乐主义，就会追求腐朽的东西，就会失去进取心、事业心，就会忘记义务、责任，失去崇高理想、伟大抱负。因此，在一定意义上说，享乐主义是一种向动物的复归，是一种反文化现象。极端个人主义文化是以个人需要的满足作为衡量人的价值实现的唯一尺度的文化观念。极端个人主义是资产阶级文化的核心，是资产阶级世界观、人生观、价值观的集中反映。它坚持一切为了个人的人生目的和人生态度，它把个人与他人、集体、社会对立起来，片面强调个人利益，当个人利益与他人、集体、社会的利益发生冲突时，为了个人利益，可以牺牲他人、集体和社会的利益，一事当前，先替自己打算，然后才考虑他人、集体或社会。

拜金主义文化、享乐主义文化和极端个人主义文化是与社会主义文化格格不入的。在我国改革开放、发展社会主义市场经济的条件下，市场经济自身的弱点和消极方面，很容易诱发拜金主义和极端个人主义文化。随着经济的发展、对外交流活动的增加和生活条件的改善，也容易滋生享乐主义文化。实行市场经济体制就必须讲利益原则，讲平等竞争，讲等价交换，但是如果把市场经济的原则推而广之引入到党和国家的政治生活中，当作自己的世界观、价值观、人生观，就可能滋生拜金主义。我们的干部，特别是各级领导干部，手中都握有一定的权力，如果拜金主义文化充斥了头脑，就会用权去捞钱，就会产生权钱交易、以权谋私的腐败现象。

享乐主义文化是与我们党所倡导的两个"务必"背道而驰的，它是一个政党、一个政权、一个国家走向衰亡的开始。享乐主义文化有多种表现形式，在精神状态上，不再为实现党的任务和人民的利益克服困难、奋发向上，而是思想空虚，精神萎靡，贪图安逸，不思进取；在价值取向上，把个人利益放在高于一切的位置，事情多做一点觉得吃亏，待遇稍差一点满腹牢骚，认为艰苦奋斗已经"过时"，享乐安逸才更"现实"；在工作态度上，怕苦怕累，逃避责任，得过且过，遇到困难和矛盾绕着走，不愿意到艰苦的地方和单位工作，更不想创造性地开展工作；在公务活动中，讲排场、比阔气，铺张浪费，不重实效；在生活方式上，追求"贵族化"，吃喝玩乐，沉迷花天酒地、声色犬马之中。我国处于并将长期处于社会主义初级阶段，如果任由享乐主义文化泛滥，就会毁掉我们的事业。

极端个人主义就是想什么问题、做什么事情都以我为中心，以自己的利益得失为标准，自私自利是其价值核心，极端个人主义文化也称为"利己主义文化"。我们党允许和维护党员正当的个人利益，但坚决反对极端个人主义。党的宗旨要求，个人利益要在国家、社会利益的发展中得到实现。个人利益的实现，不能损害国家、集体和他人的利益。坚持立党为公，执政为民，是中国特色社会主义文化观的根本要求，如果我们不去抵制极端个人主义，任其发展膨胀，就会患得患失，损害党和人民的根本利益。

腐朽文化阻碍生产力的发展，它与我们党要始终代表中国社会先进生产力的发展要求根本对立的；腐朽文化是剥削阶级世界观、人生观和价值观在生活中的体现，与我们党所代表的以马克思主义为指导的先进文化的前进方向是完全相悖的；腐朽文化引起的腐败现象极大地损害了国家和人民的利益，造成党群、干群关系紧张，它的恶性发展，只能使共产党人最终失去人民大众的支持。江泽民指出："我们要清醒地看到，在改革开放的条件下，资本主义的腐朽思想文化必然会乘虚而入，同我国历史上遗留下来的剥削阶级腐朽思想文化影响相结合，滋长拜金主义、极端个人主义和腐朽生活方式等消极现象，对人们正确的理想、信念和价值观产生冲击，也会腐蚀我们的干部和党员队伍，甚至毁掉一批意志薄弱者。"[1]因此，要建设小康文化，就必须坚决防止和抵制腐朽思想文化的侵袭。

在建设小康文化的进程中，怎样才能坚决反对和抵制腐朽文化的侵蚀呢？

首先，要抵制腐朽文化，必须树立正确的世界观、人生观和价值观。拜金主义、享乐主义和极端个人主义的产生有其客观诱因。但是，拜金主义、享乐主义和极端个人主义及其在这种腐朽文化影响下的行为，思想根源在于世界观、人生观和价值观出了问题。如果不用正确的世界观、人生观、价值观武装人们的思想，就不能从思想深处构筑起抵制腐朽思想文化的防线。"三讲"和"保持共产党员先进性教育活动"就是我们党抵制腐朽思想文化，树立"三观"的一种有力手段。正如江泽民所讲的："树立正确的世界观和人生观，无论过去、现在和将来，对于每一个干部和党员来说，都是首要的问题。""领导干部要讲学习、讲政治、讲正气，

① 《中国共产党第十五次全国代表大会文件汇编》，51页，北京：人民出版社，1997。

自重、自省、自警、自励，树立正确的世界观、人生观、价值观，坚决抵制拜金主义、享乐主义、极端个人主义等腐朽思想文化的影响。"领导干部只有从根本上解决了"三观"问题，才能有效地抵制拜金主义、享乐主义和极端个人主义，自觉做到立党为公，执政为民，吃苦在前，享受在后，一身正气、一尘不染。

其次，抵制腐朽文化，必须建立健全制度，从根本上铲除腐朽文化滋生蔓延的土壤和条件。腐朽文化会产生腐朽的社会现象，而腐朽的社会现象又会反过来，刺激腐朽文化的滋生蔓延。所以，建立和健全一整套制度，对违法乱纪、以权谋私、贪污腐败、穷奢极欲、腐化堕落等腐朽的行为进行有效的约束和监督，并对这种行为进行严厉的惩处。如果腐朽的社会现象不存在了或得到了遏制，这样也就扫除了腐朽文化生长和蔓延的土壤。

再次，抵制腐朽文化，必须加强党风建设。党员干部的生活作风、工作作风、思想作风、学风，是人生观、价值观、权力观、地位观和利益观的直接表现。我们党是执政党，党风的好坏不仅直接关系着党的自身建设问题，而且也直接影响着社会风气。从当前的情况看，有些领导干部精神空虚，意志衰弱，贪图享乐，以致骄奢淫逸，腐化堕落。他们经不起金钱和美色的诱惑，最终滑入罪恶的深渊。这决不是一个人的问题，而是一个党、一个社会的问题，无论是对党、对国家、对社会，还是对干部本人来说，都绝不是小事。因此，加强党的作风建设，党风正了、社会空气好了，腐朽文化也就在一定程度上丧失了生存之地。

总之，腐朽文化是小康文化的大敌，建设小康文化的一项重要任务就是要抵制腐朽文化，使先进文化占领社会主义文化阵地。在小康文化建设过程中，只有大力发展先进文化，支持健康有益文化，努力改造落后文化，坚决抵制腐朽文化，小康文化才能绽放出绚丽的花朵。

（五）传播先进文化

文化的传播是通过载体进行的，文化载体也就是文化传媒工具，文化传媒随着时代的发展和科学技术的进步是不断丰富和前进的。进入 21 世纪，网络已经发展成为继报刊、广播、电视之后的第四种媒体。建立在因特网技术基础上的国际计算机互联网络，以其信息传递的快捷性、获取的方便性、信息内容的丰富性、交往行为的全球性、互动关系的虚拟性，迅速改变人们的生产生活方式，吸引了越来越多的人，特别是年青一代。小康文化建设正是在这样一种新型的信息文明环境中展开的。网络既给我们的小康文化建设提供了有效的物质手段，同时也带来了许多负面影响。对此，我们必须认真研究，高度重视，一定要保证使互联网站成为传播先进文化的重要阵地。

互联网站对于小康文化建设是一柄双刃剑，互联网的出现和快速发展为小康文化建设提供了新环境，它打破事实上存在的文化垄断权，为实行真正的文化民主提供了物质手段。为打破社会分工的限制，在网上率先实现人的自由全面发展提供了新的手段。此外，通过网上交往可以扩展人与人之间关系，寻求心灵的契合。通过网上游戏可以发挥人的创造性和主动性，满足人民对文化的多样性需要，推动社会主义精神文明和文化建设。但是，互联网站只是一种传媒工具，它既可以传播先进的文化，也可以传播落后和腐朽的文化，互联网的开放性和国际性还决定了小康文化受不健康、甚至颓废腐朽文化侵蚀的可能性必然增加。在互联网技术西方发达国家占绝对优势，网上语言英语占绝对优势的条件下，强势文化的地位增强和意识形态的渗入、不良信息的泛滥、跨文化冲突，西方文化在网上的话语霸权等等，这都会对小康文化建设提出新的挑战。

为了使互联网站能够真正成为传播先进文化的重要阵地，我们必须从三个方面努力。第一，要正确对待网络，采取积极主动的态度去发展网络，让先进的网络能够以尽快地速度和尽量广泛地为大众所应用。我国目前的网络虽然发展很快，但分布极不均衡，经济发达地区比较快，欠发达地区则发展极慢；大中城市发展较快，中小城市和广大农村发展极慢；在文化密集的教育机构和研究机构较为普及，在普通人群中普及率极低。网络资源的分布不均，严重影响先进文化的传播，如果先进文化只是主要沿用报刊、广播、电视这种传统的媒体来传播，势必会削弱其影响力。第二，要积极运用网络技术的优势对先进文化进行加工，使先进文化能够利用网络平台进行传播，加快先进文化的上网步伐，扩大先进文化的网络覆盖面。第三，要对上网的先进文化进行形式上的改进，改变长此以往形成的先进文化的严肃面孔，使先进文化能够以喜闻乐见的、生动活泼的面目出现在网络上，寓思想性、教育性和娱乐性之中，增强先进文化的感染力。第四，要对网络进行科学的管理，防止低级、腐朽、黄色、暴力甚至反动的内容在网上传播。

党的十六大报告中指出："互联网站要成为传播先进文化的重要阵地。"这一论述，把互联网站的重要性提到了一个前所未有的高度，为我国互联网事业的发展指明了方向。因此，小康文化建设一定要重视对互联网的利用，一定要把互联网建设成为传播先进文化，弘扬社会主义精神文明的阵地。

第　三　章
弘扬与培育民族精神：小康
文化建设的重大任务

民族精神是一个民族赖以生存和发展的精神支柱。一个民族，没有奋进的民族精神和高尚的品格，就不可能自立于世界民族之林。在经济全球化步伐加快、世界范围内各种思想文化相互激荡的新时代，我们更需要高昂、奋进的民族精神，必须把弘扬和培育民族精神作为文化建设极为重要的任务，使全体人民始终保持昂扬向上的精神状态，为中国特色社会主义现代化建设提供强大的精神动力。

一　民族生存和发展的精神支撑

民族精神是一个民族在长期的共同生活和共同的社会实践基础上形成和发展的，为民族大多数成员所认同和接受的思想品格、价值取向和道德规范，是一个民族的心理特征、文化传统、思想情感等的综合反映。作为一个民族的灵魂，民族精神贯穿于民族的生存与发展之中，主要包括民族的理想、品格、意志、思维、个性、社会责任感、学习、发展事业、交际、合作、生活、保健等方面的精神。民族精神潜移默化地影响国民的思想和行为，渐渐地影响每一位国民及整个民族的发展。

（一）民族精神的内涵与功能

历史唯物主义认为，历史过程中的决定性因素归根到底是现实生活的生产和再生产，物质生活的生产方式制约着整个社会生活、政治生活和精神生活。但是，经济因素并非是历史发展的唯一决定因素，政治、法律、精神等上层建筑对经济基础具有一定的独立的反作用，这种反作用既表现在以经济因素为基础，包括经济、政治、法律、精神等因素在内的多种力量的交互作用上，也表现在政治、精神等因素对历史发展发挥的独特作用上。从社会自然历史过程看，必须坚持社会物质生产和经济对社会发展的根本决定作用的观点。从历史的辩证法看，必须坚持承认人的主体能动性的社会历史发展观，即坚持相对于物质范畴而言的精神范畴对于物质世界的能动的反作用的观点。

一个民族所具有的民族精神发展状况如何，既产生于该民族社会生产力和生产关系的发展状况，又影响该民族社会生产力和生产关系的发展。从生产力方面说，任何一个时代，人们为了满足不断增长的社会物质生活需求，总是主动地发展自己的社会生产力。生产力发展水平的具体内容，也是一个时代的人们文化素质、民族精神的重要标志。从生产关系方面讲，任何一种生产关系都是一种文明形态，也就是说，任何一个时代的人们，总是在对自己的社会生产力状况、社会生产经验及以其为根据的社会生活经验进行思考和总结的基础上，形成关于建构一定生产关系的思想理论，民族精神就是这些思想理论的精华和核心。同时，民族精神能够对生产力和生产关系产生反作用。民族精神影响社会生产力，一个国家、一个民族如果不具备勇于开拓、富于创新的民族精神，就不可能提高人的文化素质、科技知识水平和劳动工具的科技水平、管理的系统化水平，而后者是构成社会生产力的必要内容。可以说，没有民族精神就没有一个民族蓬勃发展的生产力，一个国家如果不重视教育、科学和文学艺术，不重视人的素质的不断提高，就不可能有日益增长的生产力。

民族精神是一个民族团结统一的强大精神纽带。民族的本义，就是指具有共同语言、共同地域、共同经济生活和共同文化的人的共同体。其中，民族语言和民族文化是民族精神的外壳和存在形式，民族精神是民族文化的精华，最能体现一个民族改造客观世界和主观世界方面的主体能动性。在人类发展史上，有很多民族不断地衰败破落乃至悄无声息地消亡，又有很多民族产生、崛起并持续地发展壮大，纵然这些归根结底都与一个民族物质生产的迟滞或发展有关，但也离不开这个民族所特有的民族精神的发展状况。一个民族只有具有被全民族公认的核心价值观，才能够形成得到普遍认同的公共道德品质和规范，形成文明的公共秩序与公共交往准则，避免混乱无序、瘫痪无力的"一盘散沙"的分裂状况。保证民族共同体的团结统一，是民族作为共同体存在、发展的最基本前提，民族精神则是民族团结统一的关键精神纽带。

民族精神是一个民族兴旺发达的精神支柱。在民族精神的感召下，一个民族的所有成员在心理上积极认同民族整体，将以民族之辱为辱，民族之荣为荣。民族利益高于个人利益，每一成员对民族怀有高度的忠诚，对民族事业勇于献身。中国有句古话，即事业的成败取决于"天时"、"地利"和"人和"三个因素，其中"人和"就是人的因素。只有拥有积极向上的民族精神，一个民族才能更好地利用各种有利于民族发展的自然要素，协调和整合自身内部的经济、政治、文化资源，促进民族共同体的进步和发展壮大。

民族精神是一个国家综合国力的重要标志。综合国力，是一个国家所拥有的赖以生存和发展的全部实力的总和，也就是说，国力不仅仅表现在它的经济实力、政治的实力、军事的实力，还有它的精神力量。强大的精神力量体现在一个民族在历史活动中表现出来的富有生命力的优秀思想、高尚品格和坚定志向上，它不仅具有对内动员民族的力量、对外展示民族形象的重要功能，而且可以促进物质力量的发展，可以使一定的物质力量发挥更好更大的作用。

必须指出，任何一种民族精神都有其两面性。民族精神中的有一些东西，贯穿于整个民族的发展历程，是所有民族成员世世代代倍加珍惜的精神财富，而另一些东西，受其产生的具体历史条件的局限，在一个时代可能是精神财富，促进民族的繁荣和发展，但是，在另一个时代可能会成为精神枷锁，成为民族发展和繁荣的绊脚石。尽管民族精神是一个民族赖以生存和发展的精神支撑，但这个精神支柱既可能是强有力的，也可能是疲软无力的。因此，既要看到和利用民族精神中有利于民族强盛的一面，又要改革和剔除民族精神不利于民族发展的东西，使民族精神与时代发展同步，在不断弘扬传统民族精神精华的同时不断培育新的民族精神。

（二）源远流长的中华民族精神

中华民族精神源远流长。五千年的中华文明，始终没有中断过，而且在大部分时间里取得了如黑格尔所说的"活泼生动的进步"。同样，作为中华文明精髓的民族精神，如同中华民族的母亲河黄河、长江那样，冲破重重障碍，奔腾向前，变得越来越博大精深，具有强大的凝聚力和感召力，成为中华民族赖以生存和发展的强大精神力量。中华民族精神曾被全世界的有识之士赞誉为一个"奇迹"。其实，"奇迹"不奇。源远流长的中华民族精神既是客观历史条件的产物，也是中华儿女长期实践的结晶。

早在新石器时代，中华先民们就在黄河中游、长江中下游辛勤耕耘，繁衍生息，"日出而作，日入而息，凿井而饮，耕田而食"，在世界上较早采用了先进的农业生产方式。从《史记》等典籍关于神农尝百草、黄帝统一中原部落和发展原始农业、仓颉发明文字的记载，到鲁迅笔下"每日孳挈"的大禹，再到以吃苦耐劳精神著称的广大农民，可以清楚地看到中华民族的先民们在同艰苦的自然条件作斗争、不断改善生存环境的实践中，逐步形成了勤劳勇敢的开拓进取精神、刚健有为的自强精神，并将它们凝聚为一种民族精神。"天行健，君子以自强不息"，就是对这种民族精神的形象表述。

在统一的中华民族逐步形成的过程中，中华儿女培养起"兼容并包"、"中华一体"、"协和万邦"的理想，孕育了爱好和平的优良传统。尤其是经过春秋战国时期的诸子蜂起、百家争鸣，各个民族之间和区域文化之间加速碰撞和融合统一，使热爱祖国、爱好和平、反对战争、维护团结统一成为中华民族精神的基调和主线。无数志士仁人倡导并践行着这种民族精神。伟大的爱国主义诗人屈原"上下而求索"救国救民的真理，最后以死报国的感人事迹，至今仍为中华儿女所传颂。廉颇、蔺相如以社稷为重，捐弃个人恩怨，"将相和"以报效国家，成为千古佳话。司马迁将这些事迹忠实地记录下来，并突出强调将"国"放在首位的重要性，盛赞"先国家之急"的气节和操守，使以爱国主义为核心的民族精神更加广泛流传，发扬光大。

自秦汉至隋唐，随着统一民族国家的建立，民族融合的加快，对外文化交流的推进，中华民族精神的内涵愈益丰富。王昭君出塞，文成公主远嫁西藏，换来了民族大团结和经济社会的繁荣发展，也谱写了弘扬中华民族精神的一曲曲凯歌。至今在内蒙古仍有十多处昭君墓，西藏人民还在以各种方式对文成公主表达崇敬之情。同时，中华民族以海纳百川的广阔胸襟和恢弘气度，开辟丝绸之路，发展与西域诸多国家的文化交流，后来又开拓"海上丝绸之路"。海纳百川的做法，既大量吸取了国外的物质文明成果，又广泛吸收和融合了外来的优秀文明成果，促进了中华民族精神的丰富和升华。

中华五千年的文明史，既积累了许多伟大的民族精神，也沉淀了不少糟粕。春秋时期的"百家争鸣"基本奠定了中华民族精神的雏形，到汉代确立了以儒家为主的民族精神，之后沿用了两千多年，对民族发展有着巨大的影响。到了近代，中华传统的民族精神在很多方面已经跟不上时代发展的要求，也落后于发达民族。自鸦片战争以来，在振兴中华的呐喊声中，无数仁人志士都在痛苦地反思民族精神。梁启超、孙中山、鲁迅、林语堂等无数仁人志士，都试图改变民族的种种不良传统及重建民族精神。

梁启超先生第一个将我国 56 个民族统称为中华民族，并把中华民族精神概括为"自强不息"、"厚德载物"。孙中山先生在多次演讲中，都慨叹"民族如一盘散沙"，"国人失去民族主义垂 300 年，太缺乏（或者没有）民族观念，只有家族观念和宗族观念，导致民族命运式微"。有鉴于此，他提出了"反省民族缺点"、"改造传统文化"、"振奋民族精神"等主张。鲁迅先生起初学医是为了给国民治病，后来弃医从文是因为感到"愚弱的国民，无论有怎样健全的体魄，怎样的长寿也是毫无意义的，我等的首要是改造国民的精神，我认为此为文艺的第一要务"。美国哲学家、教育家杜威访华后认为，影响中国民族特性的是孔、老、释三家思想，孔、老虽相对，但影响并无二致，使中国人知足安分、宽容和平、消极保守。英国哲学家罗素则在访华后写成的《中国问题》一书，列举了幽默、忍耐、谦让等特点后，更指出贪婪、怯懦、冷漠为阻止中国民族进步的三大缺点。

从本质上讲，中华民族是优秀的民族，尽管我们在近代有过一百多年的屈辱，但这只是五千多年文明史中的片段而已。尽管我们的民族精神存在不少问题，但并没有改变我们作为优秀民族的本质，也没有中断无数中华民族优秀儿女振奋中华民族精神的不屈不挠的努力。

二　中华民族精神的内涵

中华民族拥有五千多年的文明历史，绵延不绝、博大恢弘。在五千多年的发展中，中华民族形成了以爱国主义为核心的团结统一、爱好和平、勤劳勇敢、自强不息为主流的伟大民族精神。

（一）中华民族精神的核心

爱国主义是中华民族精神的核心，是自古至今贯穿中华民族精神的一根极其鲜明而清晰的主线，中华民族精神的内涵，都是紧紧围绕着这一主线而丰富和发展的。爱国主义作为人们对于"生于斯，长于斯，衣食于斯"的祖国的一种神圣的感情，在历史上曾经最大限度地团结了各种社会力量，为祖国的发展和文明的进步进行了积极的斗争。在各个不同历史时期，无数仁人志士，受到爱国主义这一强大精神力量的鼓舞和推动，把自己毕生的精力投入到捍卫祖国独立统一和追求祖国富强昌盛的伟大事业中去。可以毫不夸张地说，没有哪一个对社会前进作出了积极贡献的历史人物，没有哪一桩对祖国发展产生了积极影响的历史事件，不是在爱国主义的旗帜下展开历史活动的。

爱国主义是一个历史的范畴，其具体内容，是随着历史条件和历史阶段的变化而发展变化的。大体说来，在我国古代社会，爱国主义主要是同反对分裂、反对民族压迫、反对统治阶级内部昏庸腐败和封建专制的斗争相联系。进入近代之后，爱国主义增加了新的内容和特点。它主要表现为对外反对殖民主义和帝国主义的侵略，捍卫祖国的独立和领土完整；对内反对同列强相勾结、出卖祖国利益的反动统治阶级，要求改变造成祖国贫弱、阻碍祖国振兴的封建专制制度。新中国成立后，爱国主义又同建设富强民主文明和谐的社会主义国家，实现社会主义现代化，实现中华民族的伟大复兴的宏伟大业相联系；同推进现代化建设、完成祖国统一、维护世界和平与促进共同发展这三大历史任务相联系。坚持爱国主义同社会主义的统一，使中国人民的爱国主义发展到了一个崭新的历史阶段。正如邓小平所说：中国人民有自己的民族自尊心和自豪感，以热爱祖国、贡献全部力量建设社会主义祖国为最大光荣，以损害祖国利益、尊严和荣誉为最大耻辱。

（二）中华民族精神的重要内容

中华民族精神具有强大的向心力和凝聚力，团结统一是中华民族精神的重要内容，是维系民族团结和国家统一的精神纽带。中华民族是由56个民族组成的大家庭。各族人民在中华民族的形成和发展中，在为祖国的兴盛和进步的团结奋斗中，都作出了自己的贡献。正是各族人民的共同努力，开发了祖国的大好河山，创造了光辉灿烂的中华文明，形成了幅员辽阔的统一国家。中国历史上虽然曾经出现过暂时的分裂现象，但民族团结和国家统一始终是中华民族历史的主流，是中国发展进步的重要保障。对待民族团结、国家统一的态度，一直是作为重大的政治原则和根本的道德准则，判定着历史人物的善恶忠奸。团结统一的精神是民族凝聚力的重要思想保证，没有这种蕴藏于人们内心深处的民族精神，民族凝聚就缺少核心，民族团结就缺少力量。中华民族凭借这种精神，万众一心，顽强拼搏，创造了光辉的过去，也一定会在这种精神的进一步发扬中，同心同德，群策群力，实现中华民族的伟大复兴，实现祖国的完全统一，创造更加美好的未来。

中华民族以热爱和平著称于世，以平等待人、和谐相处为世界各国所称道，我们的先人早就把"讲信修睦，尚辞让，去争夺"作为处理天下大事的重要原则。"和为贵"，是中华民族为人处世的一个基本准则。在各民族之间，强调要友好相处，"和衷共济"、"和睦相处"；在人和人的交往和相互关系中，强调要"和气致祥"、"和气生财"；在社会生活中，主张"政通人和"；在国与国的关系中，主张"协和万邦"、"和平共处"，反对一切形式的侵略战争，反对"以强凌弱"，主张国家不分大小，都应平等相待。在长期的历史发展过程中，中国人民同世界各国人民开展了友好交往关系，在经济、政治、文化各方面进行了合作与交流。实现天下太平，是中国人民的衷心向往。在近代历史上，中华民族曾经有过被侵略、被凌辱、被奴役的痛苦经历，因此，取得民族独立后的中国人民，更加珍视各国人民之间友好相处、各个国家之间和平共处之可贵。尽管目前世界上存在许多争端，但中国人民一贯主张不用战争手段而用和平方式去解决。当前，中国人民正在专心致志进行现代化建设，更需要有一个长期的和平国际环境和良好的周边环境。

(三) 中华民族精神的突出表现

勤劳勇敢是中华民族在漫长的历史发展中，在艰苦的自然条件和严酷的社会斗争中锻炼和培育的一种吃苦耐劳、艰苦奋斗、不畏艰险、勇于攀登、俭朴勤奋的不屈不挠精神。勤劳是创造一切物质文明和精神文明的源泉。勇敢是不怕困难不畏强暴的体现。"克勤于国，克俭于家"，"富贵不能淫，贫贱不能移，威武不能屈"，一向是中华民族信奉不渝的高尚情操。我们民族的伟大生命力，就蕴涵在这种民族精神延绵不绝的传承之中。中国人民依靠这种精神，不断战胜自然和社会带来的各种艰难险阻，使得中国作为人类文明发祥地之一，在漫长的历史进程中，文化传统始终没有中断。即使到了民族最危险的时刻，也总能够转危为安，由弱变强。

自强不息是中华民族精神的一个极为突出的方面。自强不息，就是要自立、自信，发愤图强，知难而进，前仆后继。一个民族是安于现状还是积极进取，是无所作为还是奋发图强，是因循保守还是开拓创新，根本的一点是有没有自强不息的精神。我们的祖先，为了适应不断变化的客观世界，为了生存与发展，高扬自强不息的精神，极大地推动了社会历史的前进。永远不满足于已有的成就，永远向着新的更加美好的目标奋勇攀登，这就是我国历史不断发展的奥秘所在。这种自强不息的精神，在日新月异、瞬息万变的今日世界，尤其凸显其重要性。

（四）中华民族精神的时代升华

中国共产党成立八十多年来，无论是在新民主主义革命时期，还是在领导人民进行社会主义建设和社会主义改革时期，都在不断丰富和发展着中华民族精神。在民主革命时期形成的井冈山精神、长征精神、延安精神、西柏坡精神和红岩精神等等，都闪现了共产党人身上的革命的民族精神。新中国成立后，毛泽东曾多次强调，要保持过去战争时期的那么一股劲，那么一股革命热情，那么一股拼命精神。这实际上就是强调要保持革命的民族精神。进入改革开放的新时期，邓小平一再要求全党坚持和发扬革命和拼命；严守纪律和自我牺牲；大公无私和先人后己；压倒一切敌人、压倒一切困难；坚持革命乐观主义、排除一切困难去争取胜利等五种革命精神。党的十三届四中全会以后，我国的改革开放进入新的阶段，江泽民先后提出了"六十四字"创业精神、"抗洪"精神和"两弹一星"精神。2001 年，他又提出要在全党和全社会大力宣传和弘扬五种精神，即解放思想、实事求是的精神，紧跟时代、勇于创新的精神，知难而进、一往无前的精神，艰苦奋斗、务求实效的精神，淡泊名利、无私奉献的精神。

解放思想、实事求是的精神，要求我们党既要解放思想，又要实事求是。始终坚持马克思主义历史的实践的发展的观点，坚持实践是检验真理的唯一标准，不断研究新情况，解决新问题，形成新认识，开辟新境界。

紧跟时代、勇于创新的精神，要求我们党始终站在时代发展的前列，不断把我们所从事的事业推向前进。运用马克思主义的宽广眼界观察世界，运用当代最新知识丰富自己，不唯本本，不守教条，与时俱进，不断推进理论创新、体制创新、科技创新和其他创新。革除那种闭目塞听、坐井观天、墨守成规、无视时代发展要求，自甘落后、萎靡不振的精神状态。

知难而进、一往无前的精神，要求全党同志和全国人民都要自强不息，励精图治，致富思源，富而思进，不断攀登事业的新高峰。时刻清醒地牢记，要把现代化事业干成功，必须有一种不畏艰难、顽强拼搏的钢铁意志，一种坚忍不拔、敢于胜利的英雄气概。

艰苦奋斗、务求实效的精神，要求在全党发扬党的优良传统，使勤俭建国、勤俭办一切事业在全党蔚然成风。大力倡导讲实话，办实事，求实效，尽心尽责的良好风气，坚决反对和抨击做官当老爷，搞花架子，搞形式主义，空谈误国的坏作风。

淡泊名利、无私奉献的精神，要求党的各级干部和党员要有先天下之忧而忧，后天下之乐而乐，心中装着人民和党的事业的品格，要有强烈的事业心和责任感，清正廉洁，兢兢业业，对党和人民极端负责。正确地对待自己、同志、组织和群众。多学习、少应酬，多奉献、少计较，努力做一个高尚的人，一个纯粹的人，一个有道德的人，一个脱离低级趣味的人，一个有利于人民的人。

"五种精神"是对新的历史时期全党和全社会应当具有的精神风貌的高度概括，它对我国的社会主义精神文明建设，对党员，尤其是对党的各级领导干部在新的历史条件下精神品格的培养具有具体的指导作用。"五种精神"的具体内容既继承了中华民族的优秀民族精神传统，又具有强烈的时代特色和针对性。正是依靠这些民族精神，中国人民推翻了三座大山，建立了社会主义新中国，开创了中华民族历史的新纪元；正是依靠这些民族精神，中国人民战胜了各种艰难险阻，取得了改革开放和现代化建设的辉煌成就。

三　全面建设小康社会呼唤新的民族精神

伟大的时代、伟大的事业需要伟大的民族精神。时代和社会发展对民族精神的要求，最终都体现在人们的实践活动之中。我们正在进行的建设中国特色社会主义的伟大实践，是培育民族精神的深厚土壤。民族精神是推动中国特色社会主义事业的强大精神动力，而生动活泼、热火朝天的实践活动又为民族精神的丰富发展提供了取之不尽的源泉，不断赋予民族精神新的时代特点。在改革开放和社会主义市场经济的条件下，弘扬和培育民族精神，不仅要继承民族文化的优良传统，也要从世界的文明宝库中汲取营养，更要立足于时代和实践的需要不断地丰富和拓展民族精神。要做到民族精神的与时俱进，就必须培育和弘扬以下精神。

（一）竞争精神

竞争是经济发展、社会进步最基本的推动力量之一，这个论断已经得到人类历史和现实的充分证明。作为一种推动历史发展的力量，竞争不仅仅表现为个人、民族或国家之间为了实现某种利益而相互作用的关系状态，而且已经深深地内化入人的精神世界，成为激励人们你争我赶、奋力拼搏的精神力量。在人类交往普遍世界化的今天，一个民族、一个国家是否具备与激烈的国际竞争相称的竞争精神，直接关系到社会的活力、民族的发展前途和国家的国际地位。

在中华民族的传统精神谱系中，自由竞争精神的因素也很稀缺，这是由多种原因造成的。首先，在民族交往方面，优越的地理位置和落后的古代交通使我们成为一个较少受到外部威胁的大陆国家，我们民族外部长期缺乏全面意义上的竞争者。其次，我国资源丰富，农业相对先进，一直自给自足，即自然环境优越使人与自然缺乏适度的竞争。最后，长期的专制统治，在思想上灌输"知足常乐"、"守礼"、"忍让"等禁止竞争的伦理道德。在政治上制造等级森严、不可逾越的封建秩序，人为地规定封闭社会内的游戏规则，普遍降低封闭社会内的全体竞争水平。因此，有人把近代中国的落后归结为我们民族传统文化中的竞争精神的缺乏，认为缺乏适时竞争的精神才使得中华民族失去了不断保持生命的活力。

新中国建立以后，长期的计划经济体制遏止了竞争精神的生长。一方面是理论上的偏差，教条地对待经典作家关于未来新社会不存在自由竞争的观点，把自由竞争与资本主义早期的无政府状态相提并论，认为自由竞争是资本主义制度的基本特征，社会主义制度应该消灭自由竞争。一方面是计划经济体制下短缺经济的现实不允许自由竞争的存在。对企业而言，投资、生产、销售甚至工资、价格、利润等生产经营的基本要素都是计划部门事先安排好的，没有竞争存在的宏观环境。对职工来说，干与不干一个样，干好干坏一个样，片面强调奉献精神而忽视物质激励，搞吃"大锅饭"式的分配平均主义，没有竞争存在的微观环境。由于不存在企业、个人之间的竞争，企业的效益、产品的质量以至于整个民族的发展都受到束缚，中华民族本来就缺乏的竞争精神更为匮乏，形成一个恶性循环的怪圈。实际上，社会主义并不能摒弃竞争，正如李大钊所言，一个平等、自由、个性发展的社会，必是一个充满竞争的社会，因为社会给人们提供了"宽裕的选择机会"，"今社会主义毫无竞争，岂不令人枯死么？"[1]

20 年的改革开放，催生并激活了中华民族的竞争精神。反过来，竞相迸发、生机勃勃的竞争精神，又成为改革开放

---

[1] 李大钊：《李大钊文集》（下），374 页，北京：人民出版社，1984。

进一步深入的强大动力。由于面向市场的经济改革，不同所有制企业在市场竞争的大潮中纷纷崛起，造就如今多种经济成分繁荣共存局面。合理的收入差距已经为人们所接受，职业、收入之间的竞争成为人们选择就业的关键要素。"先富"、"后富"群体已经改变并在继续改变着中国的社会阶层结构，竞争继续在这种社会变迁中扮演着重要角色。实际上，20年的改革开放可以看作一个从禁止竞争到鼓励竞争的过程，改革开放所取得的伟大成就无不与企业、个人所秉持的竞争精神与竞争实践密切相关。

当前，中国已经加入WTO，中国企业面临世界经济一体化大潮中的强大的跨国企业的激烈竞争。中国已经确立了完善社会主义市场经济的战略任务，市场化改革必将越来越深入，改革给相关群体和阶层带来的阵痛也会越来越大。因此，强化整个民族的自由竞争意识，培育和提升企业和个人的竞争精神，形成企业和个人的"核心竞争力"，是小康文化建设面临的一项极为迫切、极为重要的任务。

忧患意识是作为历史主体的人对其生存条件的客观反映，具备强烈的生存危机感和忧患意识是培育和弘扬自由竞争精神的前提。"物竞天择、适者生存"，"生于忧患，死于安乐"，优胜劣汰规律不仅适用于个人，同样适用于一个民族、一个国家。有无忧患意识，忧患意识的强弱，既关系到一个人的生存与发展，也关系到一个民族的前途与未来。从培养竞争精神方面讲，一是要解决个人的忧患意识问题，要让每一个人都处在竞争的压力之下，绝不能养尊处优。二是要解决所有人对企业发展的忧患意识问题，要让所有的员工都意识到即便辉煌也只是暂时的，稍有懈怠企业就会一溃千里。要使人们明白和了解个人、企业和整个民族的生存现状以及未来可能遇到的问题，正确地认识国家和世界的发展态势，力戒安于现状、盲目乐观、不思进取等颓废意识，在强烈的危机感中始终保持奋发有为的精神状态。

培育和弘扬自由竞争精神的根本落脚点，是激励个人和企业保持持续不断的创业精神。市场经济下的个人就业，永远是流动不停的，一个人不可能一生只固守在一个岗位或一份工作上。企业的兴衰、个人之间的竞争以及其他原因，都会导致就业的失败或职业的改变。重要的是要保持旺盛的创业精神，不论在什么职位上都会因自己的努力拼搏而改变自己的人生。对于大多数取得成功的企业来说，如何保持企业持续不断的创业精神也是困扰它们的最大课题。当企业处于创业阶段时，这种问题比较简单，因为对新事业的憧憬以及创业条件的艰苦很自然地会使人产生创造的激情。关键是当企业的成就越来越大的时候，这种创业的激情在大多数企业会逐步衰减，当衰减到员工对企业的许多事情都无动于衷、麻木不仁的时候，这个企业也就同步衰败了。在全面开放和全球化的时代，企业的竞争对手是全球性的，必须克服"小富即安"的守旧思想，保持旺盛的创业精神和竞争精神，在全球范围内和那些也许看都看不到的对手去竞争，去建立自己在某一个产品和某一项产业方面的优势。

（二）科学理性精神

科学是关于自然、社会和思维各个领域事物的具体规律性知识的理论体系，又是探索世界奥秘和追求真理的科学实践和认识活动。科学精神就是指由科学性质所决定并贯穿于科学活动之中的基本的精神状态和思维方式，是体现在科学知识中的思想或理念。科学精神是人类精神中不朽的旋律。它激励着人们驱除愚昧，求实创新，并不断推动着社会的进步。无论是西方近代的文艺复兴，还是中国现代的五四运动，都充分展示了科学精神极其巨大的作用。

在中华民族的发展史上，科学研究的传统有着明显的欠缺：只有技术，没有科学。我们曾有过使整个世界走向近代的四大发明，但四大发明都是技术发明，我们没有建立起自己的科学的体系。相应的，在中华民族传统民族精神的谱系中，作为民族精神存在的科学精神也比较稀薄、匮乏。之所以出现这种情况，是我们祖先的思维习惯有着严重的欠缺。科学方法论认为，作为人类的理智活动和自然认识的知识形式的科学，包含概念、逻辑和经验三个要素。而概念方法论、逻辑方法论和实验方法论则是构成自然方法论基础的三个支柱。中国人很早就确立了实用主义的思维习惯，其特点是科学发明偏重于实验，而较少将零散的经验上升为科学，缺乏理性思维，轻视概念方法论和逻辑方法论，不能为实验提出规划，指出前进的方向。

科学精神的缺乏，产生了种种不良结果，其中最主要的是两个：一个是缺乏创新意识、动机和能力；另一个是伪科学与迷信极易落地生根。对于前者，一个最显著的例子就是近代西方在其科学精神的引导下突飞猛进，而近代的中国却长期处于愚昧落后的状态。后者，则是科学不发达的产物，在人们享受不起或享受不到科学的成果时，往往会转而相信神秘的力量。伪科学和迷信能够使人们陷入愚昧无知的泥潭，既阻挠着人们科学精神的成长和综合素质的提高，也会带来一系列严重的政治、社会后果。当人类迈入21世纪的时候，中华民族发出了对科学精神的强烈呼唤，"普及科学知识，弘扬科学精神"是党的十六大提出的重要任务，也是弘扬和培育民族精神的重要内容。

科学精神表达的是一种敢于坚持科学思想的勇气和不断探求真理的意识，它具有丰富的内涵和多方面特征。

首先，追求认识的真理性，坚持认识的客观性和辩证性，是科学精神的首要特征。

科学活动要求人们从事各种物质创造活动时应该遵循"实事求是"的态度，要求正确认识客观世界的运动，因此，客观唯实、追求真理是科学精神的基本要求。科学精神，就是彻底的唯物主义精神，即实事求是精神。同时，坚持认识的辩证性还要求遵循实证精神，不盲从潮流，不迷信权威，不把偶然性当必然性，不把局部看作全体，一切科学认识必须建立在充分可靠的经验基础上，以可检验的科学事实为出发点，运用公认为正确的研究方法完成科学理论的构建。实证精神是一种客观的态度，在思考和研究中，尽力地排除主观因素的影响，尽可能精确地揭示出事物的本来面目。同时，这种客观性又必须满足普遍性的要求，即客观知识必须是能够重复检验的公共知识，而不是个体的体验。尊重事实、诚实正直、符合逻辑的思维，是科学的重要品质。

其次，崇尚理性思考，敢于批评，是科学精神的突出特点。

科学认识的过程和对象十分复杂，单凭直观、感觉是不能把握事物的本质和发展规律的。人们必须仰仗理性思维才能超越此岸世界并最终达到彼岸世界。提倡科学的理性，就是反对盲从和迷信。崇尚理性思考，绝非简单拒绝或否认人们的非理性的精神世界。人们具有丰富的精神世界，即不仅崇尚理性思考，而且追求情感、信仰，追求美和善、意义和价值。但是，如果失却了健全理性的导引或调节，人们就容易迷失方向，就会陷入迷茫，就会产生思想和行动的盲目性、自发性。理性精神要求人们尊重客观规律，探索客观规律，并把对客观规律的科学认识作为人们行动的指南。合理怀疑是科学理性的天性。在科学理性面前，不存在终极真理，不存在认识上的独断和绝对"权威"。怀疑的过程就是发现问题的过程。怀疑精神是破除轻信和迷信，冲破旧传统观念束缚的一把利剑。缺乏怀疑精神，容易导致盲目轻信。没有合理的怀疑，就没有科学的批判；而没有科学的批判，就没有科学的建树。

再次，以创新为灵魂，以实践为基础，是科学精神的内在要求。

如果说求实精神深刻反映了人们对客观规律的探索与尊重，那么创新精神则充分体现了人类特有的主观能动性。从实际出发，尊重客观规律，并不是要人们墨守成规。科学精神倡导创新思维和开拓精神，鼓励人们在尊重事实和规律的前提下，敢于"标新立异"。创新思维离不开一定的科学知识和经验。具有丰富知识和经验的人，往往要比缺乏知识和经验的人更容易产生新的联想和独到的见解。但是，创造性的思维能力比知识更为重要。爱因斯坦十分推崇创造性思维特别是想象力，他说："想象力比知识更重要，因为知识是有限的，而想象力概括着世界上的一切，推动着进步，并且是知识进化的源泉。"创新精神反映了科学认识与发展的规律。没有创新，就没有发展。正因为有了科学的创新精神，人类才得以不断进步，社会历史长河才得以生生不息。无论是求实还是创新，都必须以实践为基础。从一定意义上说，实践是科学精神的根本，科学精神深深植根于实践之中。实践精神要求尊重实践并积极参与实践，以实践为科学认识的来源、动力、标准和最终目的。离开了实践，就既不能发现真理，也不能发展真理，科学精神也就无从谈起。

最后，科学精神渗透着人文精神，包含着价值目标。

人们对科学精神的理解往往存在着偏颇，或者仅仅从功利的意义上来理解科学精神，把科学精神归结为工具理性，成为无限制地攫取和破坏自然以达到"物质利益"化的工具；或者仅仅从自然科学的观念出发来理解科学精神，忽视了从人文科学和社会科学的角度来把握科学精神，漠视人的存在与发展，从而导致把人文精神排除在科学精神之外。科学精神是一种时代精神，不能脱离具体的社会实践和科学的发展来理解它。科学精神应该包含正确的价值取向或目标，必须坚持科学发展与人的全面发展、社会的可持续发展相一致的观念。摈弃人文精神，见物不见人，脱离人和社会发展来孤立地理解科学理性，这绝不是科学精神的要求。

（三）民主法治精神

民主与法治是两个内涵丰富、互有区别而又联系密切的概念。现代民主既继承了古典民主的原始含义，即人民主权或人民的统治，又发展出一系列体现和实现人民主权的理念、程序和制度。法治是什么？古希腊的亚里士多德曾说，法治含义有二：其一，有良法；其二，制定良好的法律得到普遍遵守。现代法治的最显著特征是法律至上，任何政党、组织、个人不得凌驾于法律之上，而且这种"至上"的法律必须是"良法"，即通过民主程序制定的、得到社会普遍认可的、体现了自由、平等、民主精神的法律体系。

民主与法治在外表现为程序、制度和机制，在内则表现为这些程序、制度和机制内涵的、为人们理解并付诸行动的精神。制度与精神互为表里，共同拱卫着民主政治的大厦。中国已经确立了建设高度发达的社会主义民主政治的目标，法治国家建设也纳入了社会主义政治文明建设的日程之中。鉴于中国缺乏民主法治的历史传承，民主法治建设缺乏深厚的精神文化底蕴，因此在社会各界培育和弘扬民主法治精神是民主政治建设十分迫切的任务，这也是社会主义市场经济健康运转对政治上层建筑的迫切要求。

那么，什么是民主法治精神呢？根据一般的理解，民主法治精神至少应该包括以下几种精神：

平等精神。民主法治是与专制人治相对立的。专制人治社会本质上是特权等级社会，在这个社会中，每个人生来都是不平等的，权力、职位、血统等因素常常成为人们享受社会权利多少的决定性依据。民主法治首先深含平等精神，也就是说每个人生来平等，没有高低之分，没有等级之别，无论在对社会的政治经济参与还是享受社会所提供的发展机会都是平等的。这种平等，不仅仅体现在法律制度的规定方面，更体现在不同阶层的人们之间的互相交往方面。法律制度为平等精神的实现提供最大限度的技术可操作性，而人们之间的平等精神，则为平等精神的技术性操作创造一个宏观社会环境。

宽容精神。宽容精神就是要允许别人跟自己不一样，对不同于自己的想法和做法，秉持尊重理解的态度。宽容精神是平等精神的自然延伸：既然大家都是平等的，法律是唯一公正、权威的仲裁者，那么在不违背法律的前提下，每个人都可以有自己的想法，都可以干自己喜欢干的事情，每个人的想法或所做的事情都应当得到他人的尊重。在法律允许的范围内自由思考与表达，是民主、法治进步的重要源泉和表现。如果在享受自己的自由的同时，却容不得别人拥有同样的自由，最终实现的既不是民主，也不是法治，只能是扼杀平等精神的独裁专制。

宪政精神。宪政精神是一种蕴藏着丰富价值主张和人文关怀的精神。民主法治所要求的宪政精神主要表现在国家机器运行和人们政治活动上：第一必须确立尊重宪法和法律的意识，宪法是至高无上的；第二是必须确立尊重和保护公民权利的意识，包括公民处理其私人事务的权利和参与公共事务的权利；第三是必须确立政府权力有限的观念和意识，政府的权力可以列出种类并作出程序上的规定，明确划分出公域和私域的界限。在全社会弘扬和培育宪政精神，就要求全国各族人民、一切国家机关和武装力量、各政党和各社会团体、各企业事业组织，树立起宪法和法律至上的观念意识，把对宪法和法律的尊重贯彻到自己的一切活动中去。对个人而言，不但能够在宪法和法律的范围内活动，而且能够尊重他人的合法权利，能够通过法律的途径勇于抵制来自他人或政府对于个人合法权利的非法侵犯。对于拥有、行使公共权力的政府来说，必须时刻注意宪法和法律规定的权力边界，警惕公共权力逾越自己的范围而发生变异。

人本精神。无论是民主建设还是法治建设，基本着眼点和落脚点都是为了保障人的全面、自由发展，因此，人本精神是民主法治精神的核心和灵魂。法律的制定，必须依靠社会力量，尊重市场规律，必须体现为民服务的精神。法律的内容，必须体现出弘扬公民权利、规范政府权力的精神。法律的执行，要求执法部门和执法人员谨慎、合理地使用自由裁量权，在尊重和遵守宪法和法律的前提下追求最大限度的公平、公正与正义。也就是说，要把人本精神贯穿到政府行动的全过程中去，渗透到政府的所有结构和程序中去。政府活动如果缺乏人本精神，公共权力如果缺乏人权意识，是建立不起来民主法治国家的。

（四）诚信契约精神

近些年来，诚信危机始终困惑着中国社会和企业：假商品、假账、假文凭等消极现象比比皆是；民事案件逐年递增，不管是绝对数量还是所占总案件数的比例都处上升趋势，其中主要还是债权债务案件；失信导致合同失效现象也频繁出现，诚实守信是契约精神的内在要求，契约精神又是市场经济健康运行的基本保障，诚信精神和契约精神的缺位，不仅直接影响着社会主义市场经济的建立和完善，而且也间接影响着社会主义民主政治、法治国家的建设进程。

从根本上说，市场经济是一种契约经济，市场经济最本质的法律特征乃是经济关系的契约化。首先，契约是经济交往的主要形式，也是市场实现资源配置过程的主要手段。交换的过程，对于市场主体双方而言，是一个互为对方提供服务以满足自身利益需求的过程。对于社会而言，则是一个实现资源配置的过程。而这种交换过程在法律上就表现为双方订立和履行契约的过程。其次，契约是评价和规范经济行为最具体的标准。与法律只是提供一套评价和规范经济行为的基本框架相比，契约是市场主体双方约定的具体而明确的行为标准，双方的权利和义务被高度精确化了。由于契约依法订立之后就对双方产生法律所承认的约束力，所以，一个具体的行为是应当受到肯定和保护，还是应当受到否定和制裁，其首要的标准就是依法订立的契约。最后，契约是市场主体赖以产生和运营的基本依据。在某种意义上说，市场经济的成长和发展过程，也就是各类市场主体成长和发展的过程。市场主体是各类人员与生产要素按照某种方式结合而成的经济单位，在成熟的市场经济中，这种结合的主要依据是契约而不是行政命令。因此，从法律的角度看，市场主体实际上就是建立在契约关系之上并按照契约来分配权利义务的经济组织。

契约精神来自市场派生的契约关系及其内在原则，是契约关系及其内在原则的抽象升华，也是市场经济条件下各种社会关系（不仅仅是经济关系）的灵魂，反映的是市场主体包括企业和个人的生存方式和生活态度。各种市场主体之间的互动，无论是公平竞争还是精诚合作，都需要契约精神作为行动成功的基本保障。契约精神包含着以下要素：平等精神，社会关系的相关方须承认并尊重对方的平等人格，领受他人之财物或服务者，也负有根据公平的约定给对方以回报的义务；自由精神，自由的选择是社会交往最基本的形式；同意精神，对他人的支配须以双方一致同意的条件为前提；独立精神，每个人都须独立地对自己的判断和行为负责。

既然契约是缔约方在意见一致、自由选择基础上建立起来的一种权利义务关系，那么契约对缔约各方的当事人都有道德和法律上约束力，并由此导出契约必须信守的结论——诚信精神是契约精神的自然延伸。缺乏诚信精神，不能按照契约的规定和要求履行自己的义务，市场交易就不能顺利完成，社会经济生活就会陷入混乱之中。

蕴涵了平等、自由、同意、独立等要素的诚信契约精神，与经济形态结合则是成熟的市场经济，与政治制度结合则是民主政治、法治政治。换言之，以契约作为一种构建组织秩序的方式与中世纪秩序组织的神权色彩以及以命令为特征的社会和权力组成方式有根本不同。在人人平等、彼此不能依附、统治者的统治必须取得被统治者"同意"的条件下，人们之间、国家和社会之间只能建立契约关系，政治制度必须是民主的、法治的。在等级森严、层层依附、"君权神授"的条件下，只会产生等级专制制度和驯服的臣民。事实上，任何民主和法治关怀都必然与契约精神联系在一起。

从自然经济到市场经济，从人身依附到平等独立，是人类走向现代民主社会的必经之路。如果说，契约的本质是自由意志的表达，就是每个人不受任何外在因素的压力、影响和制约，来自由地表达自己意愿的一种制度和行为的话，那么，它本身是一种民主秩序，预示着一个社会的民主化和自由进步程度。相应的，契约精神所表达的就是独立主体之间的自由、平等、责任精神。这种精神不仅适用于市场主体之间，而且也适用于政府与社会之间。在市场经济条件下，政府的统治、管理权力需要得到人民的同意，并通过一系列程序证明自己的合法性，人民通过同样的程序自由表达自己对政府履行义务的认可程度，从而继续支持政府或撤回对政府的支持。换言之，政府和人民之间也是一种契约关系，政府对于人民有权利，人民对于国家亦有权利；人民对于国家有义务，国家对于人民亦有义务。

中国传统文化也强调"信"，"信"被作为"五常"中的重要内容确定下来，但儒家的"信"完全不同于市场经济下契约精神所要求的"诚信"。契约的存在必须是两方以上平等主体的共在，否则达不成自由、意思真实的约定，而传统的"信"则完全可以是对每个单一主体提出，相关主体之间更多地呈现的是缺乏独立人格的不平等关系。"信"作为个体的一种道德品质，诉诸的完全是自律的良知，而履行契约所要求的"诚信"则更多地诉诸外在制裁力量。在传统的自然经济、等级政治下，缺乏具有独立品格的个人和经济组织，自由、平等的社会契约无从产生，自然缺乏契约精神，也缺乏恪守权利与义务、及时准时履行契约的诚信精神。

在全面建设小康社会的新征程中，诚信契约精神应当是我们所培育的民族精神中的一个重要内容。在社会主义市场经济条件下，具有独立人格的商品生产者及其代理人通过契约的形成彼此达成合意，诚实守信地完成经济交往的各种活动，推动社会经济的快速发展和人民生活水平的迅速提高。在诚信契约精神和自由、独立的经济生活实践的环境下，人民群众会更加关注自己的自由和权利、责任和义务，从而有力地推动社会主义民主政治、法治政治的发展，自由平等、诚实守信将成为生活中不可缺少的重要部分和内在需求。对于政府来说，更需要用诚信契约精神来指导自己的权力行为，只有把自己置于契约缔约方的地位上并时刻关注自己权力的来源与得失，才能更为谨慎、合理地行使自己的权力和权利。诚实守信可以具体化到每一个人、每一个行为主体、每一件具体的事情，是社会发展与进步所不可或缺的一种普遍的精神，也是构建社会主义和谐社会的一项重要内容。因此，小康文化建设要高度重视弘扬和培育诚信契约精神，并将之提升为民主精神的一项重要内容，推动小康社会建设，促进社会主义和谐社会的构建。

第　四　章
思想道德建设：小康文化
建设的中心环节

　　思想道德建设，是思想建设和道德建设的总称。在全面建设小康社会的过程中，加强思想建设就是要深入进行党的基本理论、基本路线、基本纲领、基本经验的宣传教育，引导人们树立中国特色社会主义的共同理想，树立正确的"三观"。加强道德建设就是要认真贯彻公民道德建设实施纲要，弘扬爱国主义精神，以为人民服务为核心、以集体主义为原则、以诚实守信为重点，加强社会公德、职业道德和家庭美德教育，特别要加强青少年的思想道德建设，引导人们在遵守基本行为准则的基础上，追求更高的思想道德目标。

一　思想道德的功能及建设现状

　　思想道德属于意识形态领域，它对于上层建筑和经济基础有巨大的能动作用。思想道德建设是精神文明建设的重要组成部分，实现物质文明、政治文明和精神文明协调发展离不开思想道德建设。社会主义思想道德集中体现着精神文明建设的社会主义性质，加强社会主义思想道德建设，是发展先进文化的重要内容和中心环节。在全面建设小康社会的过程中，我们必须正视我国思想道德建设的现状，从实际出发，加强社会主义思想道德建设。

（一）思想道德的影响力

思想道德建设是精神文明建设的重要内容。社会主义精神文明这一概念，是在粉碎"四人帮"之后，在我国拨乱反正的过程中提出的。首先出现于党的文献中是 1979 年 9 月党的十一届四中全会通过的《叶剑英在庆祝中华人民共和国成立三十周年大会上的讲话》，讲话指出："我们要在建设高度物质文明的同时，提高全民族的教育科学文化水平和健康水平，树立崇高的革命理想和革命道德风尚，发展高尚的丰富多彩的文化生活，建设高度的社会主义精神文明。"1980 年 12 月邓小平指出："所谓精神文明，不但是指教育、科学、文化（这是完全必要的），而且是指共产主义的思想、理想、信念、道德、纪律，革命的立场和原则，人与人的同志式关系，等等。"[①]1982 年 9 月，党的十二大报告提出，"社会主义精神文明的建设大体可以分为文化建设和思想建设两个方面"。"社会主义还必须有一个特征，就是以共产主义思想为核心的社会主义精神文明。没有这种精神文明，就不可能建设社会主义。" 1986 年，《中共中央关于社会主义精神文明建设指导方针的决议》进一步表述为："精神文明建设，包括思想道德建设和教育科学文化建设两个方面。" 1996 年，《中共中央关于加强社会主义精神文明建设若干重要问题的决议》将精神文明建设"总的指导思想"、"总的要求"概括为："我国社会主义精神文明建设，必须以马克思列宁主义、毛泽东思想和邓小平中国特色社会主义理论为指导，坚持党的基本路线和基本方针，加强思想道德建设，发展教育科学文化，以科学的理论武装人，以正确的舆论引导人，以高尚的精神塑造人，以优秀的作品鼓舞人，培养有理想、有道德、有文化、有纪律的社会主义公民，提

---

① 《邓小平文选》第 2 卷，367 页，北京：人民出版社，1994。

高全民族的思想道德素质和科学文化素质，团结和动员各族人民把我国建设成为富强、民主、文明的社会主义现代化国家。"由此可见，从1979年精神文明概念的提出到以后的不断发展过程中，我们党始终把思想道德建设看作是精神文明的重要组成部分。

社会主义思想道德集中体现着精神文明建设的性质和方向。我们党对社会主义思想道德建设的重要性的认识，有一个探索过程。党的十二大报告对思想道德建设的重要性的评述是"思想建设决定着我们的精神文明的社会主义性质"，经过十多年的精神文明建设实践，到1996年《中共中央关于加强社会主义精神文明建设若干重要问题的决议》形成时，党对思想道德建设的重要性有了更为准确的提法，即"社会主义思想道德集中体现着精神文明建设的性质和方向"。将原提"决定着"改为"集中体现着"。唯物史观认为，精神文明的性质只能由社会根本制度的性质决定，其中思想道德作为上层建筑的一部分是被经济基础所决定的。因此，说思想道德建设决定着精神文明建设的性质是不恰当的，但思想道德建设却集中体现着精神文明建设的性质。这一修改，使思想道德在精神文明中的地位显得更加突出，提法也更为准确。说明了社会主义思想道德建设是社会主义精神文明的"灵魂"和建设的重点。

社会主义精神文明是社会主义的重要特征，而思想道德是精神文明社会主义性质的集中体现。社会主义是人类文明发展的一个新阶段。社会主义要在现代科学技术基础之上大力解放和发展生产力，这就是要建设物质文明；社会主义要大力发展社会主义民主、健全社会主义法制、依法治国，这就是要建设政治文明；同时，社会主义还要大力发展教育、科学和文化，加强思想道德建设，用人类创造的优秀文明成果丰富人们的头脑，引导人们同一切愚昧落后的不文明现象作斗争，培养全面发展的新人，这就是要建设精神文明。在精神文明建设中，教育和科学文化建设虽然在不同的社会制度下也会有不同的表现和不同的内容，但总体上教育和科学文化的阶级性和体现社会制度的性质要更为间接些，而共性显得更为突出。思想道德在不同的社会制度下确有很大的不同，特别是作为主流意识形态的思想建设集中体现着精神文明的性质，因而也体现着社会制度文明的性质与发展方向。每一个社会制度下都有自己的精神文明，但正因为思想道德的内容和要求不同，所以，社会主义精神文明才是社会主义必须具有的一个重要特征。党的十二大报告明确指出："没有这种精神文明，就不可能建设社会主义"。党的十二届六中全会关于社会主义精神文明建设指导方针的决议和党的十四届六中全会关于加强社会主义精神文明建设若干重要问题的决议，都重申了社会主义精神文明是社会主义社会的重要特征的论断。

社会主义思想道德建设是我们党的一项优势，也是社会主义优越性的一个重要体现，是社会主义区别于资本主义的一个重要标志。邓小平说："我们为社会主义奋斗，不但是因为社会主义有条件比资本主义更快地发展生产力，而且因为只有社会主义才能消除资本主义和其他剥削制度所必然产生的种种贪婪、腐败和不公正现象。这几年生产是上去了，但是资本主义和封建主义的流毒还没有减少到最低限度，甚至新中国成立后绝迹已久的一些坏事也在复活。我们再不下大的决心迅速改变这种情况，社会主义的优越性怎么能全面地发挥出来？我们又怎么能充分有效地教育我们的人民和后代？不加强精神文明建设，物质文明的建设也要受破坏，走弯路。光靠物质条件，我们的革命和建设都不可能胜利。过去我们党无论怎样弱小，无论遇到什么困难，一直有强大的战斗力，因为我们有马克思主义和共产主义信念。有了共同的理想，也就有了铁的纪律。无论过去、现在和将来，这都是我们真正优势。这个真理，有些同志已经不那么清楚了。

这样，也就很难重视精神文明的建设。"[①]邓小平在这里着重强调的就是精神文明建设中思想道德建设的重要性。有科学的思想理论，有共同的理想信念、共同的政治目标，有强大的凝聚力，这些精神文明的成果是我们的优势。从21世纪开始，我国已经进入了全面建设小康社会、加快推进社会主义现代化建设的新的发展阶段，但是这个阶段仍然是社会主义初级阶段中的一个发展阶段，我国的经济文化还比较落后，与发达资本主义国家相比，在生产力发展水平、经济总量和人民收入方面都还有很大的差距，如果没有了理想、信念和共同的追求和历史发展的眼光，我们就很可能会得出社会主义不如资本主义的结论，更谈不上认识社会主义优越性的问题了。

　　社会主义思想道德建设是社会主义现代化建设的重要目标和重要保证。社会主义社会是物质文明、政治文明、精神文明全面进步和人与自然协调发展的社会。党的基本路线规定，要把我国建设成为富强、民主、文明、和谐的社会主义现代化国家。这就是我们的奋斗总目标。在这个总目标中，富强、民主、文明、和谐四位一体，精神文明是一个重要的方面。社会主义现代化建设必须以经济建设为中心，但精神文明建设也有它不容忽视的地位，尤其是思想道德建设更应该重视。只有经济建设这一手成功还是不够的，风气如果坏下去，经济搞成功也没有什么意义，会在另一方面变质，那就不成其为社会主义了。贫穷不是社会主义，精神贫乏也不是社会主义。因此，物质文明和精神文明要"两手抓、两手都要硬"。一手硬、一手软，不但会导致社会畸形发展，而且时间一长，硬的一手也会软下来。在社会主义现代化建设的全过程中，必须把社会主义精神文明建设作为一项重要的战略任务，把思想道德建设作为精神文明建设的灵魂来抓。

　　思想道德建设能够为社会主义现代化建设提供强大的思

①《邓小平文选》第3卷，143~144页，北京：人民出版社，1993。

想保证，它保证着现代化建设的社会主义方向。深入进行党的基本理论、基本路线、基本纲领的宣传教育，引导人们树立中国特色社会主义共同理想，树立正确的世界观、人生观和价值观，只有这样，我国的现代化建设才能沿着正确的方向前进。

思想道德建设能够为社会主义现代化建设提供强大的精神动力。一个民族，没有振奋的精神和高尚的品格，不可能自立于世界民族之林。在五千多年的发展中，中华民族形成了以爱国主义为核心的团结统一、爱好和平、勤劳勇敢、自强不息的伟大民族精神。面对世界范围各种思想文化的相互激荡，综合国力竞争日益激烈的形势，不能始终保持昂扬向上的精神状态，是根本谈不上社会主义现代化，谈不上实现中华民族的伟大复兴的。

（二）思想道德领域的新变化

随着我国改革开放深入、社会主义市场经济的建立、经济全球化和政治多极化趋势的曲折发展，在我国进入全面建设小康社会之际，我国的思想道德领域也发生了许多新的变化。

在我国的思想领域，我们坚定不移地坚持马列主义、毛泽东思想的指导地位，在把马克思主义与中国实际相结合的过程中，逐步形成了邓小平理论和"三个代表"重要思想。继党的十五大把邓小平理论写入党章之后，党的十六大又把"三个代表"重要思想写入党章，成为我们党长期坚持的指导思想，实现了党的指导思想的与时俱进。我们坚持党的思想路线，解放思想，实事求是，与时俱进，党的基本路线、基本经验、基本纲领、基本方针深入人心。在中国特色社会主义道路上我们不断开拓进取，以新的实践丰富和发展着马克思主义。

在道德建设领域，爱国主义、集体主义、社会主义思想日益深入人心，为人民服务精神不断发扬光大，崇尚先进、学习先进蔚然成风，追求科学、文明、健康的生活方式已成为人民群众的自觉行动，社会道德风尚发生了可喜变化，中华民族的传统美德与体现时代要求的新的道德观念相融合，成为我国道德建设发展的主流。与社会主义市场经济相适应的公民道德建设也有了很大的发展，在功利观上，"义利并重"取代"重义轻利"；在贫富观上，"勤劳致富"、"勤劳先富"取代"安贫乐道"、平均主义；在交往观上，民主、平等、公正意识取代专制、等级、特权观念；在竞争观上，"开拓进取"、"自强不息"取代"因循守旧"、"与世无争"；在人生观价值观上，尊重个性、崇尚自主取代片面的依附意识；在消费观上，适度消费、求知求美取代了禁欲主义；在亲情观上，"经济原则"冲淡了旧的人伦血缘观念。与此同时，社会主义市场经济的发展，促使现代市场经济的意识出现，诸如效益观念、竞争观念、人才观念、时间观念、机遇观念、信誉观念、信息观念、管理观念的孕育和产生，民主、平等、法制等意识随之增强，从而引起人们道德观念的变化。

但是，我国在社会主义思想道德建设过程中也还存在着不少与新形势、新任务不相适应的东西，新形势、新任务对社会主义思想道德建设提出了新的挑战。

首先，在改革开放、社会主义市场经济体制条件下思想道德建设面临的问题与挑战。

社会主义市场经济是把社会主义制度与市场经济结合在一起的全新的经济体制，它与计划经济体制有着巨大的区别。思想道德是社会存在的反映，并维护社会存在。经济体制的变化，必然会对政治、经济、思想文化、价值观念、社会心理等方面产生巨大的影响。长期以来我国实行的是高度集中的计划经济体制，人们的思想习惯、思维方式、价值取向、道德准则等与计划经济体制相适应，更多地表现为思想保守、安于现状，重义轻利、重农轻商，缺乏交换意识、竞争意识和平等意识。市场经济体制的运行方式是商品等价交换、遵守价值规律，它要求人们必须具备市场交换的平等观念、奋发向上的竞争观念、开拓进取的创新观念，促使人们在价值取向上注重经济效益、物质利益。经过近些年来市场经济体制的运行，人们的思想道德已经出现了可喜的变化，这是市场经济体制积极作用的结果。但是，市场经济也有其天然的负面影响。

在市场经济条件下，每个人都是独立的市场主体，在市场经济趋利性的作用下，也容易使一些人产生拜金主义、极端个人主义。企事业单位对内对外独立行使职权，强化了自主性，但是组织纪律观念、思想政治工作也极易受到市场经济的负面影响而弱化。加上全面建设小康社会时期我国的各项制度还处于定型过程当中，市场经济的有关法律、法规还不够健全，人们的法制观念淡漠，有法不依现象严重。

市场经济的竞争性，冲击了因循守旧、故步自封的保守思想，激励了人们开拓创新、大胆探索、勇于进取的精神。然而也使一些人为了私利，不择手段，甚至损害国家、集体和他人利益，不顾职业道德和社会公德，搞不正当竞争。当前，假冒伪劣商品充斥于市，就是表现之一。这就给兼顾国家、集体和个人利益教育、职业道德和社会公德教育提出了新的课题。

市场经济的风险性，增强了人们的风险意识、机遇意识，树立了人们的敢想、敢闯、敢干的精神，提高了人们对改革措施的承受能力。但也助长了一些人的投机心理，淡化了中华民族勤劳、朴素、吃苦、耐劳的美德。一些地方赌博成风，迷信盛行，有些人为了私利，甚至无视党纪国法，铤而走险。这就给党风、社会风气的好转带来了新的问题。

市场经济的等价交换性，冲击了等级特权和不劳而获的思想，促使人们尊重价值规律，促进了现代化经营管理和现代化市场规则的建立。但同时，等价交换的原则也被一些人所曲解，斤斤计较，按酬付劳，只讲索取，不讲奉献，只讲权利，不讲义务，加之社会分配存在某些不公现象，"单位效益"悬殊，引起了一些人的心理不平衡，诱发了种种摩擦和矛盾，给精神文明建设带来了新的难题。

改革开放促使我国社会经济成分、组织形式、物质利益、就业方式日益多样化，这种多样化，对人们的思想道德观念也产生了广泛而深刻的影响。一方面促使人们主体意识产生，激发人们的积极性、主动性和创造性；另一方面也使一些人的世界观、人生观、价值观发生扭曲，权力观、地位观、利益观出现错位。

总之，怎样正确认识、回答、解决这些由市场经济发展提出的新课题，建立与社会主义市场经济体制相适应的思想道德体系，是一项重要的任务。

其次，在经济全球化、信息网络化条件下社会主义思想道德建设面临的问题与挑战。

世纪之交，意识形态领域发生了新的、可喜的变化。但同时，拜金主义、享乐主义、个人主义等在一定范围内滋长蔓延，非马克思主义甚至反马克思主义的思想也在以新的形式表现出来，并寻找机会与我们争夺思想阵地。思想政治工作如何深入研究人们思想变化的新特点，进一步增强针对性和实效性；如何尽快建立新的思想观念体系和道德准则，探索进一步巩固社会主义意识形态主导地位的有效途径和办法，都是我们面临的新课题。

改革开放的实践，以及经济全球化、信息网络化的迅猛发展，互联网影响的迅速扩大，为思想道德建设提供了新的手段和条件，人们的交往区域扩大了，思想交流的方式拓展了，这一方面极大地开阔了人们的眼界，增加了信息接受量，丰富了人们对世界的认识，增强了人们的开放意识，转变了人们的传统封闭观念，促进了人们的思想解放和观念更新。但是，在新的条件下，如何尽量减少和抵制腐朽思想的侵蚀，是我们面临的一个新的课题。

在当代各种思潮相互激荡的过程中，如何坚持和发展马克思主义，如何正确认识社会主义曲折发展的历史进程，如何认识当代资本主义发展的历史进程，如何认识我国社会主义改革实践过程对人们思想的影响，如何认识当今的国际环境和国际政治斗争带来的影响等，这都是迫切需要正确回答的问题。在经济全球化的过程中，如何正确处理好弘扬中国特色社会主义文化、吸收外来文化与抵御"文化霸权主义"，如何防止"西化"、"分化"，如何反对唯利是图的拜金主义和资产阶级人生哲学，抵制资产阶级和一切剥削阶级的腐朽没落的生活方式的影响等等。这些都是思想道德建设过程中绕不开的问题。

信息技术的发展特别是互联网影响的迅速扩大，从根本上改变了思想文化的传播方式，大大增强了思想文化信息的覆盖广度，但也给把握正确的舆论导向造成新的困难。互联网上国内外信息量大，正确的与错误的、健康的与不健康的、真实的与虚假的信息并存，而且网络现有的语言绝大部分是英文。怎样利用互联网实现"以科学的理论武装人，以正确的舆论引导人，以高尚的精神塑造人，以优秀的作品鼓舞人"的要求，值得认真探讨。当前互联网对我国广大群众，特别是青少年和知识阶层两个群体有较大影响，正确利用互联网对青少年和知识阶层进行思想道德教育的工作刻不容缓。

在全面建设小康社会的征程上，在经济领域、政治领域、社会生活领域，在国际和国内都会不断出现许多新的情况，发生新的变化。这些新情况、新变化，都会对思想道德建设提出新的挑战。现在我国社会的一些领域或一些地方的单位和个人道德失范，是非、善恶、美丑界限混淆，拜金主义、享乐主义、极端个人主义有所滋长，见利忘义、损公肥私行为时有发生，不讲信用、欺骗欺诈成为社会公害，以权谋私、腐化堕落现象严重存在。这些问题如果得不到及时有效的解决，必然损害正常的经济和社会秩序，损害改革发展稳定的大局。这应当引起全党全社会高度重视，我们必须根据新的情况尽快建立起与社会主义市场经济相适应、与社会主义法律规范相协调、与中华民族传统美德相承接的社会主义思想道德体系。

二　构建小康社会思想道德体系

思想道德有其深厚的历史性，也有其强烈的时代性。在全面建设小康社会和加快推进社会主义现代化建设的新的发展阶段，要构建小康社会主义思想道德体系，就是要从21世纪初期我国的经济社会发展实际出发，建立与社会主义市场经济相适应、与社会主义法律规范相协调、与中华民族传统美德相承接的社会主义思想道德体系。

（一）与社会主义市场经济相适应

小康社会的思想道德建设必须坚持与社会主义市场经济相适应。经过改革开放二十多年来的发展，我国社会生产力水平已经有了极大地提高，经济文化的落后面貌也得到了极大的改观。但我们应该清醒地认识到，我国生产力仍然比较落后，我国还处于并将长期处在社会主义初级阶段，党和国家的中心工作仍然是大力发展社会生产力。改革开放以来的实践证明，要发展生产力，就必须发展社会主义市场经济。而要发展社会主义市场经济，就必须建立与之相适应的社会主义思想道德体系。

从纯粹的经济学来看，市场经济是用市场来配置资源的经济，但是市场经济体制的运行需要良好的道德环境来保障。平等、竞争、公平、诚信等理性原则是市场经济的良性运行的必备条件，但是这些条件不单单是市场本身能够解决的问题。经济学上有一个著名的"经济人假定",在这个假定前提下,如果不经过长时期的磨难、不付出沉痛的代价,平等、竞争、公平、诚信市场道德环境是不会形成的。西方资本主义国家搞市场经济有几百年的历史了,现在形成了比较理性的市场道德。但尽管如此,违背市场道德规则的行为也还时常发生。我国长期实行计划经济,市场经济体制建立才仅有十年时间,可以说与市场经济相适应的思想道德体系还非常不健全,而我们要像西方国家一样付出沉重的代价、经历长期的磨难,自发地形成市场道德体系,显然是等不及也不应该。

所以,一方面我们要借鉴西方资本主义国家发展市场经济的经验,同时挖掘我国传统思想道德中的积极因素,大力破除"不患寡而患不均"的平均主义、求稳怕乱的保守思想以及狭隘的小农意识,大力倡导自立意识、竞争意识、效率意识、民主法制意识、开拓创新精神、诚实守信观念。要坚持公民承担社会责任与社会尊重个人合法权益相一致,坚持效率优先与兼顾公平相统一,坚持先进性要求与广泛性要求相结合,培养与社会主义市场经济相适应的思想道德体系。另一方面,我们也要看到市场经济的运行反映到人们的思想意识和人与人关系上来,容易诱发自由主义、分散主义和拜金主义、享乐主义、利己主义。我们搞的是社会主义市场经济,一定要注意发展市场经济给思想道德建设可能带来的负面影响,引导和建立与社会主义市场经济相适应的思想道德体系,保障社会主义市场经济的健康发展。

总之,对社会主义市场经济条件下的思想道德建设我们要辩证地对待,要正确运用物质利益原则,反对只讲金钱、不讲道德的错误倾向,也要反对轻视效率、忽视个人利益,反对平均主义,在实践中确立与社会主义市场经济相适应的思想道德观念和行为规范,为改革开放和现代化建设提供强大的精神动力与思想保证。

（二）与社会主义法律规范相协调

依法治国是我们党领导人民治理国家的基本方略，以德治国则是对这一基本方略的辅助和完善。历史经验表明，要治理好国家，法治和德治从来都是相辅相成、缺一不可的两个方面。我们要坚持依法治国与以德治国相结合，同时发挥法律和道德的作用，做到法制与道德相互渗透、相互补充、相互支持，从而有效地维护社会稳定，确保国家长治久安。

在全面建设小康社会的进程中，首先必须加强社会主义法制，完善法律、法规，严格有法可依、有法必依、执法必严、违法必究法制建设原则，依靠法制强制性、惩罚性的威力，维护现代化建设的良好秩序。然而，在任何社会里法律虽然有事先的警戒性、威慑性效力，防止违法犯罪活动的发生，但毕竟法律最直接的作用还是对犯罪的惩罚，其作用发生在犯罪活动已经对社会产生了恶劣影响之后。思想道德的作用虽然是软约束，主要依靠社会舆论、自身修养、教化及良心来维系，但是思想道德发生作用则更多表现在日常生活过程中、表现在事前，对防范不良行为的发生有强大的作用。因此，在加强社会主义法制建设的同时，也必须在思想道德建设上下工夫。

历史一再证明，人民的利益的维护和社会秩序的维持，需要强有力的法律作保证，也需要伴之以思想教育和道德教化，单独靠一种手段是行不通的。改革开放以来的现实也表明，凡是违法犯罪者，其思想道德修养都存在着严重的问题。以权谋私，最终走向人民的对立面的党员干部，迈向罪恶泥潭的第一步往往都是丧失了理想和道德。违法乱纪者绝大多数存在着信念的失落、道德的沦丧及生活作风的奢靡。我们党对法制与思想道德在治国中作用的认识是非常深刻的。毛泽东在 1957 年就指出过："为着维持社会秩序的目的而发布的行政命令，也要伴之以说服教育，单靠行政命令，在许多情况下就行不通。"①邓小平十分重视法制建设与思想道德建设并举，他反复强调："人人有依法规定的平等权利和义务，谁也不能占便宜，谁也不能犯法。不管谁犯了法，都要由公安机关依法侦查，司法机关依法办理，任何人都不许干扰法律的实施，任何犯了法的人都不能逍遥法外。"②同时他也反复强调："需要向广大人民群众做好思想政治工作，动员和组织他们自觉地、积极地行动起来，同破坏安定团结的势力进行有效的斗争。"③江泽民强调："要把加强制度建设同加强思想政治教育结合起来，继承和发扬我们党的政治优势，深入细致地进行思想教育，用党员干部的党性和政治觉悟来保证制度的贯彻落实。"④并且明确提出了依法治国与以德治国相结合的治国方略。

建设与社会主义法律规范相协调的思想道德体系是全面建设小康社会的一项重要工作，我们要积极弘扬社会主义法治观念、德治观念，大力破除"人治"观念，一方面要通过思想道德教育和引导，使人民群众知法、守法、懂法、用法；另一方面，法律建设也要为思想道德建设提供支持与保障，保证思想道德建设工作的深入展开。

(三)与中华民族传统美德相承接

中华传统美德培育了中华民族坚忍不拔、吃苦耐劳、乐观进取、善良敦厚的民族性格；国而忘家、公而忘私的奉献思想；天下兴亡、匹夫有责的爱国情怀；先天下之忧而忧、后天下之乐而乐的崇高品德；自强不息、刚健有为的进取精神；厚德载物、道济天下的宽广胸襟；杀身成仁、舍生取义的英雄气概；富贵不能淫、贫贱不能移、威武不能屈的立身

① 《毛泽东文集》第7卷，210页，北京：人民出版社，1999。
② 《邓小平文选》第2卷，332页，北京：人民出版社，1994。
③ 同上书，260页。
④ 《十五大以来重要文献选编》（中），1117页，北京：人民出版社，2001。

操守；鞠躬尽瘁、死而后已的为政风范；天下为公、世界大同的社会理想。我们党在领导人民进行革命和建设的长期过程中，形成和发扬了许多优良的传统美德，如实事求是、艰苦奋斗、谦虚谨慎、戒骄戒躁、密切联系群众、全心全意为人民服务、为了党和人民的事业而不懈奋斗的精神等等，这些都是我们今天在建立社会主义思想道德体系的过程中应大力弘扬的传统美德和可贵的民族精神。

社会主义思想道德不是无源之水、无本之木，而是植根于民族文化的沃土，是传统美德的延续和升华。毛泽东说过："中国历史遗留给我们的东西中有很多好东西，这是千真万确的。我们必须把这些遗产变成自己的东西。"[①]他还要求："我们要保持过去革命战争时期的那么一股劲，那么一股革命热情，那么一种拼命精神，把革命工作做到底。"[②]邓小平在改革开放之初就要求我们："从分析实际情况出发，发扬革命和拼命精神，严明纪律和自我牺牲精神，大公无私和先人后己精神，压倒一切敌人、压倒一切困难的精神，坚持革命乐观主义、排除万难去争取胜利的精神"，[③]他还强调要用党的优良传统教育中青年："中青年干部接班，最重要是接老同志坚持革命斗争方向的英勇精神的班。希望通过你们的努力，把党的好传统、好作风发扬起来。我曾说过，干部不是只要年轻，有业务知识，就能解决问题，还要有好的作风。要全心全意为人民服务，深入群众倾听他们的呼声；要敢说真话，反对说假话，不务虚名，多做实事；要公私分明，不拿原则换人情；要任人唯贤，反对任人唯亲。"[④]江泽民也反复强调要重视弘扬中华民族的传统美德，他说："中

① 《毛泽东文集》第3卷，191页，北京：人民出版社，1996。
② 《毛泽东文集》第7卷，285页，北京：人民出版社，1999。
③ 《邓小平文选》第2卷，367页，北京：人民出版社，1994。
④ 《邓小平文选》第3卷，164页，北京：人民出版社，1993。

华民族是有悠久历史和优秀文化的伟大民族，我们的文化建设不能割断历史。"[①] "中国共产党是马克思主义真理的坚定实践者，也是中华民族优良传统的真正继承者。在领导我国革命和建设的长期斗争当中，我们党一直保持着艰苦奋斗、自强不息的精神风貌，历尽艰险，饱受磨难而不坠革命之志，这是夺取一个又一个胜利的重要原因。"[②]中华民族的传统美德与我们党领导人民在革命、建设和改革实践中形成的优良道德作风，今天已经深刻地影响着广大人民群众的生活方式和价值追求，这是一笔宝贵的精神财富，我们应该继承过来。

但是，我们应该深刻地认识到，与中华民族传统美德相承接，不只是把历史上具有的道德规范简单地搬过来，而必须与实际相结合，赋予其新的时代精神。也就是像毛泽东所强调的，要"剔除其封建性的糟粕，吸收其民主性的精华"，要把"这些遗产变成自己的东西"。这一思想对于小康社会的思想道德体系构建，有重要的指导意义。

三　加强思想道德建设的根本途径

加强思想建设就是要用科学的理论武装人；加强道德建设就是要用高尚的道德来塑造人。

（一）以科学理论武装头脑

首先，坚持不懈地加强理论学习，坚持用理论指导实践，并在新的实践中不断实现理论创新，这是用科学理论武装头脑的基本要求，是小康文化建设的基本使命。

---

①《十三大以来重要文献选编》（下），1645页，北京：人民出版社，1993。

②《十四大以来重要文献选编》（下），2276页，北京：人民出版社，1999。

没有革命的理论就没有革命的运动，这是马克思主义的一个基本观点，也是为中国革命、建设和改革实践所证明的一条真理。所以，我们党历来高度重视理论工作，无论在什么时候都把马克思主义理论学习放在重要的位置上。毛泽东说过，"老祖宗的书必须读"、"基本原理必须遵守"，邓小平强调"老祖宗不能丢，丢了就丧失根本"，江泽民指出："一百多年来，没有哪一种理论、学说能像马克思主义那样保持生机勃勃，对推动社会进步起那样巨大的作用，造成那样深远的影响。尽管现在世界上的情况有很多新变化，但历史发展的总趋势并没有越出马克思主义经典作家所揭示的基本规律。""我们中国共产党人坚持马克思主义，忠诚于马克思主义，坚决反对'马克思主义已经过时'、'马克思主义只是一个学派'等论调，反对在'发展'、'创新'的幌子下否定马克思主义基本原理的种种错误言行。"①马克思主义执政党要始终保持先进性和生命力，永远立于不败之地，就一刻也不能没有马克思主义理论武装。

中国共产党自诞生之日起，就把马克思列宁主义确立为自己的指导思想，并在与中国革命和建设的具体实际相结合的过程中，不断把马克思主义推向前进，实现马克思主义的中国化。以毛泽东为主要代表的中国共产党人，把马列主义的基本原理同中国革命的具体实际相结合，创立了毛泽东思想，创造性地回答并解决了中国革命的道路问题，实现了马克思主义中国化的第一次历史性飞跃。十一届三中全会以来，以邓小平为主要代表的中国共产党人，把马列主义的基本原理同中国改革开放和现代化建设的具体实际相结合，创立了邓小平理论，创造性地回答了什么是社会主义、怎样建设社会主义这个根本问题，实现了马克思主义中国化的第二次历史性飞跃。十三届四中全会以来，以江泽民为主要代表

---

① 《十三大以来重要文献选编》（中），1143 页，北京：人民出版社，1991。

的中国共产党人，在继承前人的基础上，以宽阔的世界眼光、深邃的战略思维，把马克思主义基本原理同世纪之交的中国具体实际相结合，创立了"三个代表"重要思想，进一步加深了对什么是社会主义、怎样建设社会主义的认识，创造性地回答了建设一个什么样的党、怎样建设党这个根本问题，实现了我们党在指导思想上的又一次与时俱进。

所以学习理论，就要学习马克思主义、毛泽东思想、邓小平理论，在当前要特别注重学习"三个代表"重要思想。

理论一旦被群众掌握，就会变成无穷的力量。无产阶级政党之所以是一支不可战胜的力量，就是因为它在领导人民进行社会主义革命、社会主义建设和改革开放的整个社会实践过程中有马克思主义理论为指导。

正是在马列主义的指导下，在 20 世纪初十月社会主义革命取得了胜利，建立了世界上第一个社会主义国家；也正是由于离开了马克思主义的指导，在 20 世纪末发生了苏联解体和东欧剧变的悲剧。十月革命一声炮响，给中国送来了马克思列宁主义，马克思主义与中国工人运动相结合产生了中国共产党，中国共产党以马克思列宁主义为指导，领导中国各族人民走上了革命的道路，形成了毛泽东思想。1949 年取得了革命胜利建立了新中国，进行了轰轰烈烈的社会主义建设。十一届三中全会后，我国进入了改革开放的新的发展时期，我们党以马克思主义为指导，结合时代特点和中国实际，探索到了一条中国特色社会主义的道路，形成了当代中国的马克思主义——邓小平理论。如果没有毛泽东思想，中国人民可能还会在黑暗中继续探索。如果没有邓小平理论，就不可能有改革开放和现代化建设的辉煌成就。长期的革命、建设和改革实践，使中国共产党人深刻地认识到理论对实践的重要指导作用。

进入 21 世纪，我国进入了全面建设小康社会和加速推进社会主义现代化的新的发展阶段。全面建设小康社会、建设中国特色社会主义和实现中华民族伟大复兴是一项伟大事业，是党领导下的全国各族人民的伟大实践。在全面建设小康社会，构建社会主义和谐社会的进程中，我们还会遇到各种各样的困难，但只要我们坚定地站稳马克思主义立场，用马克思主义的观点和方法去正确分析问题，就一定能够克服困难，取得更大的成就，并在改革开放和现代化建设的新的实践中不断地丰富和发展马克思主义，把马克思主义推向新的发展阶段。

理论来自实践，是实践经验的高度概括和总结。理论由实践赋予活力，由实践来修正，由实践来检验。理论创新的源泉在实践，只有通过实践，所提出的理论才可能是正确的、科学的。"用实践去发展本本"，是我们党的事业获得成功的基本经验总结。

要使党和国家的事业不停顿，首先是理论不能停顿。否认马克思主义的科学性，丢掉老祖宗，是错误的、有害的，教条式地对待马克思主义，也是错误的、有害的。我们一定要适应实践的发展，以实践来检验一切，用发展着的马克思主义去指导新的实践。中国特色社会主义是不断发展的事业，我们在前进中还会遇到这样那样的新情况、新课题，还要应对各种风险和挑战，因此还要继续进行新的实践和新的探索。全党同志必须认识到，我国社会主义的自我完善和发展还有许多重大课题需要进一步探索和回答，还有大量工作需要去做。比如，如何切实抓好发展这个党执政兴国的第一要务，如何进一步完善公有制为主体、多种所有制经济共同发展的基本经济制度，如何建成完善的社会主义市场经济体制，如何走新型工业化道路、统筹城乡经济社会发展，如何扩大就业和促进再就业，如何进一步深化收入分配制度改革、健全社会保障体系，如何构建社会主义和谐社会，保持社会安定有序的发展，如何在更大范围、更广领域和更高层次上参与国际经济技术合作和竞争，如何推动整个社会走上生产发展、生活富裕、生态良好的文明发展道路，如何更好地实现坚持党的领导、人民当家做主和依法治国的有机统一，如何最广泛最充分地调动一切积极因素、不断为中华民族的伟大复兴增添新力量，如何在新的历史条件下不断巩固马克思主义在意识形态领域的指导地位，如何弘扬和培育民族精神，如何改革和完善党的领导方式和执政方式，如何以加强党的执政能力建设为重点全面推进党的建设新的伟大工程，等等。

伟大的实践呼唤着新的理论，党和国家的事业呼唤着新的理论。"三个代表"重要思想既是我们推动实践创新的根本指针，又是我们深化理论探索的崭新起点。我们必须坚持解放思想、实事求是、与时俱进，从理论和实践的结合上不断研究新情况、解决新问题。在小康文化建设中，我们既要坚持马克思主义基本原理，又要谱写新的理论篇章，既要发扬革命传统，又要创造新鲜经验，不断推进马克思主义理论创新。我们要突破前人，后人也必然会突破我们。这是社会前进的必然规律，也是马克思主义发展观的深刻内涵。

其次，要确立共同的理想和坚定的信念，用共同理想来凝聚力量，用坚定的信念来指引方向，全面推进中国特色社会主义事业的伟大进步。

理想是人们对未来的向往和追求，是人们的政治立场和世界观在奋斗目标上的集中体现，是推动人们改造客观世界和推动社会进步的巨大精神力量和精神支柱。邓小平说："人的因素重要，不是指普通的人，而是指认识到人民自己的利益并为之而奋斗的有坚定信念的人。"①在全社会形成共同的理想和坚定的信念，是思想道德建设的一个重要内容和目标。邓小平指出："现在中国提出'四有'，有理想、有道德、有文化、有纪律。其中我们最强调的，是有理想。根

---

① 《邓小平文选》第 3 卷，137 页，北京：人民出版社，1993。

据我长期从事政治和军事活动的经验，我认为，最重要的是人的团结，要团结就要有共同的理想和坚定的信念。我们过去几十年艰苦奋斗，就是靠用坚定的信念把人民团结起来，为人民自己的利益而奋斗。没有这样的信念，就没有凝聚力。没有这样的信念，就没有一切。"①理想直接影响着人们的精神状态和精神境界。对于一个人来说，有没有远大的理想，有没有为实现这种远大理想而抱定的坚定信念，在行动上是很不一样的。对于一个国家和民族来说，有没有共同的理想，标志着这个国家有没有凝聚力和正确的前进方向，关系到这个国家和民族能否繁荣昌盛。

不同时代、不同阶级具有不同的理想。我们党既有每个阶段的基本纲领即最低纲领，也有确定长远奋斗目标的最高纲领，我们党是最低纲领与最高纲领的统一论者。最低纲领所规定的是现阶段的奋斗目标，是全党和全国人民的共同理想的基础；最高纲领规定的是远大的奋斗目标，是我们最高理想的基础。我们共产党人的最高理想是实现共产主义，在社会主义初级阶段的理想是，建设有中国特色的社会主义。我们坚信马克思主义关于人类社会必然走向共产主义这一基本原理。共产主义只有在社会主义社会充分发展和高度发达的基础上才能实现。我们必须看到实现共产主义是一个非常漫长的历史过程。我们对社会未来发展的方向可以作出科学上的预见，但未来的事情具体如何发展，应该由未来的实践去回答。我们要坚持正确的前进方向，但不可能、也不必要去对遥远的未来作具体的设想和描绘。最高目标是通过一个又一个阶段性目标的完成来实现的，建设中国特色的社会主义，是实现最高理想的一个必经阶段。为中国特色社会主义事业而奋斗，就是为实现共产党的最高理想创造条件，也就是为党的最高理想而奋斗。

---

① 《邓小平文选》第 3 卷，190 页，北京：人民出版社，1993。

最高理想与共同理想的辩证关系，要求我们全党同志既要树立远大的共产主义理想，坚定信念，以高尚的思想道德要求和鞭策自己，更要脚踏实地地为实现党在现阶段的基本纲领而不懈努力，扎扎实实地做好现阶段的每一项工作。忘记远大理想而只顾眼前，就会失去前进方向；离开现实工作而空谈远大理想，就会脱离实际。

在全体人民中形成巩固的共同理想，要靠宣传教育。因此，我们必须经常地、坚持不懈地进行党的基本理论、基本路线、基本纲领、基本经验、基本方针的教育，使全体人民认识到建设中国特色社会主义事业的伟大性和艰巨性；要经常地、坚持不懈地进行马克思主义发展史、党史和中国近代史的教育，使更多的人自觉地把握人类社会的发展规律、中国革命和建设的规律及其理论创新的规律。还要善于运用改革开放和现代化建设的成就以及群众的切身体验，进行生动的理想教育，社会主义现代化建设成就越大，广大人民群众对实现共同理想的信念就越坚定。通过理论教育、历史教育和事实教育等多种教育形式，有助于广大干部群众特别是青少年深入地理解马克思主义世界观和社会发展规律，理解我们民族的光辉历史和革命传统，理解一百多年来中华民族的奋斗的历程，理解当代世界进步、矛盾和人类的前途，坚定社会主义的信念，把理想建立在科学基础之上。

再次，要树立正确的世界观、人生观、价值观，解决好权力观、地位观、利益观问题，坚决反对拜金主义、享乐主义和极端个人主义。

世界观也叫宇宙观，是对作为整体的世界的总的看法，包括人对自身在整个世界中的地位和作用的看法。每个人都有自己的世界观，都在某种世界观的支配下观察和处理人生面临的各种问题。强调树立正确的世界观，首先是由我们党所处的执政地位和所肩负的历史重任决定的，只有树立正确的世界观，才能适应新的形势、新的任务，使主观符合客观，思想符合实际，逐步深入地认识和把握改革开放和现代化建设的客观规律，从而担负起领导人民群众振兴中华的历史重任。其次是消除党内不良思想和行为的要求，改革开放、发展社会主义市场经济，一些错误思想倾向和消极腐败现象，程度不同地冲击着我们党的队伍，其中少数党员，经不起考验，滑入了蜕化变质的泥沼。当然其中的原因是多方面的，但归根结底都是世界观出了问题。最后是由无产阶级的建党原则决定的，在党的思想建设中世界观建设是核心内容。世界观决定着党的性质和宗旨。共产党的先进性、纯洁性、战斗性不是天赋的，而是世界观改造、建设的结果。

要树立正确的世界观，首先要以科学的理论为指导。科学的理论是反映客观世界发展规律的理论，只有以科学的理论为指导，才能实现主观世界和客观世界的不断协调和统一，才能使世界观建设具有科学的意义和内涵。在全面建设小康社会、加快推进社会主义现代化建设的过程中，以科学的理论为指导，就是以马克思列宁主义、毛泽东思想、邓小平理论和"三个代表"重要思想为指导，这既是我们改造客观世界的强大思想武器，也是我们改造主观世界的强大思想武器。其次，要抓住为人民服务这个核心问题。这是根本的问题、原则的问题。世界观的重要表现是为谁服务，判断一个人是否具有无产阶级的世界观，主要看他是否全心全意地为人民服务。再者，领导干部要率先垂范。人人都有世界观的建设问题，但对于领导干部来说，这个问题尤其显得重要，领导干部必须要率先垂范，身体力行，带头树立正确的世界观。

人生观是人生目的、人生价值、人生态度的统一体。树立正确的人生观，首要的和基本的就是要树立正确的人生目的。加强人生观教育，就是要紧紧抓住为什么人这个根本问题，帮助人们懂得立身做人的基本道理。人生价值由人生目的决定，人生目的不同，人生价值也不同。在谈到共产党人的人生观时，江泽民《在中央纪委第五次全会上的讲话》中指出，我们的干部和党员，一定要把人为什么活着这个问题弄清楚。如果只是为自己、为家庭而活着，那个意义是很有限的。只有为国家为社会为民族为集体的利益，奋不顾身地工作着，毫无保留地贡献出自己的聪明才智，这样的人生才有真正的意义，才是光荣的人生、闪光的人生。人生态度体现着人所特有的主观能动性。一个人的人生态度，对于他的人生目的和人生价值的实现有着重要而深远的影响。艰苦奋斗，锐意进取，自强不息，这应该是共产党人的人生态度。

树立正确的人生观，要加强学习，加强思想政治修养和科学文化修养，也要加强社会实践。树立正确的人生观，很重要的是要靠自觉，自觉做到"自重、自省、自警、自励"。"四自"是人生修养的准则，核心是"自律"。树立正确的人生观，个人修养虽然重要，但组织的教育、管理和监督，全社会的道德风尚、文明程度和舆论氛围，以及法律、法规、制度的建立和健全等也不可缺少。因此，要把自律和他律、提倡和禁止、软约束和硬约束结合起来，才能促进每一个人健康成长和全面发展，使之真正成为一个高尚的人，一个纯粹的人，一个脱离了低级趣味的人，一个有益于人民的人。

价值观是人们在处理价值问题、特别是处理那些普遍性价值问题时所持的立场、观点和态度的总和。在现实生活中，无论是社会的经济、政治、道德和文化领域，还是个人生活的方方面面，都普遍地存在着价值问题。人们如何理解和对待这些问题，内心深处究竟相信什么、需要什么、坚持和追求什么，都是价值观所特有的思想内容。一种价值观是否科学、合理、先进，归根到底要看它如何反映和反映了什么样的主体利益，看它是否与事物发展的规律和人类历史进步的趋势相一致。在价值观中，"为什么人的问题"是确立价值体系的主体和标准。

为人民服务是社会主义社会和全体人民的主导价值观的

核心内容和最高原则。因此，小康社会价值观建设的关键就是结合新时期的条件和特点，从理论和实践上把为人民服务原则更深入全面地贯彻于各个方面。首先，要把"主人意识"与"服务意识"切实统一起来，这是牢固树立为人民服务价值观的集中体现。其次，要把建设中国特色社会主义事业，实现中华民族伟大复兴作为价值观建设的现实内容。

权力观、地位观、利益观是世界观、人生观、价值观的反映，其核心问题是权力观问题。正是有了权力，才有了地位、有了如何对待利益的问题。党的执政地位，决定了党必须有正确的权力观。而党的各级领导干部的权力观，则是党的权力观的具体体现。因此，我们党特别强调要努力使各级领导干部牢固树立正确的权力观。只有树立了正确的权力观，领导干部才能有正确的思想方法和优良的工作作风，才能得到人民群众的拥护和支持，共产党的执政地位才能巩固，领导干部的权威才能得到加强，社会主义的事业才能兴旺发达。

正确权力观的核心问题是，要处理好干群关系，领导干部要摆正自己同人民群众的位置，时刻提醒自己手中的权力是人民赋予的，要把人民的利益放在第一位，以满腔热情和高度负责的精神对待人民群众，坚定地相信和依靠人民群众，努力在自己的岗位上为人民群众谋利益。

树立正确的权力观，就是要求全党特别是各级领导干部正确处理好党和群众的关系，牢固树立全心全意为人民服务的权力观。作为领导干部，一定要认识到，自己手中的权力是人民赋予的。权为民所用、利为民所谋、情为民所系是党的领导干部应有的权力观。领导干部只有运用权力为人民谋利益的义务，绝没有为个人捞好处的权利，不能把人民赋予的权力变为向党和人民讨价还价的筹码。我们承认领导干部和普通人一样有着自己的特殊利益，但是我们也必须强调，当领导干部的个人利益与人民群众的利益发生矛盾时，个人利益必须服从集体利益，服从人民的利益，必要时能够牺牲个人利益。这种"牺牲"不仅体现在生死考验面前能够挺身而出，更多的时候是体现在对待名利、地位和个人进退去留的正确态度上。各级领导干部时刻都要把人民群众的安危冷暖放在心上，只有把关心群众、服务群众的工作切实做好了，我们才能始终保持与人民群众的血肉联系，才能无往而不胜。

树立正确的权力观，就要自觉接受群众的监督。要大力推进制度建设，使权力运行走上法制化的轨道；要健全和完善领导干部联系群众的制度，使体察民情和集中民智的渠道畅通无阻；要拓宽民主渠道，强化监督机制，尤其要发挥群众监督的作用，把评判党员干部的权力交给群众；要严明党的纪律，对侵害群众利益的腐败分子严惩不贷，绝不姑息。各级领导干部，特别是高级领导干部要警惕把人民赋予的权力当作个人的特权的权力异化现象；要把党和人民的监督看成是对自己的爱护，提高接受监督的自觉性和主动性；要培养人民群众当家做主的民主意识，使广大群众以主人的身份切实行使对领导干部的监督权力。

必须坚持用马列主义、毛泽东思想、邓小平理论和"三个代表"重要思想为武装，旗帜鲜明地反对拜金主义、享乐主义和极端个人主义。拜金主义把货币"当成万能之物"，鼓吹"有钱能使鬼推磨"。在市场经济条件下，货币是一般等价物，是流通手段，没有货币，任何个人的正当需要都无法实现。合理合法获取报酬是应该的。我们反对拜金主义，但并不鄙视金钱。但拜金主义的本质并不是重视货币的经济职能，而是把货币从作为流通手段和作为一般等价物变为人生的目的、人生的意义、人生的价值和人生的唯一追求。拜金主义人生观的信条是，一切为了钱，钱就是一切，钱是他们衡量世界一切事物的尺度，因而美丑、是非、善恶都是颠倒的。拜金主义必然导致价值混乱、道德失范、信仰失落。

享乐主义产生于封建宫廷和贵族，后来为资产阶级所鼓吹、所信奉，它是一种人生苦短、及时行乐、用各种方式满足感官欲求的腐朽人生观。共产党人革命的目的归根到底是要改善人民的生活，其中包括提高物质和精神的享受水平，提高生活质量，但这与提倡享乐主义是根本不同的。享乐主义是彻头彻尾的个人主义，因为它的核心是个人享乐并把自己的享乐建筑在被剥削被压迫者的痛苦基础上的。马克思曾尖锐地指出："享乐哲学一直只是享有享乐特权的社会知名人士的巧妙说法。……一旦享乐哲学开始妄图具有普遍意义并且宣布自己是整个社会的人生观，它就变成了空话。"[1]要树立正确的世界观、人生观、价值观，就必须反对享乐主义。

极端个人主义是一种处世原则，是一种人生哲学，它以自我为中心，任何时候都把个人利益摆在首位。当个人利益和集体利益、国家利益发生矛盾时，不惜损害集体或国家的利益以满足个人的欲求。极端个人主义者认为，人性是自私的，人要生存，天生有一种维护个人利益的本能。这种说法把个人主义和个人利益混为一谈。唯物史观承认利益原则，承认人有各种各样的利益。作为国家成员有国家利益，作为社会成员有社会利益，作为某一阶级的成员有阶级利益，作为个人有个人利益。但个人利益不等于个人主义，自私并不是人的本性，而是私有制下形成的私有观念。有人认为个人主义可调动人的积极性，是一种动力，这也是一种抽象的议论。对个人而言，它可能成为一种动力，激起人的欲望和热情，激起拼搏精神，可是对于社会来说，它可能成为一种破坏力、涣散力、离心力。个人发展顺利，一切都如愿以偿时，可以意气风发，干劲十足，一旦受到挫折，个人的目的没有达到，就会灰心丧气，消极怠工，破罐破摔，个人主义

---

[1]《马克思恩格斯全集》第 3 卷，489 页，北京：人民出版社，1960。

由动力变为阻力。我们反对个人主义，决不是忽视个人利益。公正的社会和集体总是要保障和维护合理的个人利益的，保障个人以正当的方法和手段谋取个人利益的权利。但我们主张正确处理个人、集体、国家这三者之间的关系，当发生矛盾时，提倡个人利益服从国家和集体利益。

拜金主义、享乐主义、极端个人主义是与无产阶级政党的世界观、人生观、价值观格格不入的，共产党人必须把全心全意为人民服务作为人生的根本目的，把为人民谋利益作为一切工作的出发点和归宿，把党、国家和人民的利益放在高于一切的位置。一个党员干部，看他是否树立了科学的世界观、人生观和价值观，主要是看他如何处理党的利益、国家利益、人民利益和个人利益的关系，尤其是看他在党的利益、国家利益、人民利益与个人利益发生矛盾时如何处理。一切共产党员，特别是党员干部，在个人利益与党的利益、国家利益、人民利益发生矛盾时，应做到党的利益第一，国家利益第一，人民利益第一。我们旗帜鲜明地反对以权谋私，要正确认识和对待手中掌握的权力，为人民掌好权、用好权，不能把手中的权力当成商品搞权钱交易。坚决反对官僚主义、形式主义、拜金主义、享乐主义和极端个人主义等一切不正之风，用党纪、政纪、法纪严格约束自己，自觉地树立为人民服务的人生观和价值观。

(二) 以高尚的道德塑造情操

道德是思想文化上层建筑的重要组成部分，它是由经济基础所决定，以善恶为基本评价标准，用以调节人与人之间社会关系的一种价值观念和行为规范。加强道德建设，必须认真贯彻公民道德建设实施纲要，弘扬爱国主义精神，以为人民服务为核心、以集体主义为原则、以诚实守信为重点，加强社会公德、职业道德和家庭美德教育，特别要加强青少年的思想道德建设，引导人们在遵守基本行为准则的基础上，追求更高的思想道德目标。加强和改革思想政治工作，广泛开展群众性精神文明创建活动。

首先，要弘扬爱国主义精神。这种感情是对祖国崇高的、持久的爱。中华民族是富有爱国主义光荣传统的伟大民族。近代以来的中国历史一再证明，爱国主义是动员和鼓舞中国人民团结奋斗的一面旗帜，是各族人民共同的精神支柱，在维护祖国统一和民族团结、抵御外来侵略和推动社会发展中，发挥了重大作用。在爱国主义精神的激励下，我们的国家和民族自强不息，具有伟大的凝聚力和生命力。

在当代中国，弘扬爱国主义精神，核心是要提高民族自尊心、自信心和自豪感。邓小平曾指出："必须发扬爱国主义精神，提高民族自尊心和民族自信心。否则我们就不可能建设社会主义，就会被种种资本主义势力所侵蚀腐化。"[1]江泽民认为："发扬爱国主义精神，坚持独立自主、自力更生的方针，是中国革命也是中国社会主义建设取得胜利的一条根本经验。"[2]全面建设小康社会是一项伟大的事业，也是一项艰巨的任务，在这样的历史条件下，继承和发扬爱国主义传统，对于振奋民族精神，凝聚全民族力量，团结全国各族人民，自力更生，艰苦创业，具有十分重要的意义。

弘扬爱国主义精神，必须加强爱国主义教育。在我国，爱国主义教育的题材非常广泛，从历史到现实，从物质文明到精神文明，从自然风光到物产资源，社会生活的各个领域，都蕴藏着极为丰富的进行爱国主义教育的素材。我们要善于挖掘和利用各种宝贵的教育资源，不断丰富爱国主义教育的内容，对全体人民特别是青少年进行中华民族悠久历史的教育，中华民族优秀传统文化教育，党的基本路线和社会主义现代化建设成就教育，中国国情教育，社会主义民主和法制教育，国防和国家安全教育，民族团结教育，"和平统

---

[1]《邓小平文选》第3卷，369页，北京：人民出版社，1994。

[2]《十三大以来重要文献选编》（中），616页，北京：人民出版社，1991。

一、一国两制"方针教育。要搞好爱国主义教育基地的建设，充分发挥各类博物馆、纪念馆、烈士纪念建筑物、革命战争中重要战役、战斗纪念设施、文物保护单位、历史遗迹、风景胜地和展示我国两个文明建设成果的建设工程、城乡先进单位在爱国主义教育中的作用。要创造爱国主义教育的社会氛围，使人们在社会日常生活的各个方面，都能随时随处受到爱国主义思想和精神的感染、熏陶。要提倡必要礼仪，特别是要提倡有助于培养对国旗、国歌、国徽崇敬感的必要礼仪，增强人们的爱国主义情感。要把爱国主义教育贯穿于各项思想政治工作中去，作为社会主义精神文明建设的重要工程，作为我国社会的主旋律，坚定不移、长期不懈地抓下去，不断提高民族的自尊心和自豪感。

其次，贯彻落实公民道德建设实施纲要。2001 年颁布的《公民道德建设实施纲要》指出："社会主义道德建设要坚持以为人民服务为核心，以集体主义为原则，以爱祖国、爱人民、爱劳动、爱科学、爱社会主义为基本要求，以社会公德、职业道德、家庭美德为着力点。"纲要明确规定了社会主义道德建设的核心和基本要求，为小康社会道德建设指明了方向。将为人民服务作为社会主义道德建设的核心，是社会主义道德区别和优越于其他社会形态道德的显著标志。它不仅是对共产党员和领导干部的要求，也是对广大群众的要求。第一，全心全意为人民服务，是由我们党和国家政权以及社会主义制度的性质所决定的。中国共产党是无产阶级的先锋队，全心全意为人民服务是它的最高天职。第二，人们的道德观念都是与一定世界观、人生观和价值观紧密地联系在一起的。不同的世界观、人生观和价值观会产生不同的道德观。先进的道德观，最终依赖于先进的世界观、人生观和价值观的确立和贯彻。世界观、人生观和价值观的重要表现就是为谁服务。为人民服务，集中体现了马克思主义的世界观、人生观和价值观。为人民服务，既是中国共产党的一贯宗旨，也是党领导下的社会主义国家的主导价值观念。这是生活在社会主义制度下每一个人都应当遵循的道德要求。每个公民不论社会分工如何、能力大小，都能够在本职岗位，通过不同形式做到为人民服务，就是一个有道德的人，一个脱离了低级趣味的人，一个有益于人民的人。在新世纪、新形势下，我们必须继续大张旗鼓地倡导为人民服务的道德观，把为人民服务的思想贯穿于各种具体道德规范之中。

集体主义作为社会主义道德建设的原则，是社会主义经济、政治和文化建设的必然要求。在社会主义社会，人民当家做主，国家利益、集体利益和个人利益根本上的一致，使集体主义成为调节三者利益关系的重要原则。坚持集体主义原则，就必须正确处理好个人和集体的关系。在当代中国，要坚持集体主义原则，就要紧密结合全面建设小康社会的实际，把集体主义精神渗入社会生产和生活的各个层面，引导人们正确认识和处理国家、集体、个人的利益关系，提倡个人利益服从集体利益、局部利益服从整体利益、当前利益服从长远利益，反对小团体主义、本位主义和损公肥私、损人利己，把个人的理想与奋斗融入到广大人民的共同理想和奋斗之中。

诚信，即诚实和守信用。诚实守信是中华民族的传统美德，中国人历来推崇诚实、敦厚、重承诺、讲信用，在改革开放和社会主义市场经济条件下，诚信之风更应该得到进一步发扬光大。邓小平指出："一切企业事业单位，一切经济活动和行政司法工作，都必须实行信誉高于一切，严格禁止坑害勒索群众。"①社会主义市场经济是道德经济，要鼓励合理的竞争，而不是尔虞我诈，相互欺骗。因此，在市场经济条件下，诚实守信更是不可或缺的一条道德要求。现代市场

---

① 《邓小平文选》第3卷，145页，北京：人民出版社，1993。

经济是契约经济，各个独立的市场主体在经济运行中，要遵守契约，言而有信，这是每一个经济主体得以在市场竞争中立足的基本条件。没有良好的信誉，就没有良好的企业形象；无良好企业形象，企业就不可能生存和发展。企业是这样，每个公民也应该如此。当前，我国正处于社会转型期，市场经济遵循价值规律，利益驱动压倒道义关系，诚实守信的美德遭到侵蚀。拜金主义、功利主义和实用主义成为某些人群、某些行业的价值取向，弄虚作假之风有向全社会蔓延的趋势。这既导致市场不良现象的产生，又严重败坏了行业风气与社会风气，而最终将导致中国国际形象的破坏和市场经济的崩溃。因此，把诚实守信作为社会主义道德教育的重点，是维持社会基本运转的需要，也是发展社会主义市场经济的需要。

爱祖国、爱人民、爱劳动、爱科学、爱社会主义作为公民道德建设的基本要求，是每个公民都应当承担的法律义务和道德责任。爱祖国，就是要对自己的祖国忠诚，为了祖国的繁荣富强而努力奋斗。爱人民，就是要坚持以人为本，尊重人民、关心人民、保护人民，同危害人民利益的思想和行为作无畏的斗争。爱劳动，就是要树立正确的劳动观念，在为祖国、为人民、为社会主义的服务中充分发挥自己的聪明才智，作出自己应有的贡献。爱科学，就是要追求科学真理，学习和掌握科学技术知识，提高为祖国、为人民、为社会主义现代化事业服务的本领。爱社会主义，就是要维护社会主义事业，积极投身于社会主义现代化建设的伟大实践中。"五爱"是社会主义道德建设的基本要求，在全面建设小康社会进程中，我们必须把这些基本要求与具体道德规范融为一体，贯穿于公民道德建设的全过程。

加强社会公德、职业道德、家庭美德建设。人们生活和生产活动的空间，主要是家庭、职业岗位和公共场所，与此相联系，也就产生了家庭伦理道德、职业道德和社会公德。

131

社会公德是全体公民在社会交往和公共生活中应该遵循的行为准则，是社会共同利益的反映和社会文明程度的表征，涵盖了人与人、人与社会、人与自然之间的关系。社会公德，是社会中最具普遍性的道德要求，是每一个人都应当遵守的最起码的行为准则。在现代社会，公共生活领域不断扩大，人们相互交往日益频繁。个人在公共生活领域中的行为，无不关系着社会秩序、社会安全和社会公益，涉及其他社会成员的利益。因此，社会公德在维护公众利益、公共秩序，保持社会稳定方面的作用更加突出和重要。社会公德的基本要求是：文明礼貌、助人为乐、爱护公物、保护环境、遵纪守法、仪表整洁、举止端庄、语言文明、尊重他人、谦让和善、自重自爱、平等友好等等，这些基本要求也是每一个公民应具有的风范。社会公德的整体水平是与社会文明的历史进程一致的。我国社会主义现代化建设，促进了我国社会经济的进步，提高了我国人民道德包括社会公德水平。但是，在现实生活中，与社会公德相背离的现象在某些方面还比较严重。社会公德是一个人的道德基础，是个体道德理想、道德价值的表现形式之一。因此，我们每一个人，都要努力树立良好的社会公德，自觉以社会公德规范自己，约束自己，在社会上做一个好公民。

职业道德是所有从业人员在职业活动中应该遵循的行为准则，涵盖了从业人员与服务对象、职业与职工、职业与职业之间的关系。职业道德通过人们的职业活动、职业关系、职业态度、职业作风以及它们的社会效果具体地表现出来。职业道德是社会生产发展和社会劳动分工深化的产物，是人们在职业实践中逐步形成的行为规范，是人类文明意识在职业活动中的体现，是一种高度社会化的角色道德。职业道德的实质和核心，是处理和协调好职业活动中的责、权、利以及个人、集体和社会的关系，正确实现职业的社会职能。职业道德既是职业自身的、也是社会的一种必要的生存和发展的条件。随着社会劳动分工专业化的发展，职业道德处于越来越重要的地位。

社会职业是多种多样的，不同职业都有各自的职业道德。但无论什么职业的道德，都有共同的原则和要求。社会主义职业道德的基本要求是：爱岗敬业、诚实守信、办事公道、服务群众、奉献社会。爱岗敬业，是职业道德建设的首要环节。岗位和职业，既是一个人为社会服务和作出贡献的基本手段，也是一个人实现自己抱负和价值的基本方式。在社会主义社会，各项职业都是为人民服务的，职业没有高低贵贱之分。因此，每一个人都应当热爱自己的职业，忠于职守，认真负责地做好本职工作。诚实守信，既是做人之本，也是职业道德的基本准则。在市场经济条件下，诚实守信更是不可或缺的一条道德要求。人无信无以立，职业无信也不能立。办事公道，是各行各业特别是党政机关和服务行业应有的内在道德要求。对服务和工作的对象一视同仁，不因民族和种族、阶级和阶层、性别和年龄、职位高低大小、贫富亲疏的差别而有所分别。服务群众，是各行各业的根本宗旨。为人民服务是社会主义道德的核心，而为人民服务，主要体现在各行各业的职业活动中。离开各种职业活动，为人民服务就成了空中楼阁。因此，各行各业都应当把全心全意为群众服务，当作自己最高的道德原则。奉献社会，是社会主义职业道德的特有规范。它要求从事各种职业的个人，要努力多为社会作贡献，为了社会整体的长远的利益，不惜牺牲个人的利益。因此，它也是一种高尚的社会主义道德规范和要求。

当前，我国职业道德的状况，总的来说是比较好的，但也存在不少严重的问题。主要表现在不少人职业道德观念淡薄，缺乏爱岗敬业精神，服务意识差，索取意识强。一些反道德行为，如假冒伪劣、坑蒙拐骗、敲诈勒索、欺行霸市等猖獗。行业不正之风特别是垄断性行业的不正之风越演越

133

烈，令群众深恶痛绝。党风廉政建设中也存在着一些问题，以权谋私、权钱交易、贪污受贿、铺张浪费、弄虚作假、渎职犯罪等不只发生在个别人身上。随着现代社会分工的发展和专业化程度的增强，随着我国社会主义市场经济体制的建立和完善，随着我国加入 WTO 和实施"引进来，走出去"的战略，国内外市场竞争日趋激烈，整个社会对从业人员职业观念、职业态度、职业技能、职业纪律和职业作风的要求越来越高。因此，我们必须要针对经济建设和改革开放的大局要求，大力倡导职业道德，鼓励人们在工作中做一个称职的好建设者。

家庭美德是每个公民在家庭生活中应该遵循的行为准则，涵盖了夫妻、长幼、邻里之间的关系。家庭美德是家庭文明的重要标志，是维系家庭关系的重要纽带，是使家庭有效地发挥其社会职能、保证家庭成员幸福生活和社会健康发展的重要条件。家庭是社会的细胞，是人类社会生活的基本组织形式之一，是个人与社会的中介和桥梁。所以，家庭美德对于整个社会生活也有着重要的影响。家庭伦理道德是一个历史的范畴。最早的家庭伦理道德是从原始家庭中产生的。随着社会制度的演进，家庭伦理道德也处在不断变化之中。在奴隶社会，在奴隶主和自由民家庭中实行家长专制。"父为子纲"、"夫为妻纲"、"三从四德"是中国封建家庭的基本道德规范。资本主义社会提出"个性解放"、"男女平等"、"婚姻自由"等口号，在家庭关系上引起了革命性的变化，然而他们又奉行金钱至上的原则，把家庭关系变成了金钱关系，无原则的"性解放"和"性自由"使家庭不断解体和导致性堕落。

社会主义制度的建立，确立了新型的家庭伦理道德。家庭美德的基本要求是：尊老爱幼、男女平等、夫妻和睦、勤俭持家、邻里团结。尊老爱幼的主要内容是子女要尊敬和赡养老人，父母要教育和抚养子女。尊老爱幼，不但包括物质生活，而且也包括精神生活。尊老爱幼不仅仅是基于亲情和履行家庭伦理道德义务，同时也是一种社会责任。夫妻和睦，是家庭伦理道德的核心。夫妻关系如何，决定着整个家庭关系的状况。夫妻和睦的前提条件是男女平等和婚姻自由。夫妻在婚姻自由的条件下以爱情为基础相互结合起来，双方具有平等的人格，互敬互爱，在财产关系和家庭事务上具有平等的权利，在赡养老人和抚养子女上有平等的义务，才能缔造一个和睦良好的婚姻关系及家庭关系。勤俭持家，就是在家庭消费方面要精打细算、量入而出、俭朴节约，不要铺张浪费、比阔斗富、超前消费和野蛮消费。邻里团结，是家庭美德的一种延伸，是家庭与家庭之间关系的道德准则。良好的邻里关系可以使一个家庭处在一个良好的社会氛围中，使家庭环境健康化；相反，邻里关系紧张，会使家庭环境恶劣化，同时还会造成社会的不安宁。

全面建设小康社会，需要倡导家庭美德。在改革和开放的条件下，我国家庭关系和家庭观念发生着深刻的变化。一些封建的、落后的家庭道德观念正在被抛弃，新的家庭道德观念正在形成。但是，也出现了一些不健康的因素。如婚外情增多，离婚率持续上升；有的成年子女以反对封建孝道为借口，虐待父母，遗弃老人；普遍的家庭对独生子女一味溺爱、娇生惯养，等等。这些都是我们在家庭道德建设上应当引起注意和解决的问题。要大力倡导家庭美德，就要鼓励人们在家庭里做一个好成员。

（三）加强青少年的思想道德建设

青少年是国家和民族的未来，青少年的世界观、人生观和价值观正处于形成过程当中，可塑性极强，不用无产阶级道德塑造青少年的思想，资产阶级思想就会乘虚而入。加强青少年思想道德教育，关系着国家的命运和前途。现在和今后一二十年培养和教育出来的青少年，他们的思想道德和科学文化素质如何，直接关系到今后20年或者20年以后中国的面貌，关系到我国社会主义现代化建设战略目标能否实现。必须站在历史的高度，以战略的眼光来认识新时期青少年思想道德教育的重要性。

我们党一向都非常重视对青少年的思想道德教育。毛泽东早就指出："儿童时期需要发展身体，这种发展要是健全的。儿童时期需要发展共产主义的情操、风格和集体英雄主义的气概就是我们时代的德育。这二者同智育是连接在一道的。"①在粉碎"四人帮"之后不久的全国教育工作会议上邓小平就指出："革命的理想，共产主义的品德，要从小开始培养。""要大力在青少年中提倡勤奋学习、遵守纪律、热爱劳动、助人为乐、艰苦奋斗、英勇对敌的革命风尚，把青少年培养成为忠于社会主义祖国、忠于无产阶级革命事业、忠于马克思列宁主义毛泽东思想的优秀人才，将来走上工作岗位，成为有很高的政治责任心和集体主义精神，有坚定的革命思想和实事求是、群众路线的工作作风，严守纪律，专心致志地为人民积极工作的劳动者。"②在党的十五大上江泽民提出，青少年是祖国的未来、民族的希望，要十分重视青少年思想道德建设。在党的十六大上，江泽民在强调思想道德建设重要性时，特别强调要加强青少年的思想道德建设。在全面建设小康社会的新的阶段，毛泽东、邓小平、江泽民的这些论述，对我们认真做好青少年的思想道德教育工作有着重要的指导意义。

在当代中国，改革开放和现代化建设为广大青少年的成材和发展展现了广阔的舞台和美好的前景。广大青少年拥护党的路线、方针、政策，关注改革开放的进程，希望祖国早日强盛，愿意为社会主义现代化事业贡献力量，成才的愿望和学习的自觉性增强，努力适应建立社会主义市场经济对人才素质的新要求，这些都是做好青少年思想道德教育的基础

① 《毛泽东文集》第 7 卷，398 页，北京：人民出版社，1999。

② 《邓小平文选》第 2 卷，106 页，北京：人民出版社，1994。

和有利条件。同时，新的形势也对青少年思想道德教育工作提出了更高的要求。在"四个多样化"日益明显的社会转型时期，如何坚持社会主义思想的主导地位，用马列主义、毛泽东思想、邓小平理论和"三个代表"重要思想教育青少年；在进一步扩大对外开放，学习外国先进科学技术、管理经验和一切有益文化的条件下，如何教育青少年正确认识我国国情，继承和发扬中华民族优秀文化传统和中国共产党领导下的革命斗争传统，树立民族自尊、自信、自强、自立的精神；在新旧体制转换过程中还存在各种矛盾，社会生活中还存在着一些消极现象的情况下，如何引导青少年逐步树立正确的世界观、人生观和价值观，培养良好的道德品质；在科学技术迅速发展，社会主义市场经济体制逐步建立的情况下，如何指导青少年在观念、知识、能力、身体和心理素质方面尽快适应新的要求。这些，都是青少年思想道德教育工作需要研究和解决的新课题。

加强对青少年的思想道德建设，要按照《中共中央国务院关于进一步加强和改进未成年人思想道德建设的若干意见》要求，从青少年的思想实际出发，适应青少年学生的身心特点和接受能力，贴近青少年学生思想实际、贴近青少年学生生活现实、贴近青少年学生群体。紧密结合改革开放和现代化建设的丰富实践，指导他们逐步学会用辩证唯物主义和历史唯物主义的立场、观点和方法，去分析现实社会生活中的政治、经济、文化、道德现象，评价各种社会思潮，确立为中国特色社会主义而奋斗的政治方向。要在青少年中深入持久地进行爱国主义、集体主义和社会主义思想教育。爱国主义教育要以中国近现代史和国情教育为依托，形成贯穿小、中、大学各教育阶段，由浅入深的稳定的教育序列。充分运用各种大众传播媒介，形成爱国主义教育的整体气氛。要对青少年进行以为人民服务为核心、以集体主义为主要原则的价值观教育。教育青少年正确处理个人、集体和国家之

137

间的关系，发扬对国家和人民的奉献精神。帮助青少年正确认识社会上的各种消极现象，培养辨别是非善恶的能力。要加强对青少年进行适应时代发展、社会进步，以及建立社会主义市场经济体制的新要求和迫切需要的素质教育。重视培养青少年开拓进取、自强、自立、艰苦创业的精神。大力加强法制教育，社会公德和职业道德教育，帮助学生提高心理素质，健全体格，增强承受挫折、适应环境的能力。

各级各类学校要全面贯彻党的教育方针，坚持社会主义办学方向，努力培养德智体等方面全面发展的社会主义建设者和接班人。要改进中小学思想品德、思想政治课的教学，丰富学生思想道德教育的内容和形式，努力增强德育工作的吸引力和感染力。要认真落实中小学学生守则和日常行为规范，完善班主任制度，健全校外辅导员制度，建立中小学生思想道德行为综合考评制度，探索学生参加社会实践、社区服务的有效机制，保证学校思想道德教育经常化、制度化、规范化。德育课建设要注意把传授知识与陶冶情操、养成良好的行为习惯结合起来，把个人成才同国家前途、社会需要结合起来，形成爱党爱国、关心集体、尊敬师长、勤奋好学、团结互助、遵纪守法的风气。要充分发挥共青团、少先队团结和引导广大青少年进步的重要作用。共青团、少先队应根据各自的特点和任务，开展各种健康有益的活动，把广大学生吸引到自己周围，成为党联系、团结、教育青少年一代的重要纽带。结合青少年的思想特点和要求，举办业余党校、团校，推动学生学习马列主义、毛泽东思想、邓小平理论和"三个代表"重要思想，积极发展符合条件的优秀学生入团、入党。

全党全社会都要十分关心青少年的思想道德建设，为他们的健康成长创造良好环境。各级党委要加强对青少年思想政治工作的领导，定期研究和检查这方面的情况。各级政府要把优化社区育人环境列入精神文明建设计划，为青少年思想道德教育办实事。要充分利用科技馆、艺术馆、博物馆、图书馆、体育馆、青少年之家等设施和德育基地，充分利用影视传媒和信息网络等现代化载体，加强青少年思想道德建设。宣传、理论、文艺、影视广播、出版、新闻界必须以爱国主义、集体主义和社会主义为主旋律，引导青少年追求高尚的道德情操，健康的审美情趣，倡导正确的消费方式和生活方式。要运用法律武器保护青少年健康成长，打击教唆青少年犯罪的活动。

（四）改进和加强思想政治工作

思想政治工作是我们党的优良传统，是经济工作和其他一切工作的生命线，是团结全党和全国各族人民实现党和国家各项任务的中心环节，是社会主义国家的政治优势，也是我们党取得革命、建设和改革开放事业伟大胜利的一条宝贵经验。

我们党的三代集体领导核心都非常重视加强和改革党的思想政治工作。早在革命战争年代，毛泽东就强调提出："掌握思想教育，是团结全党进行伟大政治斗争的中心环节。如果这个任务不解决，党的一切政治任务是不能完成的。"[①]周恩来针对思想政治工作对军队的作用时指出："革命政治工作是革命军队的生命线与灵魂。"[②]思想政治工作对于革命战争年代是重要的，对于社会主义建设和改革开放时期同样是重要的。在改革开放伊始的1980年，国家贯彻调整方针，非常需要保持安定团结的政治局面，这时邓小平明确指出："巩固和发展安定团结的政治局面，是全国人民的共同愿望。需要向广大人民群众做好思想政治工作，动员和组织他们自觉地、积极地行动起来，同各种破坏安定团结的势力进行有效的斗争。"在1987年召开的党的十三大明确提出："改革

---

① 《毛泽东选集》第3卷，1094页，北京：人民出版社，1991。

② 《周恩来选集》上卷，93页，北京：人民出版社，1980。

开放和社会主义商品经济的发展，要求我们必须重视、加强和改进党的思想政治工作。"在新的历史时期江泽民进一步指出："我们改革开放和现代化建设，是亿万人民群众自己的事业。人民群众的理想信念、精神状态和人心所向，最终决定建设有中国特色社会主义事业的成败。这些年，中央反复强调，越是发展经济，越是改革开放，越要重视思想政治工作，根本道理就在这里。"①由此可见，中央一再反复强调要加强思想政治工作，并把思想政治工作放在如此重要的位置，是因为思想政治工作不仅是建设社会主义精神文明的必然要求，还是培养社会主义"四有"新人的重要途径，还是经济建设和社会主义现代化建设正确方向的根本保证，能够为社会主义现代化提供强大精神动力，能够充分调动广大人民群众建设社会主义的积极性，能够维护和巩固安定团结的政治局面，能够激励人们保持奋发向上的精神状态。正是因为思想政治工作具有这样重要的作用，因此，在全面建设小康社会的征程上，我们一定要重视加强和改革思想政治工作。

近年来，我们党的思想政治工作不断得到了加强。但是，我们必须看到，21世纪初的中国，正处在中国特色社会主义事业承前启后、继往开来的重要时期。改革开放二十多年来，我国社会的经济成分、组织形式、就业方式和分配方式已经日益多样化，人们思想活动的独立性、选择性、多变性、差异性明显增加。面对全面建设小康社会、人民群众的精神文化需求不断增长的形势，面对世界范围各种思想文化的相互激荡，思想道德领域有许多新情况、新问题和新矛盾需要研究解决。我们要适应形势发展的要求，积极探索新形势下思想政治工作的特点和规律，在内容、形式、方法、手

---

① 《江泽民论有中国特色社会主义》（专题摘编），406 页，北京：中央文献出版社，2002。

段、机制等方面努力改进和创新，把党的思想政治工作提高到一个新的水平。

在新形势下加强和改革党的思想政治工作的一个重要任务，就是要引导干部和群众分清主流和支流、正确和谬误。在当代中国，以马克思主义为指导的正确的、进步的思想观念是整个社会思想的主流，这是毫无疑义的。而违反马克思主义的错误的、落后的思想观念，尽管是支流，但也必须认真对待。加强和改革思想政治工作，最根本的就是要坚持和巩固马克思主义在我国意识形态领域的指导地位。一方面要及时总结党和人民在实践中创造的新经验和获得的新认识，有力地回答现实生活提出的、干部群众关心的重大思想问题；另一方面要善于运用马克思主义观点同各种错误观点进行积极的斗争，帮助广大干部群众树立和坚定正确的思想理论认识。

在新形势下加强和改进思想政治工作，要在继承优良传统的基础上，结合新的实践，不断创新思想政治工作的方法。要善于疏导，发扬民主，尊重人、理解人、关心人。要注意区分层次，针对不同特点，把先进性的要求与广泛性的要求结合起来，把思想政治教育同行为规范的培养结合起来。

在新形势下加强和改进思想政治工作，就要把做群众思想政治工作与解决群众实际问题结合起来，既讲道理又办实事，既以理服人又以情感人，在办实事中进行思想教育，通过解决现实问题引导群众提高精神境界，增强群众对党和政府的信任。思想政治工作必须经常做、反复做，持之以恒，坚持不懈。不能等到出了事、群众情绪激化了才去做。

在新形势下加强和改进思想政治工作，就要力求做到生动活泼，群众喜闻乐见，切忌形式主义、教条主义，切忌简单生硬，不讲究方式、方法，不分对象、条件、场合，照本宣科，生搬硬套，老生常谈，空话套话连篇。要充分运用大

众传媒和文化设施，采取容易为群众所接受、所欢迎的方式
进行。思想政治工作要讲究春风化雨，润物无声，耐心细
致，潜移默化。

第 五 章
发展教育事业：小康文化
建设的基础工程

　　教育是发展科学技术和培养人才的基础，在现代化建设中具有先导性全局性作用，必须摆在优先发展的战略地位。小康文化建设必须重视这个基础工作，对教育改革和发展要有紧迫感，树立起小康社会建设必须依靠教育的思想，采取切实有力的措施，做好这项基础性工作。全面贯彻党的教育方针，坚持教育为社会主义现代化建设服务，为人民服务，坚持教育与生产劳动和社会实践相结合，培养德智体美全面发展的社会主义建设者和接班人。坚持教育创新，深化教育改革，优化教育结构，合理配置教育资源，提高教育质量和管理水平，全面推进素质教育，造就数以亿计的高素质劳动者、数以千万计的专门人才和一大批拔尖创新人才。加强教师队伍建设，提高教师的师德和业务水平。继续普及九年义务教育。加强职业教育和培训，发展继续教育，构建终身教育体系。加大对教育的投入和对农村教育的支持，鼓励社会力量办学。完善国家资助贫困学生的政策和制度。

一 教育优先发展的战略地位

坚持教育优先发展。加快教育发展，是把我国巨大人口压力转化为人力资源优势的根本途径。百年大计，教育为本。教育是培养人才的摇篮，人才是经济社会发展的根本。在当今世界上，综合国力的竞争，越来越表现为经济实力、国防实力和民族凝聚力的竞争。无论就其中哪一方面实力的增强来说，教育都具有基础性的地位。对于经济文化比较落后的我国来说，大力发展教育事业更具有重要的战略意义，教育的发展对于全面建设小康社会、对于现代化建设的第三步战略目标的实现，对于最终实现中华民族伟大复兴都是一件大事。

（一）教育的基础性作用

教育是培养人才，发展科学技术事业的基础。

首先，教育是培养科技人才的基础。从科学技术发展史来看，科学技术越是向前发展，就越需要经过系统知识教育的科技人才。18世纪以来已经发生过三次科技革命。第一次科技革命的核心是工业革命，纺纱机、织布机、蒸汽机等生产工具和动力工具是这场革命的标志性成果，而这些标志性成果大多都是由纺织工人、理发师、钟表匠、学徒工等工人所发明创造的。他们一般都没有受到过多少系统的科学教育，都是在生产实践中勤于思考、善于总结经验的普通工人。第二次科技革命是电力革命，这场革命是在电磁学理论引导下的革命，在这场科技革命之前就有了专门的电磁学理论的产生，在革命过程中无论是发电机、电动机的发明和应用，还是交流电的长距离输送；无论是电报、电话、无线电通讯的发明，还是新式炼钢方法和涡轮机的发明，几乎没有一项是由没有受过教育的工人在生产过程中自发性的发现。

第三次科技革命是以原子能、计算机、航空航天技术、生物技术、生命科学、新材料、新能源、海洋技术等为核心内容的一场革命，这场革命是以科学理论为先导的革命，无论哪一个理论和技术领域的新进展、新突破都首先是科学家研究的成果，相对论、电子理论与技术、原子能理论与技术等科学与技术都不是没有受到过专门的系统的科学知识教育者所能够认识和涉足的。科学技术发展的历史表明，科学越向前发展，技术越进步，对受教育者的水平要求就越来越严格、越来越高，缺乏教育对科技人才的培养，科学技术的进步就失去了动力和源泉，科学技术的生命就会因此而枯竭。

从科技人才的培养和成长来看，教育是科技人才培养的摇篮和成长的必要条件。当代科学技术发展呈现出这样几个特点，一是科学技术专业化日益向纵深发展，不同学科和专业之间的知识内容区别越来越严格，也越来越深奥；二是学科与专业之间交叉形成了许多新型的边缘学科；三是科学技术发展速度越来越快，知识的更新呈加速度发展。科学技术发展的这三个特点决定了，不受系统的专业的教育、宽广的基础教育、不断的继续教育，就根本无法掌握现代科学知识，就根本跟不上现代科学技术发展的步伐。总之，科技人才的培养离不开教育，基础教育、专业教育和继续教育是人才培养和成长的必要条件。

从社会生产力的发展来看，教育承担着培养科技人员的基础性作用。生产力的发展需要掌握先进科学技术的人才，也需要大批能够运用先进科学技术成果的熟练技术工人。在生产力诸因素中人是最重要、最活跃的因素。无论科学技术如何发达、生产工具如何先进、劳动对象如何丰富，关键还要人去掌握、去使用、去操作。尤其是在科学技术迅猛发展的今天，劳动者只有具备较高的科学文化水平，丰富的生产经验，先进的劳动技能，才能使科学技术由潜在生产力转化为现实生产力。教育程度对劳动生产率提高有着重要的作用，统计表明，与文盲相比受过小学教育者的劳动生产率要高 43%，中学的要高 108%，高等教育的要高 300%。社会主义现代化建设需要各种各样的专门人才，邓小平多次强调指出："靠空讲不能实现现代化，必须有知识，有人才。没有知识，没有人才，怎么上的去？"[1]"我们要掌握和发展现代科学文化知识和各行各业的新技术新工艺，要创造比资本主义更高的劳动生产率，把我国建设成为现代化的社会主义强国，并且在上层建筑领域最终战胜资产阶级的影响，就必须培养具有高度科学文化水平的劳动者，必须造就宏大的又红又专的工人阶级知识分子队伍。"[2]江泽民也强调说："各级党委和政府一定要不断促进和积极扶持各类优秀科技人才的脱颖而出，并十分珍惜和用好人才。到 21 世纪末和下世纪初，要在我国理、工、农、医及交叉学科和高新技术领域中，培养和造就一支能够进入世界科学前沿的科学家队伍，一支具有技术创新能力、能够不断攻克经济建设和社会发展中各种复杂难题的工程技术专家队伍，一支学有所长并具有突出领导才能的科技管理专家队伍，组成我国现代化事业所要求的宏大的科学技术大军。"[3]培养和造就千千万万掌握现代科学文化知识、有熟练劳动技能的劳动者，只有靠教育，教育是人才的培养基地，是不断向现代化建设输送人才的智力仓库。

从我国科技人才和教育发展状况来看，必须大力发展教育事业，加快科技人才的培养。我国要全面建设小康社会、加快推进社会主义现代化建设步伐，关键是要发展生产力，发展科学技术，通过科技创新与进步，推动生产力的解放与发展。新中国成立以来，特别是改革开放以来我国教育事业

---

① 《邓小平同志论教育》，55 页，北京：人民出版社，1990。

② 同上书，59 页。

③ 《江泽民论有中国特色社会主义》（专题摘编），255 页，北京：中央文献出版社，2002。

得到了长足的发展，教育的普及率和人们的受教育水平都有了很大的提高，教育的发展已经为我国培养了大批符合现代化建设需要的科技人才。但是我们也应该清醒地看到，中国的教育发展也存在着许多不尽如人意的地方。中国是人口大国，有13亿人口，但并不是人力资源大国，由于人口素质低，所以在现代化进程中人口问题始终是一个巨大的压力。然而，我国教育事业由于受各种客观因素制约，教育普及程度不高。据统计，在就业人口中，80%的人小学毕业，50%的人初中毕业，20%的人高中毕业，大学毕业生占就业人口的比重极低。在每年不能升入上一级学校的550万小学毕业生和700万初中毕业生中，绝大部分又未能接受必要的职业技术教育和培训就直接进入劳动岗位，再加上劳动者中还有相当比例的文盲和半文盲，这就使得我国劳动者素质不高的问题更加突出。在全面建设小康社会的过程中，要把沉重的人口负担变为人力资源的优势，全面提高国民素质，教育显得特别重要。只有教育事业发展了，培养的科技人才多起来了，我国的科学技术才能有源源不断的人才支持，才能真正实现经济体制和经济增长方式的根本转变，现代化建设才能走上可持续发展之路，才能为中华民族的伟大复兴提供雄厚的人才基础。

其次，教育是科学技术发展的基础。无论什么时代，科学技术要想获得创新和发展，都必须把前人的既有成果作为自己认识的起点，在接受前代科学成果、汲取前人经验的基础上，才能更好地总结自己时代的实践经验，做出自己的创新与发明。教育正是知识再生产的一种最重要手段，它不仅把前人的实践经验和科学技术成果积累、继承下来并传授给下一代，而且还担负着推动科技发展和进步的重任。当代的自然科学正以空前的规模和速度应用于生产，特别是由于电子计算机、控制论和自动化技术的发展，正在迅速提高生产自动化的程度。同样数量的劳动力，在同样的劳动时间里，可以生产出比过去多几十倍、几百倍的产品。社会生产力有这样巨大的发展，劳动生产率有这样大幅度的提高，主要是靠科学技术的力量，但归根到底靠的是教育。

科学技术越向前发展，越需要大量的科技人才。当今世界，科学技术突飞猛进，知识经济初见端倪。知识对经济增长的贡献率将变得越来越大。未来经济社会的进步与发展越来越依赖于科学技术的进步，国际竞争的重点越来越集中到了科学技术的竞争上，集中到科技人才的竞争上。科技人才从哪里来？毫无疑问，来自于教育。科技人才只有依靠教育的培养，才能担负起科技发展和进步的重任。进入20世纪80年代尤其是90年代以来，面对新科技革命的挑战，世界不少国家相继进入了一个教育大发展阶段，通过发展教育，为21世纪的科技竞争和综合国力竞争作超前准备。为了能在世界高科技领域占有一席之地，我国必须发展教育。邓小平曾多次强调指出："四个现代化，关键是科学技术的现代化，"[1]科学技术现代化，关键是科学技术人才，而"科学技术人才的培养，基础在教育"。[2]"不抓科学、教育，四个现代化就没有希望，就成为一句空话。"[3]为此，他还对教育战线提出了要求，他说，我们要把尽快地培养出一批具有世界第一流水平的科学技术专家，作为我们科学、教育战线的重要任务。

（二）教育的先导性全局性作用

优先发展教育是当代世界科技、经济发展的普遍规律和必然趋势，是增强综合国力和国际竞争力的重要前提。21世纪是教育的世纪，教育质量下降，会影响国家的政治地位、经济竞争、科技发展和人民生活水平，教育危机必然导致国家危机，我国教育的发展现状要求我们优先发展教育。教育

①《邓小平文选》第2卷，86页，北京：人民出版社，1994。

② 同上书，95页。

③ 同上书，68页。

的发展与科技的进步、经济的繁荣、生产力的提高，建设社会主义物质文明、政治文明、精神文明和构建社会主义和谐社会，都是密不可分的。

教育是实现我国现代化的关键所在。在实现全面建设小康社会这一宏伟蓝图过程中，把沉重的人口负担转变为人力资源优势，全面提高国民素质，将直接关系我国现代化建设和民族复兴的顺利实现。当今世界，科学技术突飞猛进，人类进入知识经济时代，我们比任何时候都更加清醒地认识到教育在实现中华民族伟大复兴中的特殊地位和重要作用，认识到教育与人才培养是通向实现中华民族伟大复兴的必由之路和关键所在。

教育与人才是增强我国综合国力和国际竞争力的决定性因素。当前，激烈的国际竞争实质上是综合国力的竞争。而综合国力的竞争，科技是关键，教育是基础，人才是核心。21世纪以经济实力、科技实力、国防实力和民族凝聚力为基础的综合国力将越来越集中体现为高新技术和创新性人才拥有的数量和质量。教育越来越成为一个国家创新能力的基础，成为提高现实生产力和国际竞争力的重要力量。因此，实施教育优先发展战略，加快人才培养是增强我国综合国力、应对国际竞争的决定性因素。

教育与人才培养是实现人的全面发展目标的根本途径。人的全面发展是马克思主义关于建设社会主义新社会的本质要求，实现人的全面发展也是建设小康社会的重要目标和任务之一。教育的根本任务是培养人，因而必然也必须成为促进人的全面发展的根本途径。21世纪的教育将在推进人的全面发展目标的旗帜下，倡导新的文明生活方式，提高人民群众的科学文化水平，鼓励创新，充分发挥每个人的聪明才智，为促进人的全面发展和社会全面进步作出重要贡献。

教育与人才培养是实践"三个代表"思想的重要体现。在生产力要素中，人是最能动、最积极的因素。教育在培养创造先进生产力的知识分子群体和核心竞争人才，在培养数以亿计的素质优良的劳动者与数以千万计的高级专门人才方面具有不可替代的地位，是开拓、创造先进生产力的重要动力。接受良好教育不仅已经成为人们生存发展的第一需要和终身受益的财富，甚至决定其一生的命运。因此，加快教育发展，最大限度地满足人民群众日益增长的接受高质量教育和终身学习的需要，为处境不利人群和经济欠发达地区人民提供平等的教育机会，使人民群众受教育的权利与义务得到切实维护和保障，确保社会主义教育的公平、公正，既是加快现代化建设的本质要求，也是实践"三个代表"重要思想的具体体现。

二　教育事业的发展现状

新中国成立以来，在中国共产党的领导下，我国社会主义教育事业取得了巨大的成就。尤其是党的十一届三中全会以来，我国的教育事业迎来了新的春天，教育被置于国家优先发展战略的重要地位，为我国现代化建设、人民群众生活水平的稳步提高、社会的全面进步与人的全面发展，提供了强有力的智力支持，为整个中华民族的科学文化水平和文明程度的提高作出了巨大的贡献。但是，我们必须清醒地认识到，我国的教育仍处于比较低的水平，总体上还比较落后，还不适应社会主义现代化建设的需要，教育改革还滞后于社会主义市场经济的要求，教育事业在发展过程中也还面临着一系列挑战。

（一）成就与经验

新中国的教育事业是在非常薄弱的基础上起步的，但经过新中国成立以来五十多年的发展，特别是改革开放以来的快速发展，教育立法步伐加快，学校教育规模扩大，办学方式日益多样化，各个年龄段受教育人数增加，国人接受教育的机会大大增加。教育事业的发展已经成为推动我国经济总量提高和现代化建设各项事业迅速发展、社会全面进步与构建社会主义和谐社会的关键性因素，为社会主义现代化建设提供了有力的人才支撑和智力保证。

改革开放二十多年来我国教育立法有了很大进展，从《中华人民共和国学位条例》起，我国已制定了《中华人民共和国教育法》、《中华人民共和国义务教育法》、《中华人民共和国高等教育法》、《中华人民共和国职业教育法》、《中华人民共和国教师法》，以及《中华人民共和国未成年人保护法》等法律和一批国家与地方教育法规，我国的教育已走上了依法治教的道路。

基础教育方面，基本普及九年义务教育、基本扫除青壮年文盲工作取得重大进展，农村教育面貌发生了深刻变化。2000 年我国已顺利实现了"两基"教育的目标。进入 21 世纪，"两基"成果得以不断巩固和提高。同时，农村教育被摆到重中之重的战略地位，中央出台了新增教育经费主要用于农村的重大决策，集中更多的精力和财力，发展农村教育事业。在社会主义新农村建设进程中，国家又实施了一系列重大工程项目，加强农村教育特别是农村义务教育。实施国家西部地区"两基"攻坚计划，带动中西部农村教育实现跨越式发展。农村义务教育管理体制和经费保障机制不断完善。多年来影响和制约农村义务教育发展的一些突出问题正在得到逐步解决，我国农村义务教育进入了快速发展时期。

高等教育方面，规模扩大，质量提高。1999 年，党中央、国务院决定大幅度扩大高等教育招生规模，到 2005 年，我国各种形式的高等教育在学总规模超过 2300 万人，毛入学率达到 21%。我国高等教育规模在短短几年内发生了历史性变化，较好地满足了人民群众接受高等教育的迫切愿望。

为提高高等教育质量，国家还采取了一系列积极的措施，深入实施高等教育质量建设工程。"211工程"和"985工程"的实施，有力推动了高水平大学和重点学科建设。高校已成为基础研究的主力军、高新技术研究的重要方面军和科技成果转化的强大生力军。高校积极参与马克思主义理论研究和建设工程，哲学社会科学研究取得了一批重大成果。高等教育的各项改革取得重大进展，为形成具有中国特色的高等教育体系奠定了坚实的基础。

职业教育方面，在改革中不断发展，继续教育日益成熟和完善。近年来，党中央、国务院把发展职业教育摆在突出位置，出台了一系列旨在通过改革加快职业教育发展的政策措施，对我国职业教育的改革发展产生了重大影响。职业教育办学思想实现了重大转变，明确了"以服务为宗旨、以就业为导向"的办学方针，加快培养新兴产业和现代服务业急需的各类人才。各级职业学校切实转变教育观念和办学模式，调整专业结构，不断更新教学内容，改进教学方法，积极开展订单培养。2005年中等职业学校招生规模达到664万，中等职业教育连续滑坡的局面得到了扭转。成人教育、继续教育和各类培训蓬勃发展。

素质教育全面展开，中小学生思想道德建设和大学生思想政治教育得到切实加强。认真贯彻《中共中央国务院关于深化教育改革全面推进素质教育的决定》精神，进行了许多积极的探索和尝试，取得了一定成效。贯彻落实胡锦涛等中央领导同志的指示精神，与有关部门联合就素质教育问题进行了系统调研，认真研究解决问题的思路和举措。坚决贯彻2004年中央8号、16号文件和两次中央工作会议、胡锦涛同志两次重要讲话精神，采取一系列措施切实推进中小学生思想道德建设和大学生思想政治教育。高校党的建设工作取得了新的进展。高校连续多年保持稳定的良好局面，为全社会的稳定作出了重要贡献。

教育发展的基础和保障条件更加坚实。教师队伍建设取得了长足进展，教师队伍整体素质进一步改善，教师的社会地位显著提高。建立和完善了以财政拨款为主、多渠道筹措教育经费的体制。教育信息化水平得到提高，推动了教育现代化进程。教育的对外交流与合作不断推进，教育国际竞争力得到提高。

回顾新中国成立以来，特别是改革以来我国教育事业取得的成就，我们可以总结出以下几条小康社会教育发展需要坚持的经验。

坚持用马克思主义占领学校思想阵地和高校理论阵地，是顺利推进教育改革与发展的重要保障。如果没有这些正确的思想为指导，我国的教育事业就会偏离正确的方向。

坚持全面实施科教兴国战略，确立教育优先发展战略地位，是加快教育改革与发展的根本保证。

坚持发展是硬道理，抓住机遇，加快发展，是教育事业不断跃上新台阶的关键。

坚持改革创新，不断增强教育的生机和活力，是教育发展的不竭动力。

在改革和发展教育的过程中，我们积累了宝贵的经验，初步明确了建设有中国特色社会主义教育体系的主要原则。这些原则是：第一，教育是社会主义现代化建设的基础，必须坚持把教育摆在优先发展的战略地位；第二，必须坚持党对教育工作的领导，坚持教育的社会主义方向，培养德智体全面发展的建设者和接班人；第三，必须坚持教育为社会主义现代化建设服务，与生产劳动相结合，自觉地服从和服务于经济建设这个中心，促进社会的全面进步；第四，必须坚持教育的改革开放，努力改革教育体制、教育结构、教学内容和方法，大胆吸收和借鉴人类社会的一切文明成果，勇于创新，敢于试验，不断发展和完善社会主义教育制度；第五，必须全面贯彻党和国家的教育方针，遵循教育规律，全面提高教育质量和办学效益；第六，必须依靠广大教师，不断提高教师的政治和业务素质，努力改善他们的工作、学习和生活条件；第七，必须充分发挥各级政府、社会各方面和人民群众的办学积极性，坚持以财政拨款为主、多渠道筹措教育经费；第八，必须从我国国情出发，根据统一性和多样性相结合的原则，实行多种形式办学，培养多种规格人才，走出符合我国和各地区实际的发展教育的路子。

（二）挑战与问题

新中国成立以来，我国教育事业取得了显著成就，受世人瞩目。但我们必须清醒地认识到，总体上看我国教育仍处于比较低的水平，还比较落后，还不适应社会主义现代化建设的需要，教育改革还滞后于社会主义市场经济的要求。

教育的战略地位在实际工作中还没有完全落实。一些地方和部门不同程度地存在着忽视教育，特别是忽视基础教育的现象。有的同志对工作重心转移到以经济建设为中心是理解的，而对经济建设要转到依靠科技进步和提高劳动者素质轨道上来的战略方针则认识不足。有的同志错误地认为"经济要上，教育要让"，"先把经济搞上去，再来发展教育"，甚至出现了挤占、挪用教育经费上经济项目、盖楼堂馆所、拖欠教师工资的现象。相当多的地方和单位，对教育改革缺乏紧迫感。

巩固和提高九年义务教育的任务还相当艰巨。与发达国家相比，我国人力资源开发的总体水平还比较低，在综合国力竞争中难以占据有利位置。用全面建设小康社会、加快现代化建设的需求来衡量，我国构建和完善现代国民教育体系的潜力还十分巨大，任务相当繁重。

教育思想、教学内容和教学方法与实际脱节。教育思想、教学内容和教学方法程度不同地存在着脱离经济建设和社会发展需要的实际，素质教育、创新教育在许多地方和教育的各个阶段上还没有得到较好落实。

学校德育教育工作急需加强和改善。当前广大青少年学生总的思想倾向是好的，是积极向上的。他们把个人的命运和国家的发展联系在一起，为社会主义现代化建设事业而努力学习，这是主流。但是，也出现了新的"读书无用论"和拜金主义等错误思想。面对新的形势和要求，必须加强和改进学校德育工作，积极探索新形势下德育工作新思路。要遵循青少年思想品德形成的发展规律和社会发展规律，科学地规划大、中、小学德育的目标、内容和实施途径，加强整体衔接。要加强德育的实践环节，大力推进校园文化建设，树立良好的校风、学风。要广泛动员社会力量参与学校德育工作，通过多种途径，关心和保护青少年的健康成长，形成学校教育、社会教育、家庭教育更加紧密结合的新格局。

教育体制、运行机制和办学模式中还存在着问题。我国经济、政治、文化领域都在加快改革，教育体制改革必须深入。在教育体制改革方面我们已经取得了不少成就，但不能否认也还存在着许多问题。各级各类学校办学指导思想不能紧跟上时代和形势发展的步伐，学校培养的人才与社会的需求对接不上，学校对学生创新精神和能力培养重视不够。学生的人文素质薄弱，知识面不宽，知识结构不尽合理，科学实验和社会实践等动手能力较差。学校教育的方式，采用灌输"现成的结论"的多，而通过引导提高学生分辨能力的少。总体上说各地对职业教育重视不够，农村教育发展缓慢。教育资源配置不尽合理，大中城市集中了优势的教育资源，而广大农村教育资源稀缺。高等院校集中在几个大城市而中西部省区分布少。不同省区应受教育者受教育的机会实际上存在着不平等。各级民办学校与公办各级学校在发展上也存在着不同程度的差别。这些问题，对我国教育事业的发展都是一个阻碍。

教育投入不足，办学条件较差。邓小平早就指出抓科技的同时，必须抓教育，中央也多次强调随着经济的发展，要逐年增加国家对教育的投入。但是，在实行中，我国教育投入严重偏低。百年大计，教育为本，《日本经济发展和教育》白皮书指出，战后日本经济发展的原因，可以说是教育事业发展的成果。在知识经济来临时，克林顿提出，美国迎接知识经济挑战的一项措施就是加大教育投资，让美国公民都能受到良好的教育。由于我国教育投入不足造成办学条件差，教师待遇偏低，队伍不稳定。目前，我国以世界1%左右的教育经费支撑着占世界20%多人口的教育，虽然这是一个了不起的成绩，但也反映出我国教育经费投入不足的问题仍然突出，如何保持我国的教育事业的可持续发展，是政府和整个社会面临的一项艰巨任务。

"国运兴衰，系于教育；教育振兴，全民有责。"能否坚决落实教育优先和适度超前发展的战略，培养出同现代化要求相适应的高素质的劳动者和专门人才，将我国沉重的人口压力负担转化为巨大的人力资源优势，是关系21世纪我国社会主义事业发展的全局大事。因此，我们必须千方百计地克服教育事业发展中存在的各方面问题，制定切实有效的教育发展规划，大力进行教育改革与创新，推动我国教育事业的发展，为全面建设小康社会提供有力的智力支持和人才保障。

三 小康社会教育发展目标及战略部署

21世纪头20年，对我国来说，是一个必须紧紧抓住并且可以大有作为的重要战略机遇期。对于我国教育事业来说，同样也是如此。全面建设小康社会，是这20年我们的总的奋斗目标。教育本身是这个宏伟目标的一个重要组成部分，同时教育又要为自身的发展、为这个宏伟目标的实现作出应有的贡献。

（一）提高国民受教育程度

教育要面向最广大人民。小康社会教育不只是精英教育，而是要不断提高全民族的受教育水平，培养数以亿计高素质的劳动者，推进全面建设小康社会进程。从总体上看小康教育到2010年，要使全国每十万人口中，专科以上学历者达到7000人以上（2000年为3611人）；高中阶段学历者达到2万人以上（2000年为1.12万人）。在从业人员中，专科以上学历者占8%左右（2000年约为5%），文盲半文盲比例降到5%以下（2000年约为9%）。人口平均受教育年限达到9.5年（2000年为8年左右）。到2020年，全国每十万人口中，专科以上学历者达到13 500人左右；高中阶段学历者达到3.1万人左右。在从业人员中，专科以上学历者上升到15%左右，文盲半文盲比例降到3%以下。人口平均受教育年限接近11年。

要提高普及义务教育水平，推进学前教育。2010年，普及九年义务教育的人口覆盖率达到95%；学前三年入园率达到80%左右。2020年，高质量、高水平地普及九年义务教育，初中阶段学龄人口入学率超过90%，学前三年入园率达到90%左右。

2010年，高中阶段毛入学率达到80%左右，城市和经济发达地区的学龄人口都能接受高中阶段教育。2020年，高中阶段毛入学率达90%左右。

积极稳步发展高等教育。2010年，高等教育各类在校人数达到2500万人左右，高等教育毛入学率达到23%左右。2020年，高等教育各类在校人数达到3500万人左右，高等教育毛入学率达到32%。

（二）更新教育理念，完善教育体系

面向现代化、面向世界、面向未来，更新教育理念，完善现代教育体系，是发展小康教育重要前提。为此，在全面

157

建设小康社会进程中，发展小康教育事业，第一要树立更加开放的理念，基本形成更加开放、充满生机活力的教育体系。学校和其他人才培养机构依法享有充分的自主权，并形成自我发展、自我约束、自我管理、自我完善的机制。多样化筹措经费，社会力量办学蓬勃发展。教育具有主动适应现代化建设要求的能力。

第二，树立更加公正的理念，为全体人民提供接受良好教育的机会。加快贫困地区、西部地区、少数民族地区教育发展。建立完善的农村教育投入和管理体制，加大各级政府的投入，缩小城乡教育差距。保障流动人口子女受教育权益，保障残疾人的受教育权利。

第三，树立以人为本的新理念，提高素质教育的成效。要注重培养学生的创新精神、实践能力和科学态度，有利于人才健康成长和人的全面发展的良好社会环境形成。深入开展爱国主义、集体主义和社会主义教育。深化基础教育课程改革，全面实施义务教育新课程，逐步推进普通高中新课程。加快考试评价制度的改革，完善小学升初中就近免试入学制度，积极探索高中招生办法的改革，深化高考内容、高考制度改革等。建立有利于素质教育实施的考试评价体系，形成高素质的教师队伍。

第四，树立终身学习新理念，初步形成"学习型社会"。各级各类教育与培训相互衔接与沟通。大力发展以中心城市为主的高等职业教育和社区学院。调动、整合各种社会教育资源，形成覆盖全国城乡的开放教育系统和人力资源开发系统，为人民群众创造多层次、多样化的学习机会。

第五，树立以法治教育的理念，完善教育法制建设。建立完善的保障教育发展的法律法规体系，实现政府依法行政、学校依法办学的新局面。建立现代学校管理制度与运行机制。

(三) 提高高等教育质量，促进经济社会发展

高等教育要为经济建设和促进社会和谐发展服务。第一，要培养大批社会急需的专业人才和高层次人才。优先发展急需专业和新兴学科，新增教育资源主要向新兴学科建设倾斜。

第二，要增强高等教育的国际竞争力，使若干所大学和一批重点学科进入世界先进水平行列，成为支撑国家经济、社会、科技发展的强大力量。产生一批国际上有重大影响的大师级优秀科学家、理论家、企业家及其他杰出人才。

第三，提高科研能力，加快科技成果转化。高校承担国家建设重大课题研究和高水平原创性研究，成为国家创新体系的主体。围绕重大关键技术开展科技攻关并取得突破性成果。加强国家大学科技园建设，加大高校科研成果转化和高新技术产业化工作力度。

第四，要发挥哲学社会科学在小康社会建设中的重大作用。哲学社会科学研究在解决现代化建设重大理论和实践问题，促进国家决策科学化与民主化方面要作出重要贡献。高等学校要成为知识创新、文化传承和重大政策制定的重要"思想库"和"人才库"，在社会主义民主法制与精神文明建设中要发挥重要作用。

(四) 发展职业教育和继续教育，建设学习型社会

当代社会，职业教育和继续教育已经成为世界各国教育的一个重要组成部分，终身学习不仅是个人工作就业的必要条件，也是推动经济社会发展的必然要求。因此，建设学习型社会是小康教育的一项重要内容。

第一，要建立适应社会主义市场经济体制，与市场需求和劳动就业紧密结合，结构合理、灵活开放、特色鲜明、自主发展的现代职业教育体系。

第二，要大力发展各种形式的职业教育和培训，为促进就业和再就业服务，为农业、农村和农民服务，为推进西部

大开发服务。

第三，要大力推行劳动预备制度，严格执行就业准入制度。充分发挥行业企业和社会力量在职业教育发展中的作用。

第四，要建立中等职业教育与高等职业教育，职业教育与普通教育、成人教育相衔接与沟通的人才成长"立交桥"。确立符合时代发展要求的职业教育基本制度。充分发挥各类学校、社会、企业和个人的积极性，建设学习型社会。

（五）加快推进人才强国战略

树立人才资源是第一资源的观念，坚持党管人才原则。加强人力资源能力建设，实施人才培养工程，加强党政人才、企业经营管理人才和专业技术人才三支队伍建设，抓紧培养专业化高技能人才和农村实用人才。着力培养学科带头人，积极吸引海外高层次人才。继续深化干部人事制度改革，健全以品德、能力和业绩为重点的人才评价、选拔任用和激励保障机制，注重在实践中锻炼培养人才。各级政府和企事业单位要加大人力资源开发的投入，推进市场配置人才资源，规范人才市场管理，营造人才辈出、人尽其才的社会氛围。

（六）造就高水平的教师队伍

教师要做先进生产力和先进文化发展的弘扬者和推动者，做青少年学生健康成长的指导者和引路人，努力成为无愧于党和人民的人类灵魂的工程师，切实担当起在民族复兴大业中所肩负的重任。

第一，加强师德建设。教师要志存高远、爱国敬业，为人师表、教书育人，严谨笃实、与时俱进。要忠于人民的教育事业，以培育人才、繁荣学术、发展先进文化和推进社会进步为己任，积极引导和帮助青少年学生树立正确的世界观、人生观、价值观，教育他们立志成为建设中国特色社会主义的栋梁之才。

第二，形成加强教师队伍建设的激励机制、评估机制和保障机制，以提高教师队伍整体素质为中心，创造有利于教师队伍建设的制度环境。

第三，完善适应我国教育发展需要的、开放灵活的教师教育体系。在坚持师范院校主体地位的同时，鼓励非师范院校参与教师教育工作。提高教师学历水平，实施教师资格制度，提高队伍质量。完善教师继续教育的终身学习体系。

（七）推动教育信息化，扩大教育对外开放

加强教育信息化基础设施建设。建立国家公共网络教育平台和国家现代远程教育中心，形成教育信息化的"天罗地网"，促进教育资源共享，形成多层次、多功能、交互式的具有中国特色的现代远程教育体系。建立国家教育软件开发中心，通过市场机制的引导，积极发展教育信息产业。大力开发和推广优质教育光盘，提高教育质量。在全国初中以上学校开设信息技术必修课，在每所中小学设立计算机教室，全部高等学校、高中阶段学校和部分初中、小学与计算机网络连接。大力提高教师的信息技术能力。

扩大教育开放，加强国际合作，积极引进国外高等教育和职业教育优质资源。依法规范中外合作办学行为，促进中外合作办学健康发展，增强我国教育与人才培养的国际竞争力。坚持"支持留学，鼓励回国，来去自由"的方针，提高国家公派出国留学工作的针对性和效益[①]。

四 创新体制推动小康社会教育事业发展

教育体制改革的基本方针是：改革要有利于坚持教育的社会主义方向，培养德智体美全面发展的建设者和接班人；有利于调动各级政府、全社会和广大师生员工的积极性，提

---

① 本部分参考了陈至立所著《切实落实教育优先发展战略地位》，参见《十六大报告辅导读本》，327~332 页，北京：人民出版社，2002。

高教育质量、研究水平和办学效益；有利于促进教育更好地为社会主义现代化建设服务，为人民服务。教育改革的主要内容是：创新办学体制、管理体制、投资体制，以及招生和毕业生就业制度。

（一）创新办学体制

改变政府包揽办学的格局，逐步建立以政府办学为主，社会各界共同办学的体制。

基础教育特别是义务教育主要由政府来办，同时鼓励企事业单位和其他社会力量按照国家法律和政策，采取多种形式、多种渠道办学。有条件的地方，也可以实行"民办公助"、"公办民助"等办学形式。企业办的中小学应继续办好，有条件的地方在政府统筹下也可以逐步交给社会来办。

职业教育和成人教育应在政府的管理下，主要依靠行业、企事业单位、社会团体举办。此外可由社会各方面、公民个人联合办学，政府通过专项补助和长期贷款等形式给予适当资助和扶持。职业学校要走产教结合的路子，更多地利用贷款发展校办产业，增强学校自身发展的能力。要建立和完善现代企业教育制度。通过立法，明确企业举办职业教育以及对在职职工进行岗位培训和继续教育的责任。

普通高等教育实行以政府办学为主、社会积极参与、各方面联合办学的体制。某些科类的高校可以试行以学生缴费和社会集资为主、国家补助为辅的办学模式。按照国家有关法律和规定，发展境外机构或个人来华捐资或合作办学，特别是合作举办我国急需的薄弱学科和专业。

（二）创新教育管理体制

要按照各级各类教育的特点，理顺政府、社会和学校的关系，建立科学的管理体制。基础教育实行在国家宏观指导下主要由地方负责、分级管理的体制。

中等和中等以下职业教育和成人教育，由中央和地方教育行政部门负责统筹、协调和宏观管理，规范各类职业学校的学制，以及毕业生的就业待遇。以进行学历教育为主的职业学校和成人学校，原则上由各级教育部门进行管理。

高等教育建立由政府宏观管理，学校面向社会自主办学的体制。在政府与学校的关系上，要按照政事分开的原则，通过立法，明确高等学校的权利和义务，使高等学校真正成为面向社会自主办学的法人实体。在中央和地方关系上，进一步确立中央与省（自治区、直辖市）分级管理、分级负责以省级政府为主的管理体制。在高等教育的结构与布局上，要逐步改变高等学校条块分割，"小而全"的状况。部门所属院校的管理体制要分不同情况，采取中央部门办、中央和地方政府联合办、地方政府办、企业集团参与管理、学校之间联合或合并等不同办法，进行改革。

（三）创新教育投资体制

要改革和完善教育投资体制，增加教育经费。目前，教育经费相当紧缺，不仅不能适应加快改革开放和现代化建设对人才的需求，而且也难以满足教育事业发展的基本需求。要逐步建立起以国家财政拨款为主，辅之以征收用于教育的税费，收取非义务教育阶段学生学杂费，校办产业收入，社会捐资、集资和设立教育基金等多渠道筹措教育经费的体制。通过立法，保证教育经费的稳定来源和增长。

逐步提高国家财政性教育经费占国民生产总值的比例。提高各级财政支出中教育经费所占的比例。进一步完善城乡教育费附加征收办法。

大力发展校办产业和社会服务，逐步建立支持教育发展的服务体系。提倡厂矿企业、事业单位、社会团体和个人，根据自愿、量力原则捐资助学、集资办学，不计征税。

（四）创新高校招生和就业制度

改变以往全部按国家统一计划招生的体制，实行国家任务计划和调节性计划相结合。在目前，国家仍要提出指导性的宏观调控的招生总量目标，并通过国家任务计划重点保证国家重点建设项目、国防建设、文化教育、基础学科、边远地区和某些艰苦行业所需要的专门人才。改革高等学校毕业生"统包统分"和"包当干部"的就业制度，实行少数由国家安排就业，多数由学生"自主择业"的就业制度。近期内，仍由国家负责在一定范围内安排就业，实行学校与用人单位"供需见面"，落实毕业生就业方案，并逐步推行毕业生与用人单位"双向选择"的办法。随着社会主义市场经济体制的建立和劳动人事制度的改革，除对师范学科和某些艰苦行业、边远地区的毕业生，实行在一定范围内定向就业外，大部分毕业生实行在国家方针政策指导下，通过人才劳务市场，采取"自主择业"的就业办法。与此相配套，建立人才需求信息、就业咨询指导、职业介绍等社会中介，为毕业生就业提供服务。

第 六 章
科技创新：小康文化建设
的重要内容

　　科学技术是第一生产力，是经济和社会发展的首要推动力量，加快科学技术创新和跨越，发展科技教育和壮大人才队伍，是提升国家竞争力的决定性因素。当今世界，科学技术突飞猛进，知识经济初见端倪。我们必须要充分估量未来科学技术特别是高新技术发展对综合国力、社会经济结构和人民生活的巨大影响。为大幅度提高社会生产力，增强综合国力，提高人民生活水平，确保我国全面建设小康社会及现代化建设第三步战略目标的实现，必须大力发展科学技术，改革科技体制，加速全社会的科技进步。

一　科学技术是经济和社会发展的首要推动力量

　　一百多年前马克思提出了"生产力中也包括科学"这一重大命题，此后的马克思主义者根据科学技术的发展进程和对社会的影响，从生产力是人类社会发展的动力视角，系统论证了科学技术在经济社会发展中的重大作用。

（一）从"生产力中也包括科学"到科学技术是"先进生产力的集中表现和主要标志"

"生产力中也包括科学"这是马克思提出的一个重要命题。要理解这个命题，必须先清楚生产力的构成。马克思认为，"有目的的活动或劳动本身、劳动对象和劳动资料"①是生产力的三个基本要素。科学技术物化在劳动资料和劳动对象之中，蕴涵在劳动者头脑之中，使生产力的三个基本要素处处都体现出科学技术的力量。当科学技术发展水平低下的时候，劳动生产力中科学技术的作用表现得不十分明显，一旦科学技术渗透到社会生产的各个方面之时，生产力的进步就会自动地证明科学技术是自己的重要一部分了。所以，马克思主义说："生产力中也包括科学"②，并且"劳动生产力是随着科学和技术的不断进步而不断发展的"③。

"科学技术是第一生产力"的命题是邓小平提出的。1988年9月，邓小平在一次听取汇报的会议上指出："马克思讲过科学技术是生产力，这是非常正确的，现在看来这样说可能不够，恐怕是第一生产力。"④为什么这样说呢？邓小平指出："当代的自然科学正以空前的规模和速度，应用于生产，使社会物质生产的各个领域面貌一新。特别是由于电子计算机、控制论和自动化技术的发展，正在迅速提高生产自动化程度。同样数量的劳动力，在同样的时间里，可以生产出比过去多几十倍几百倍的产品。社会生产力有这样巨大的发展，劳动生产率有这样大幅度的提高，靠的是什么？最主要的是靠科学的力量、技术的力量。"⑤二是科学技术已经

① 《马克思恩格斯全集》第23卷，202页，北京：人民出版社，1972。
② 《马克思恩格斯全集》第46卷（下），219~220页，北京：人民出版社，1980。
③ 《马克思恩格斯全集》第23卷，664页，北京：人民出版社，1972。
④ 《邓小平文选》第3卷，275页，北京：人民出版社，1993。
⑤ 《邓小平文选》第2卷，87页，北京：人民出版社，1983。

渗透到了生产力的每一个构成要素之中了，邓小平指出："历史上的生产资料，都是同一定的科学技术相结合的；同样，历史上的劳动力，都是掌握了一定的科学技术知识的劳动力。"①生产力的诸要素如果不与科学技术相结合，就不能摆脱原始的、低下的状况，科学技术如果不与生产力诸要素相结合，也就会失去其生产力的意义和属性。科学技术与生产力诸要素结合的速度和程度决定着其发挥生产力作用的大小。马克思指出生产力中也包括科学，是对当时科学技术与生产力诸要素之间的关系而言的，邓小平指出科学技术是第一生产力，反映的是在当代科学技术成为生产力诸要素的主导要素，成了提高生产力的关键要素。这是结合时代特征，对马克思主义科学技术观的丰富和发展。

"科学技术是第一生产力，而且是先进生产力的集中体现和主要标志，"这是江泽民在2001年"七一"重要讲话中提出重要论断。这个论断是建立在对科学技术本质的认识、对生产力发展规律的深刻认识以及对科学技术发展历史与生产力进步历程的深刻认识基础之上的。因为在当代，无论是科学的发现，还是技术的创新，本身都为了适应先进生产力发展的需要。先进生产力替代落后生产力的最显著特征就是先进的科学技术替代落后的科学技术，科学技术越先进，生产力就越先进。当今世界，科学技术日益渗透到经济发展、社会进步和人类生活的各个领域，成为生产力中最关键的因素。未来的科学技术的发展，必将对人类社会的发展产生更加深刻的影响，也必将成为先进生产力发展的关键因素。所以，科学技术不仅是第一生产力，而且是先进生产力的集中体现和主要标志。江泽民关于"科学技术是先进生产力的集中体现和主要标志"的论断，为我们始终代表中国先进生产力的发展要求指出了明确的努力方向。

---

① 《邓小平文选》第2卷，88页，北京：人民出版社，1983。

（二）从科学技术是生产力到科学技术是"历史的有力杠杆"

马克思主义科学技术观不同于一般的西方科学和科技哲学，它不是把科学看成是单纯的"知识体系"，也不是把技术看成是单纯的"工具和规则的体系"，而是从人与自然的关系这个人类历史的基本前提出发，把科学技术当作生产力来研究，通过生产力这座中间桥梁，进而把科学技术纳入了社会历史领域。恩格斯在马克思墓前的悼词中，揭示了马克思一生对科学知识重视的态度和原因，他写道："没有一个人能像马克思那样，对任何领域的每个科学成就，不管它是否已实际应用，都感到真正的喜悦。但是，他把科学首先看成是历史的有力的杠杆，看成是最高意义上的革命力量。而且他正是把科学当作这种力量来加以利用，在他看来，他所掌握的渊博的知识，特别是有关历史的一切领域的知识，用处就在这里。"[①]马克思把科学技术看作是生产力，就是要把科学技术纳入社会历史领域，用唯物史观的方法来研究和利用科技。

马克思主义把科学看成是历史的有力杠杆，是由两方面原因决定的。

一方面，这是由科学的社会性质决定的。科学是社会发展的一般精神成果，它的本质是社会的，科学是在主体与认识和研究对象之间展开的一项活动，这项活动的目的在于获得新知、寻找运用新知的途径。就自然科学和技术科学而言，它反映的内容是人与自然物质之间的关系。但是科学技术研究（社会科学更是如此）活动是在一定的经济、政治、文化和社会条件下进行的，科学活动的目的受制于社会实践和技术的需要，"社会一旦有技术上的需要，这种需要就会

①《马克思恩格斯全集》第 19 卷，372~373 页，北京：人民出版社，1963。

比十所大学更能把科学推向前进"①。科学技术活动的规模、取得成果的大小以及科学成果的社会运用也受社会经济关系的严重制约。在"18世纪，数学、力学、化学领域的发现和进步，无论在法国、瑞典、德国，几乎都达到和英国同样的程度。发明也是如此，例如在法国就和英国差不多。然而，在当时它们的资本主义应用却只发生在英国，因为只有在那里，经济关系才发展到使资本有可能利用科学进步的程度。"②科学家也是生活在一定社会历史环境中的人，他的科研目标设定、计划安排、科研手段、自身素质，包括思想观念和立场方法无不深深地打着该社会的烙印。因此，离开社会历史条件来谈所谓的"纯科学"或者"纯知识"是违背科学本质的。

另一方面，这与马克思主义的唯物史观是密切相关的。马克思主义科学技术观关注的不仅仅是科学技术本身的发展，而更重要的是科学技术发展的社会前提和科学技术发展对社会所产生的影响。马克思首先把科学技术看成是生产力，然后是从科学与生产的关系入手，进而将对科学的研究纳入了社会的发展过程。"科学与生产的关系问题，并不是只在解决某些具体的生产任务时，或者对生产采用某些科学新成果可能提供的利润进行经济核算时才产生的。这个问题既包括社会经济学的一面，又包括社会学的一面，还有哲学的一面。这是因为科学是生产发展的一个强大因素，它对人类命运的影响十分强大，必须认清它在社会发展学说，首先是各种生产方式的规律学说范围中的作用。马克思选定的正是这个关键问题，马克思用了若干年的时间仔细而全面地研究了科学同生产的相互关系问题，深入研究了科学作为直接

①《马克思恩格斯选集》第4卷，732页，北京：人民出版社，1995。

②《马克思恩格斯全集》第47卷，598页，北京：人民出版社，1979。

生产力的概念。"①科学技术在知识形态上是一般生产力，进入生产过程后是直接生产力。作为生产力的科学技术，对社会生产关系、经济基础、上层建筑领域产生影响并起着决定作用，科学技术革命必将带来社会领域的革命，正如恩格斯所说："人类知识和人类生活关系中的任何领域，哪怕是最生僻的领域，无不对社会革命有所影响，同时也无不在这一革命的影响下发生某些变化。"②马克思首先把科学看成是历史的有力杠杆，原因正在于此。

科学是历史的有力杠杆，是最高意义上的革命力量。马克思主义科学技术观的这个命题在科学技术发展史上、在社会发展史上都有着充分的体现。

第一，科学本身是通过战斗不断为自己开辟前进道路的。"自然科学本身就是彻底革命的"，在漫长中世纪的黑暗中科学不得不"为争取自己的生存权利而斗争。自然研究同开创了近代哲学的意大利伟大人物一道，把自己的殉道者送上了火刑场和宗教裁判所的牢狱"③。科学从神学中的解放出来后便大踏步地前进，但是前进中并非没有曲折，宗教牢固的社会根源仍然没有完全消除，随着科学的进步，种种神秘主义、蒙昧主义和宗教迷信还会不断发生，像当代中国出现的"法轮功"，就是如此。因此，科学仍需高扬革命的旗帜，在战斗中为自己开辟新的前进道路。

第二，科学技术的革命作用表现在它在应用中塑造出了革命的人、革命的阶级。科学技术的生产力属性首先体现在劳动工具上，而劳动工具的改进所带来的不仅只有生产力的

① [苏] C.P.米库林斯基等著，《社会主义和科学》，38~39 页，北京：人民出版社，1985。

②《马克思恩格斯全集》第 1 卷，656 页，北京：人民出版社，1956。

③《马克思恩格斯选集》第 4 卷，263 页，北京：人民出版社，1995。

提高，更重要的还有劳动协作方式和劳动者素质的进步。"工具是人创造的。工具要革命，它会通过人来讲话，通过劳动者来讲话，破坏旧的生产关系，破坏旧的社会关系。"①马克思为科学领域里的每一个进步而感到喜悦，因为，他从科学的进步中发现了历史发展的真正动力，发现了"蒸汽、电力和自动纺机甚至是比巴尔贝斯、拉斯拜尔和布朗基诸位公民更危险万分的革命家"②。

第三，科学技术是创造新社会和推翻旧社会的物质技术力量。在私有制社会，统治阶级在科学技术的进步面前都显得软弱无力，起初他们呼唤科学技术，但是当科学技术真正运用于生产，使整个社会生产力普遍提高的时候，就走到了与他们起初想象相反的方面，就挖掉了他们赖以统治的根基。马克思说过，"火药、指南针、印刷术——这是预告资产阶级社会到来的三大发明"③。恩格斯也说过："分工，水力、特别是蒸气力的利用，机器的应用，这就是从十八世纪中叶起工业用来摇撼旧世纪基础的三个伟大的杠杆。"④当19世纪后期电工技术革命初见端倪时，恩格斯就透过技术的表象，揭示出了电工技术的社会革命意义，他指出："这一发现使工业几乎彻底摆脱地方条件所规定的一切界限，并且使极遥远的水力的利用成为可能，如果在最初它只是对城市有利，那么最后它终将成为消灭城乡对立的最强有力的杠杆。但是非常明显的是，生产力将因此得到极大的发展，以至于资产阶级对生产力的管理愈来愈不能胜任。"⑤最后不得不交

————————————

① 《毛泽东选集》第 5 卷，319 页，北京：人民出版社，1977。

② 《马克思恩格斯全集》第 12 卷，3 页，北京：人民出版社，1962。

③ 《马克思恩格斯全集》第 47 卷，427 页，北京：人民出版社，1979。

④ 《马克思恩格斯全集》第 2 卷，300 页，北京：人民出版社，1957。

⑤ 《马克思恩格斯全集》第 35 卷，446 页，北京：人民出版社，1971。

出自己的统治权。列宁更是直截了当地指出，科学技术革命的成果是埋葬资本主义和进行社会主义革命的物质前提，他说，技术革命使生产资料和流通资料集中起来，使资本主义企业中的劳动过程社会化，于是日益迅速地造成以社会主义生产关系代替资本主义生产关系即进行社会主义革命的前提。

（三）从科学技术是"历史的有力杠杆"到科学技术是推动社会主义前进的动力

任何时代的科学技术都是一定的基本政治经济制度下的科学技术，科学技术是生产力，它反映的是历史发展阶段上一个社会的技术构成状态，即技术社会形态。而社会经济形态是从生产力、生产关系、经济基础、上层建筑（主要是生产关系）等方面反映一个社会的整体。技术社会形态对社会经济形态有最终的决定性作用，但是，不同的社会经济形态对科学技术的发展所起的反作用也是不同的。在资本主义制度下资本占有科学技术，同时也推动着科学技术的进步，但资本占有科学技术与社会进步之间存在着深刻的矛盾，科学技术越是向前发展，就越是要求摆脱资本的束缚，越来越成为消灭资本及其资本主义制度的力量；在社会主义制度下，科学技术获得了大发展的制度条件，社会主义制度必须充分利用科学技术的力量，来巩固和发展社会主义事业，建设社会主义大厦。

马克思主义认为科学技术在生产中的应用提高了社会生产力，是社会进步的表现。但是，在资本主义制度下，科学技术转化成直接生产力与社会进步的目标却处于深刻的矛盾和对抗中。这种对抗，一方面表现为科学科技与资本的对立，另一方面表现为科学技术与劳动的对立。

总之，在资本主义时代，"每一种事物好像都包含有自己的反面。我们看到，机器具有减少人类劳动和使劳动更有成效的神奇力量，然而却引起了饥饿和过度的疲劳。新发现的财富的源泉，由于某种奇怪的、不可思议的魔力而变成贫困的根源。技术的胜利，似乎是以道德的败坏为代价换来的。随着人类愈益控制自然，个人却似乎愈益成为别人的奴隶或自身的卑劣的奴隶。甚至科学的纯洁光辉仿佛也只能在愚昧无知的黑暗背景上闪耀。我们的一切发现和进步，似乎结果是使物质力量具有理智生命，而人的生命则化为愚钝的物质力量。现代工业、科学与现代贫困、衰颓之间的这种对抗，我们时代的生产力与社会关系之间的这种对抗，是显而易见的、不可避免的和毋庸争辩的事实"①。

在资本主义制度下，科学技术发展与社会进步之间存在着尖锐的矛盾。马克思主义科学技术观不仅深刻地揭示了这个矛盾，而且指明了矛盾的演变趋势和结果。

第一，矛盾演变的趋势是资本将会失去其存在的基础。资本为了获得更大的利润，总会千方百计地发展和占有科学技术，千方百计地改善机器性能，最终使"科学通过机器的构造驱使那些没有生命的机器肢体有目的地作为自动机来运转，这种科学并不存在于工人的意识中，而是作为异己的力量，作为机器本身的力量，通过机器对工人发生作用"②。而一旦资本创造出自动化机器体系，人在生产中的地位、劳动的内容和性质也都发生了改变，直接劳动就不再是财富的巨大源泉了，资本赖以存在的基础也就被挖掉了。

第二，矛盾演变的结果是"人的全面而自由发展"的社会实现。资本为了追逐剩余劳动时间，尽量把必要劳动时间缩小到最低限度，如果抽掉资本主义制度的性质，"节约劳动时间等于增加自由时间，即增加使个人得到充分发展的时间，而个人充分发展又作为最大的生产力反作用于劳动生产

①《马克思恩格斯全集》第12卷，4页，北京：人民出版社，1962。

②《马克思恩格斯全集》第46卷（下），208页，北京：人民出版社，1980。

力"①。而在自动化机器体系条件下，劳动时间已不再是发展一般财富的尺度，"并不是为了得到剩余劳动而缩减必要劳动时间，而是直接把社会必要劳动缩减到最低限度，那时，与此相适应，由于给所有的人腾出了时间和创造了手段，个人会在艺术、科学等方面得到发展"②。

第三，用社会主义制度取代资本主义制度，才能使科学技术得到充分发展。在资本主义制度下，"统治阶级的存在，日益成为阻碍工业生产力发展的愈来愈大的障碍，同时也成为阻碍科学和艺术发展"③的障碍，只有用一种新的"有计划地从事生产和分配的自觉的社会生产组织"来代替资本主义的生产方式，"人自身以及人的活动的一切方面，尤其是自然科学"，才能"突飞猛进，使已往的一切都黯然失色"④。马克思主义继承者和发展者列宁明确指出，在资本主义制度下科学技术的发展，必然导致资本主义制度的灭亡，"只有社会主义才能使科学摆脱资产阶级的桎梏，摆脱资本的奴役，摆脱做卑污的资本主义私利的奴隶的地位。只有社会主义才可能根据科学的见解来广泛推行和真正支配产品的社会生产和分配，也就是如何使全体劳动者过最美好、最幸福的生活"⑤。

第四，建设社会主义必须掌握一切现代科学技术。社会主义制度是建立在比资本主义更高的劳动生产力基础之上的制度，但是，现实社会主义国家的生产力基础普遍落后于发

①《马克思恩格斯全集》第46卷（下），225页，北京：人民出版社，1980。

②同上书，218~219页。

③《马克思恩格斯全集》第18卷，246页，北京：人民出版社，1964。

④《马克思恩格斯选集》第4卷，275页，北京：人民出版社，1995。

⑤《列宁选集》第3卷，546页，北京：人民出版社，1995。

达资本主义国家。因此，要巩固和建设社会主义制度，必须大力发展科学技术，利用人类文明所创造的全部优秀科技文化成果。"除了以庞大的资本主义文化所获得的一切经验为基础的社会主义以外"，没有"别的什么社会主义[①]"。我们"必须取得资本主义遗留下来的全部文化，用它来建设社会主义。必须取得全部科学、技术、知识和艺术。没有这些，我们就不能建设共产主义社会的生活"。"共产主义就是利用先进技术的、自愿自觉的、联合起来的工人所创造的较资本主义更高的劳动生产率"[②]为此，列宁从当时世界科学技术发展的角度出发给社会主义下了一个经典的定义：苏维埃政权+普鲁士的铁路管理制度+美国的技术和托拉斯组织+美国的国民教育等等等等++=总和=社会主义。针对中国经济技术落后状况，毛泽东强调指出，为了建成社会主义，工人阶级必须有自己的技术干部的队伍，必须有自己的教授、教员、科学家、新闻记者、文学家、艺术家和马克思主义理论家的队伍。邓小平也强调工人阶级要用最大的努力来掌握现代化的技术知识和现代化的管理知识，他在 1992 年南方谈话时还语重心长地说，社会主义现代化建设"要提倡科学，靠科学才有希望"[③]。

马克思主义科学技术观是一个完整的体系，它内容丰富，涉及面广，是几代马克思主义者共同努力的结晶。马克思主义科学技术观中的知识，既包括自然科学知识和技术知识，又包括社会科学知识和人文思想，但核心的内容是科学技术知识。他们首先把科学技术看作是生产力，通过用唯物史观为指导，把科学技术放入社会历史发展的背景下去研究，进而揭示出科学技术的历史杠杆作用、科学技术与资本

---

① 《列宁全集》第 27 卷，285 页，北京：人民出版社，1990。

② 《列宁选集》第 4 卷，17 页，北京：人民出版社，1995。

③ 《邓小平文选》第 3 卷，377~378 页，北京：人民出版社，1993。

和劳动之间的矛盾，揭示了科学技术是埋葬资本主义和建设社会主义的物质技术力量，指出建设社会主义事业必须依靠科学技术。

（四）从"坚定不移地推进科技进步"到科教兴国战略

从马克思提出"生产力中也包括科学"，到邓小平提出"科学技术是第一生产力"，再到江泽民提出"科学技术是第一生产力，而且是先进生产力的集中体现和主要标志"，中国共产党对科学技术作用的认识日益深化了。进入 20 世纪 80 年代以后，科学技术对经济增长的作用日益突出，并且成为经济增长和综合国力竞争的主要因素之一。虽然我国科学技术比较落后，但是决不能回避的一个问题是，如果再一味地依靠资源、资金和传统的劳动力的大量投入，发展工业经济，那么，实现工业现代化的战略目标和实现三步走的战略目标，肯定没法达到。因此，实施科教兴国战略势在必行，建设创新型国家也成为中国可持续发展的必然选择。

科教兴国战略是在贯彻邓小平科学技术是第一生产力思想的过程中逐步形成的。1988 年邓小平提出了科学技术是第一生产力的重要论断，此后他又多次重申了这一思想。科学技术是第一生产力思想提出后，引起了中国社会的广泛重视。1989 年江泽民在全国科技奖励大会的讲话中提出，发展科学技术是全党的历史性任务；1991 年江泽民在全国科协第四次代表大会上向全国发出"把经济建设转移到依靠科技进步和提高劳动者素质轨道上来"的号召，并强调这一转移与十一届三中全会党的工作重点转移到经济建设上来具有同等重要的意义；1992 年党的十四大再次强调振兴经济首先要振兴科技，只有坚定地推进科技进步，才能在激烈的竞争中取得主动，同时必须把教育摆在优先发展的战略地位；1994 年国务院领导在北戴河研究制定"九五"计划和 2010 年远景规划时，提出了科教兴国问题；1995 年《中共中央、国务院关于加速科学技术进步的决定》出台，决定第一次提出，要"坚定不移地实施科教兴国战略，并对科教兴国的内涵作了规定"，"科教兴国，是指全面落实科学技术是第一生产力的思想，坚持教育为本，把科技和教育摆在经济、社会发展的重要位置，增强国家的科技实力及向现实生产力转化的能力，提高全民族的科技文化素质，把经济建设转移到依靠科技进步和提高劳动者素质的轨道上来，加速实现国家的繁荣强盛。"[①]1997年党的十五大召开，党的十五大报告重申了科教兴国战略的内涵，并对科教兴国战略的意义、实施作了原则性的部署。至此，科教兴国战略作为我国经济、社会发展的一项基本战略已经全面确立，并在经济建设中全面实施。2002年党的十六大对实施科教兴国战略给予了特别的重视，指出：我们必须要"坚持扩大内需的方针，实施科教兴国和可持续发展战略，实现速度和结构、质量、效益相统一，经济发展和人口、资源、环境相协调。"强调走新型工业化道路，必须大力实施科教兴国战略和可持续发展战略。

科教兴国战略，是全面落实科技是第一生产力思想的战略决策，是保证国民经济持续、快速、健康发展的根本措施，是实现全面建设小康社会宏伟目标和加快推进现代化建设的必然选择，也是中华民族振兴的必由之路。

二 我国科技事业发展现状

新中国成立后，经过五十几年的建设，在各个领域都取得了辉煌的成就，为中国发展科学技术奠定了一定的基础。改革开放以来特别是"十五"期间，随着我国科技体制改革的不断深化和科教兴国战略的全面实施，我国的科技实力显

① 朱丽兰等编著：《科教兴国——中国迈向21世纪的重大战略决策》，13页，北京：中共中央党校出版社，1995。

著增强，与发达国家的差距缩小，科技事业实现了新的跨越，为社会主义现代化建设提供了强大的动力。尽管中国科技发展已经取得了举世瞩目的成就，但依然存在着问题，制约科技发展的瓶颈在有些方面表现的还相当突出。

（一）科技事业的发展成就

随着科技体制改革的不断深化、中国经济实力的增强和科教兴国战略的实施，我们科技事业也进入了快速发展时期，取得了一系列可喜的成就。

第一，科技体制改革逐步深化，科技与经济的结合日益紧密。为解决在计划经济体制下科技与经济相脱节的局面，1985 年中央出台了《中共中央关于科学技术体制改革的决定》，科技体制改革拉开了帷幕。在科研院所体制改革方面，一是推动应用型科研机构向企业化转制，实现了对我国科技结构和布局的重大调整。二是对公益类科研机构实行分类改革，改变了社会公益类科研体系按照行政区划对应设置、重复分散的现象。三是中国科学院实施"知识创新工程试点"，重点加强几十个机构和近两万人的研究队伍，形成一批具有国际影响力的研究机构。在改革科技拨款制度方面，逐步改变了科研机构的经费单纯由国家包揽的状况，科研机构通过转让技术、开展社会服务、开发新产品等方式积极增加收入，科研经费的来源渠道不断拓宽，自筹经费所占比重不断增加。在培育发展技术市场方面，我国技术市场从无到有，持续稳定发展，加速了科技成果的转化，促进了科技成果的推广应用，改变了科技与经济长期脱节的局面。

第二，科技投入快速增加，企业技术创新的主体地位进一步巩固。2004 年全社会科技经费投入 4004 亿元，比 2000 年增加 1954 亿元，年均增长 18%。为落实科教兴国战略，提高我国的科技创新能力，国家财政对科技投入的力度逐年加大，2004 年国家财政科技拨款达到 1095 亿元，是 2000 年的 1.9 倍，年均增长 17%。研究与试验发展（R&D）经费投入快速增长。2004年研究与试验发展经费投入达到1966亿元，是2000年的2.2倍。

企业科技活动日益活跃，科技经费投入从2000年的1342亿元增加到2004年的2921亿元，年均增长21%，占全社会科技经费投入的比重从65.5%增加到72.9%。企业研究与试验发展经费投入从2000年的537亿元增加到2004年的1314亿元，年均增长25%，占全社会研究与试验发展经费投入的比重从60%增加到66.8%。

第三，科技队伍继续壮大，结构进一步优化。"十五"时期，国家通过实施人才战略，使我国的科技队伍不断壮大，结构逐步优化。2004年，我国科技活动人员达到348万人，其中科学家和工程师225万人，分别比2000年增加了26万人和20万人；科学家和工程师占全部科技活动人员的比例达到64.7%，比2000年提高1.2个百分点。从事研究与试验发展活动的人员折合全时当量达到115万人年，其中科学家和工程师93万人年，均比2000年增加了23万人年；科学家和工程师占全部研究与试验发展人员的比例达到80%，比2000年提高5个百分点[①]。

第四，高技术产业快速发展。我国高技术产业持续保持快速增长的势头，产业规模不断扩大，产业效益不断提升。2004年规模以上高技术企业实现工业总产值27769亿元，比2000年增长167%；完成增加值6341亿元，比2000年增长130%。2004年，规模以上高技术产业全员劳动生产率为10.8万元，比其他行业高2.4万元。2004年，我国高技术产品出口贸易总额达到1654亿美元，是2000年的4.5倍；高技术产品出口贸易占全部商品出口贸易总额的比重达到27.9%，比2000年提高了13个百分点。

第五，科技成果举世瞩目，专利事业发展迅速。围绕国

---

① 数据来源：国家统计局社科司《"十五"科技事业发展综述——"十五"时期我国社会经济发展回顾系列报告》。

家战略目标成功组织实施了 12 个重大专项，取得了一批以"神舟六号"载人航天飞船、超级杂交稻、高性能计算机、SARS 疫苗、量子纠缠等为标志的重大科技成就，拥有了一批在农业、工业领域具有重要支撑作用的自主知识产权，推动了一批高技术产业集群的迅速崛起，造就了一批具有自主创新能力的知名企业。到 2005 年，科技论文产出位居世界第五位，来自国内的发明专利申请数量达 9.3 万件，授权量达 2.1 万件①。

我国科学技术事业的迅速发展和科技事业进步与经济发展的紧密结合，为我国经济社会的全面进步提供了巨大的动力支持，成为实现我国现代化建设第二步战略目标的重要力量。

（二）科技发展的瓶颈

目前我国科技事业发展，还存在着一系列制约瓶颈，在有些方面表现的还相当突出。如科技投入不足、企业创新能力较弱、科技整体的国际竞争力不强、科技对经济和社会发展的促进作用有限等，我国科技发展的现状同发达国家相比、同我国经济建设的需求相比还有不小的差距，中国科技事业的发展还任重道远。

第一，科技人力资源效率和全民文化科技素质较低。我国科技人力资源的总体规模大，数量多，在很大程度上是由我国的人口基数大所决定的。但是我国科技人力资源的一个明显的特点是效率低下，按照 IMD（瑞士国际管理、发展研究所）的数据，每万 FTE（全时工作当量 Full-time equivalent）产出的专利（包括国内专利和国际专利）件数，中国为 10.8 件，而美国为 1714.4 件，日本为 1737.0 件，德国为 1534.0 件，法国为 1504.9 件，都超过中国的 100 倍，英国和韩国分别为 984.8 件和 554.7 件，是中国的 50 倍以上，印度

———
① 数据来源：《国家"十一五"科学技术发展规划》。

也达到 44.6 件。科技人力资源效率低下的原因，有 R&D 经费投入不足和使用不合理问题，也深含着科技体制的问题，但不管是什么原因，其结果都是人力资源的浪费。

发展科技，人才是关键，发达国家为了发展自己的科技，不惜用重金和优惠政策从世界各国吸引高科技人才，而我国高科技人才的流失却相当严重。发展科技更需要全民族科学文化水平的提高，而在我国的总人口中，文盲、半文盲人数还占有一定比例，九年制义务教育也没有完全普及，近几年来我国在高等教育方面作了很大的努力，但入学率与发达国家比有很大差距，与发展中国家相比也还有一定距离。这种国民教育状况如果得不到及时的改善，必然会影响到 21世纪中国科技的发展。

第二，科技创新能力不强，国内专利增长乏力。创新是科技发展的动力，国际上常采用量化的科技论文数、专利数和重大科技成果数来衡量一个国家的创新能力。从科技论文数量来分析，目前我国科技论文数占世界科技论文总数并不低，位于世界前列。但是，在具有较高创新含量的 SCI（著名的科学引文索引数据库 Science Citation Iudex）收录论文上，我国论文总数明显低了很多。此外，SCI 收录的我国论文的被引用率，也远远低于世界平均水平。

发明专利最能体现一个国家的科技创新能力。从发明专利来分析，我国专利总量尽管逐年增加，但与其他国家相比增长速度缓慢。在专利结构中，发明专利的比重较低。此外，从我国授予的发明专利总量的构成看，国内发明专利比重低；我国在国外获得的专利，也是数量少，增长慢。

通过对衡量技术创新能力的指标分析，可以看出我国科技创新的基本状况是：科技创新能力不高，特别是高水平的科技创新乏力；技术创新缺乏国际竞争力，国外技术一直是我国技术的主要来源，自主创新能力差，对外依赖性强；科技国际竞争力远落后于经济国际竞争力。科技创新能力低，将会严重影响我国科技的发展速度和可持续发展的能力。

第三，R&D 经费投入结构失衡。R&D 经费是指在自然科学与技术领域、社会与人文科学领域中，用于基础研究、应用研究和试验发展活动的经费。R&D 总量不足表现为绝对数量小。尽管 20 世纪 90 年代以来我国研究与试验发展活动经费呈增加的态势，但是，即便到 2004 年 R&D 支出也只有 1966 亿元，远远低于发达国家。我国的 R&D 经费不仅投入数量少，而且结构失衡。主要表现是 R&D 经费投入以政府为主导，企业还没有成为 R&D 活动的主体。

第四，高技术产业规模小，产品附加值低。我国高技术产业与发达国家，甚至一些周边国家和地区相比，还存在较大差距。一些产业的主体设备和技术还主要依赖进口，飞机、移动通信、电视发射设备、软件等产品的国内市场基本上被外国企业所占领。近些年来，我国高技术产业尽管发展很快，但是，高技术在整个经济中的地位不突出，高技术产业生产质量和水平不高，高附加值生产的特点还不显著。我国高技术产业增加值占全部制造业增加值的比重、高技术占GDP 的份额一直较低。从高技术产业的出口上看，中国高技术产业的国际竞争力较低。中国的制造业在世界制造业出口中所占的份额，高于亚洲的韩国、新加坡两个新兴的工业化国家，但是高技术产品出口额的比重和在世界高技术产业出口中所占的份额，远远低于这两个国家。可见我国高技术的国际竞争力还不强，不仅同发达国家存在很大差距，同新兴工业化国家之间的差距也很大。

第五，科技体制还不健全，基础设施落后。长期以来，我国经济、科技、教育三者严重相互脱节，经济与科技、经济与教育、科技与教育不能很好地衔接，是影响我国发展科技的体制障碍。政企关系没有完全理清，一方面使企业的技术创新主体地位无法确立，另一方面使政府的宏观调控软弱无力。从企业角度看，企业制度建设上的滞后使得企业在科技创新上作用减弱。从政府角度看，尽管我国有着计划经济的长期实践，但是政府在配置科技资源和协调各种组织间的联合攻关的能力方面并不强，特别是在体制转轨时期，由于政府调控权力的部门分割，使得科技计划执行起来部门之间难以协调，现有的科技资源难以集成，不能获得"整体大于部分之和"的效果。

从总体上看，我国已经初步具备了支撑经济及社会发展和参与国际竞争的科技能力。但是我国科技总体水平同世界先进水平相比仍有较大差距，同我国经济社会发展还有许多不相适应的地方。主要表现为科学研究实力不强，优秀拔尖人才比较缺乏，科技投入不足，科学技术发展还存在着一些体制、机制性障碍，特别是自主创新能力不足已经成为制约我国经济社会发展的重要因素。

三　全面建设小康社会中的科技创新

21世纪头20年是我国科技发展的重要战略机遇期，也是建设创新型国家的重要时期。因此，我们必须突出创新主线，深化体制改革，营造良好环境，切实把提高自主创新能力摆在全国科技工作的首要位置，加快调整科学技术的发展思路和工作部署，推进我国经济增长方式从资源依赖型向创新驱动型转变，推动经济社会发展转入科学的发展轨道。

(一) 明确科学技术发展思路和目标

要深入贯彻《中共中央、国务院关于实施科技规划纲要，增强自主创新能力的决定》全面执行《国家"十一五"科学技术发展规划》，明确思路和目标，全面推进科学技术进步。

我国科技发展的总体思路，要坚持以邓小平理论和"三个代表"重要思想为指导，全面落实科学发展观，大力实施科教兴国战略和人才强国战略，坚持"自主创新，重点跨越，支撑发展，引领未来"的指导方针，把自主创新作为主线，将组织实施重大专项作为战略突破点，大幅度提升科技供给能力，充分发挥科技对经济社会发展的支撑与引领作用；以构建企业为主体，市场为导向，产学研相结合的技术创新体系为突破口，深化科技体制改革，加大政策实施力度，全面推进国家创新体系建设，形成有利于推动自主创新的良好环境，为实现全面建设小康社会目标，构建社会主义和谐社会提供强有力的科技支撑。为此，要突破约束经济社会发展的重大技术瓶颈；突破制约我国科技持续创新能力的薄弱环节；突破限制自主创新的体制、机制性障碍；突破阻碍自主创新的政策束缚；突破不利于自主创新的社会文化环境制约。

在"十一五"期间，我国科学技术发展的总体目标是，要基本建立适应社会主义市场经济体制、符合科技发展规律的国家创新体系，形成合理的科学技术发展布局，力争在若干重点领域取得重大突破和跨越发展，R&D投入占GDP的比例达到2%，使我国成为自主创新能力较强的科技大国，为进入创新型国家行列奠定基础。要面向国民经济重大需求，加强能源、资源、环境领域的关键技术创新，提升解决瓶颈制约的突破能力。要以获取自主知识产权为重点，加强产业技术创新，显著提升农业、工业、服务业等重点产业的核心竞争能力。要加强多种技术的综合集成，提升人口健康、公共安全和城镇化与城市发展等社会公益领域的科技服务能力。要适应国防现代化和应对非传统安全的新要求，提高国家安全保障能力。要超前部署基础研究和前沿技术研究，提升科技持续创新能力[1]。

（二）普及科学知识，弘扬科学精神

在当代，科学技术是第一生产力，也是精神文明建设的

---

[1]　数据来源：《国家"十一五"科学技术发展规划》。

重要基石。搞经济建设要依靠科技发展生产力，搞精神文明建设也要依靠科技提高国民素质。现代科技越来越对人们的思想意识、道德观念等产生巨大的冲击和影响。普及科学知识，提高全民族的科学素养，对于物质文明建设和精神文明建设都有着重要作用。

科学精神的内涵十分丰富，尽管人们对科学精神所下的定义存在着争议，但是大家普遍认为解放思想、追求真理、实事求是、与时俱进、开拓创新，是科学精神的本质。弘扬科学精神，就要坚持解放思想、实事求是，勇于面对科技发展和各项工作中的新情况新问题，通过研究和反复实践，不断创新，不断前进；就要热爱科学、崇尚真理，依据科学原理和科学方法进行决策，按照科学规律办事；就要勤于学习、善于思考，努力用科学理论、科学知识以及人类创造的一切优秀文明成果武装自己；就要甘于奉献、攀登高峰，为祖国为人民贡献一切智慧和力量，敢于战胜前进道路上的任何困难和艰险，始终勇往直前。科学的本质就是创新，要不断有所发现，有所发明。科学精神是人们科学文化素质的核心，在一定程度上科学精神比科学知识更为可贵和重要。科学精神不仅可以激励人们学习、掌握和应用科学，鼓舞人们不断在科学的道路上登攀前进，而且对树立正确的世界观、人生观、价值观，掌握科学的工作方式和方法，做好经济、政治、文化等方面的领导工作和管理工作，也具有重要的意义。所以，江泽民指出："弘扬科学精神更带根本和基础性。有了科学精神的武装，大家就会更加自觉地学习科学知识，树立科学观念，掌握科学方法。"①

普及科学知识，弘扬科学精神，首先要求提高全社会对科普工作重要性的认识，加强党对科普工作的领导。要动员全社会力量，广泛深入地开展科普宣传，使之逐步群众化、

---

① 《江泽民论科学技术》，191 页，北京：中央文献出版社，2000。

社会化、经常化，在全社会形成学科学、用科学、爱科学、讲科学的社会风气。

其次，普及科学知识，弘扬科学精神，要重点突出，内容明确。普及科学知识，要把重点放在青少年、农村干部群众和各级领导干部身上。要普及自然科学知识、哲学社会科学知识，特别是辩证唯物主义和历史唯物主义。要加强宣传和引导，培养和增强全社会的科技意识，树立科学精神。

再次，普及科学知识，弘扬科学精神，要通过法律和行政手段，打击和取缔封建迷信活动，以及进行违法犯罪活动的"法轮功"等组织。

据有关资料显示，美国在 1990 年有 6.9%的公民具备科学素养，而我国在 2001 年这一数字仅有 1.4%。美国在 1985 年开始施行一项"2061"计划，旨在加强中小学科学教育，使哈雷彗星 76 年后回归时（2061 年）全体美国人都具备科学素质。我国目前仍然有 2 亿文盲，科盲的数量更多，我国科普工作任重道远，普及科学知识，弘扬科学精神，是一项非常紧迫的工作。

（三）坚持社会科学和自然科学并重

社会科学和自然科学研究的领域不同，但是在社会经济发展中，没有孰重孰轻之分。当今世界，各种学科的交叉综合趋势日益发展，在认识与改造世界的过程中，自然科学与社会科学相互交叉、相互结合、相互促进明显加强。因此，在社会发展中重视自然科学、轻视社会科学，在教育过程中重视理工科，轻视文史哲的情况，必须改变。特别是对哲学社会科学在经济和社会发展中的重要作用，应该有一个充分的认识。

哲学社会科学工作是我党思想理论工作的一条重要战线，是社会主义精神文明建设的一个重要组成部分。哲学社会科学对人类认识世界、改造世界和人类自身发展具有十分重要的意义，是帮助和指导人们正确认识社会历史发展和人的自身的发展规律的重要力量。江泽民在党的十五大报告中也指出："积极发展哲学社会科学，这对于坚持马克思主义在我国意识形态领域的指导地位，对于探索有中国特色社会主义的发展规律，增强我们认识世界、改造世界的能力，有着重要意义。"①因此，进一步发展哲学社会科学，为改革开放和现代化建设服务，这是时代赋予我国哲学社会科学工作的一项重要任务。

哲学社会科学也是一种生产力，是推动社会变革进步的重要力量。经济建设和现代化建设决不单纯是一个自然科学技术问题，也不单纯是一个物质问题，还包含有文化的、精神的、价值的许多方面。经济发展的目标的选择，国民经济的可持续发展，人口、环境保护，社会的全面发展等等，都不是自然科学单独能够解决的。现在党和国家的各项决策不仅需要自然科学技术方面的论证，也要有哲学社会科学方面的论证，只有这样才能全面，才不至于出现错误。

其实，社会科学与自然科学同样重要；培养高水平的社会科学家与培养高水平的自然科学家同样重要；提高全民族的社会科学素质与提高全民族的自然科学素质同样重要；培养和使用好哲学社会科学人才并充分发挥他们的作用，同培养和使用好自然科学人才并充分发挥他们的作用同样重要。所以，在全面建设小康社会的进程中，我们一定要坚持自然科学与社会科学并重，充分发挥哲学社会科学在经济和社会发展中的重要作用。

（四）推进中国特色国家创新体系建设

面对知识经济时代的到来，世界各国都在建设适合本国实际的国家创新体系，我们党和国家的高度重视。1998年2月4日，江泽民在对中国科学院《迎接知识经济时代，建设国家创新体系》研究报告的批示中指出："知识经济、创新

---

① 《中国共产党第十五次全国代表大会文件汇编》，38页，北京：人民出版社，1997。

意识对于我们 21 世纪的发展至关重要。东南亚的金融风暴使传统产业的发展有所减慢，但对产业结构调整则提供了机遇。科学院提出了一些设想，又有一支队伍，我认为可以支持他们搞些试点，先走一步。真正搞出我们自己的创新体系。"1998 年 6 月 9 日，国务院总理、国家科技教育领导小组组长朱镕基主持召开科技教育领导小组第一次会议，会议贯彻了江泽民关于建立知识经济的创新体系的批示精神，审议并原则通过了中国科学院关于开展"知识创新工程"试点的汇报提纲。会议认为，国家科技教育领导小组要面向 21 世纪发展知识经济的机遇和挑战，加强对全国科技教育工作的宏观指导，深化科技教育体制改革，加快建设国家创新体系[①]。

　　面向知识经济时代的国家创新体系，是一项系统的工程，它由四个支系统构成：知识创新系统，技术创新系统，知识传播系统，知识应用系统。从不同的视角透析国家创新体系，可以呈现出不同的要求与特点。从创新的主体来看，国家创新体系由国家科研院所、大学、企业、社会研发机构等单位组成。国家科研院所面向国家战略需求，面向世界科学前沿，围绕经济建设、国家安全与社会可持续发展，开展基础性、战略性和前瞻性的创新活动；研究型大学是从事基础研究、高技术前沿探索的知识创新与知识传播基地；企业则是应用新知识、进行技术创新和市场开拓的主体。从创新过程看，国家创新体系由知识生产、知识流动、知识应用等部分组成。知识创新活动不可能孤立于社会生产活动之外，而应成为知识经济价值链中核心的一环。其中，国家科研院所主要从事公共性的科学技术前沿探索与创新，在市场机制失效区域为科技创新提供必要的源头供给，为企业和全社会提供知识与技术基础和创新人才。从创新环境看，国家创新

---

① 参见《人民日报》，1998 年 6 月 10 日。

体系是一个开放系统，需要充分体现公平竞争的规范的市场环境，需要发达的教育平台、信息平台、文化平台和法制平台的支撑，需要崇尚创新、严谨求是、百家争鸣的学术氛围和诚实守信、顾全大局、通力协作的团队精神。从系统调控看，国家创新体系通过特殊的制度安排，形成自我调节与宏观调控相结合的机制。技术交易、风险投资等中介活动的健康发育是建立体系内各创新单位有机联系与自我调节机制必不可少的因素。政府的主要职能是通过科技和产业政策、法律法规、资源配置以及必要的行政手段，保证国家目标的实现和系统的整体有序。国家科研院所与研究型大学则根据国家战略需求和科技发展趋势，承担调整国家科技布局的重任，成为国家有效调控知识要素最重要的思想库和知识库。

我国国家创新体系建设，已经取得了可喜的成就，对于促进经济和社会发展起到了非常重要的作用。但是，从全面建设小康社会和未来知识经济发展的高度来审视，当前我国国家创新体系建设仍存在着一些亟待解决的问题。我国科学原始创新能力、关键技术创新能力和系统集成能力仍然较弱。科技队伍的创新能力和水平不能满足国家发展的要求，与国际一流水平仍有较大差距，更缺乏国际一流的科技大师。对科技投入的重要性认识仍然不足，科技投入总量及其占 GDP 的比例较低，全社会共同支持科技发展的环境和良性循环的机制尚未形成。

全面建设小康社会是实现现代化建设第三步战略目标必经的承上启下的重要阶段，在这个阶段上我们不仅要使经济更加发展、民主更加健全、科教更加进步、文化更加繁荣、社会更加和谐、人民生活更加殷实，而且还要使各项制度逐步完善和定型，包括国家创新体系的完善与定型。为此，我们必须围绕全面建设小康社会的目标和第三步发展战略目标的需要，从我国科技发展的实际状况出发，高度关注世界高科技发展的前沿，借鉴其他国家建设国家创新体系的经验，全面推进中国特色国家创新体系建设。

第一，建设以企业为主体的技术创新体系。国际经验表明：在国家创新体系建设中，企业是技术创新的主体、市场是导向，产学研结合是途径。因此，在建设中国特色国家创新体系进程，首先要明确企业的主体地位，提升企业的核心竞争力。国家要积极发挥经济和科技政策的导向作用，激励和引导企业真正成为研究开发投入的主体、技术创新活动的主体和创新成果应用的主体。支持企业建立和完善各类研发机构，特别是鼓励大型企业或主要行业的龙头企业建立企业技术中心，打造企业技术创新和产业化平台，努力形成一批集研究开发、设计、制造于一体，具有国际竞争力的大型骨干企业。鼓励企业参与国家科技计划项目的实施，对重大专项和科技计划中有产业化前景的重大项目，优先支持有条件的企业集团、企业联盟牵头承担，或由企业与高校、科研院所联合承担，建立以企业为主体，产学研结合的项目实施新机制。

深化体制改革，完善符合市场经济特点的技术转移体系，促进企业与高等院校和科研院所之间的知识流动和技术转移。创造各类企业公平竞争的制度环境，打破行业和市场垄断，重视和发挥民营科技企业在自主创新，发展高新技术产业中的生力军作用。国家有关计划要加大对科技型中小企业的支持发展，建立和完善支持中小企业技术创新的投融资、信息、技术交易、产业化服务的平台，营造扶持中小企业技术创新的良好环境。培育一批具有自主知识产权、自主品牌和持续创新能力的创新型企业。

第二，完善国家知识创新体系。知识创新体系的重点是要充分发挥科研院所和高等院校的主动性创造性，要加强两者之间的有机结合。为此，一要不断深化科研体制改革，明确不同类型科研机构的职责定位，以建立开放、流动、竞争、协作的运行机制为重点，建立现代科研院所制度。同时，要推进社会公益类科研机构分类改革，逐步形成一批稳定服务于国家目标的高水平公益科研基地。实施中科院知识创新工程三期项目，在基础研究和战略高技术的若干重要领域形成一批具有国际一流水平的研究所。二要深化高校科研管理体制改革，加强科技创新与人才培养的结合，建设一批高水平的研究型大学。同时，要以国家目标和产业需求为导向，进一步推动科研院所、高等学校和企业在科技创新和人才培养方面的合作，促进资源共享，提高原始创新能力和科技成果转化能力。

第三，建设国防科技创新体系。国防科技创新体系的建设对于国家安全和人民生活都有着重要的意义。建设国防科技创新体系的重点是促进军民科技资源统筹配置、有效共享；目标是实现军民结合、寓军于民；重要途径是深化国防科研体制改革。通过体制改革，加大军民科技发展战备和科技政策的协调力度，以组织实施重大专项为突破口，统筹军民科技计划，加大民口企业和科研机构参与国防科技计划的力度，促进军民科技从基础研究、应用研究开发、产品设计制造到技术和产品采购各环节的有机衔接。加强军民两用技术研发，促进军用和民用科技的双向转移以及军民两用技术的产业化。加强军民科技资源的有效集成，建立军民科技基础设施和条件平台有效配置、合理共享的机制。探索促进军民科研结合的管理模式，促进军民创新人才的有序流动和优化组合。

第四，建设各具特色和优势的区域创新体系。国家创新体系建设，不只是中央政府的事情，而要发挥各个地方和区域的特色与优势，实现中央与地方、区域之间的有机结合。因此，要根据综合协调，分类指导，注重特色，发挥优势的原则，以促进中央与地方科技力量的有机结合，推动区域紧密合作与互动，促进区域内科技资源的合理配置和高效利用为重点，围绕区域和地方经济与社会发展需求，建设东、中、西部以及东北地区各具特色和优势的区域创新体系，全面提高区域科技能力。中央要加强对地方科技工作的指导，强化地方科技管理部门的职责。集成中央和地方的科技资源，形成中央和地方联动的机制，支持有条件的地方组织实施国家重大科技项目①。

"创新是一个民族进步的灵魂，是国家兴旺发达的不竭动力。如果自主创新能力上不去，一味靠技术引进，就永远难以摆脱技术落后的局面。一个没有创新能力的民族，难以屹立于世界先进民族之林。作为一个独立自主的社会主义大国，我们必须在科技方面掌握自己的命运。"② "世界范围的经济竞争、综合国力竞争，在很大程度上表现为科学技术的竞争。科学技术长期落后的国家和民族，不可能繁荣昌盛，不可能自立于世界民族之林。"③因此，在小康文化建设过程中，我们一定要将科技创新放到"民族进步的灵魂"、"国家兴旺发达的不竭动力"的高度来认识，逐步形成运应市场经济体制和科技发展规律且有效互动的国家创新体系，积极推动科技创新，建设创新型国家。

---

① 数据来源：《国家"十一五"科学技术发展规划》。

② 《江泽民论有中国特色社会主义》（专题摘编），243~244页，北京：中央文献出版社，2002。

③ 江泽民：《论科学技术》，2页，北京：中央文献出版社，2001。

第 七 章
社会效益与市场效益结合：小康
文化事业和文化产业的发展

发展文化事业和文化产业是中国 21 世纪小康文化建设的重要内容之一。发展各类文化事业和文化产业都要贯彻发展先进文化的要求，始终把社会效益放在首位。发展文化产业是市场经济条件下繁荣社会主义文化、满足人民群众精神文化需求的重要途径。

一 发展文化事业和文化产业是全面建设小康社会的必然要求

关于"什么是文化事业？什么是文化产业？"现在还没有一个完全统一的定义，但是人们对这两个概念所涵盖的范围还是有共识的，比较一致的看法是：文化产业是指文化中可以走向市场或用产业化方式运作的部分，主要包括娱乐、演出、影视、出版、网络等行业。除文化产业外，文化中还有一部分是无法、也不能完全推向市场的则为文化事业，如义务教育、学术研究、文学艺术、图书馆、博物馆等等，文化事业的发展不能简单地走自主经营、自负盈亏的道路，因此经常被称为公益文化事业。关于文化事业和文化产业定义的学术探讨，今后还会继续下去，逐步深入。但是，这并不会影响文化事业和文化产业的发展在社会进步中的重要地位和积极作用。

（一）文化事业和文化产业与先进生产力之关系

文化事业和文化产业是先进生产力发展的必然结果，反过来又有力地推动了社会生产力的进步。

物质需求是人类生存和繁衍生息的首要条件，人类在从事物质生产的同时，也创造了人类文化。可以说有了人类的活动，就有了人类文化。但是，文化需求是在基本物质需求得到满足之后才强烈地提出的，文化产业的出现更是在社会生产力有了长足的发展，在物质财富比较丰富的前提下，形成和发展起来的。没有生产力的进步，在人们的基本物质生存条件还不具备的情况下，提出对文化产品的需求只能是一种奢望，在这种情况下也不可能形成文化产业的。

文化产业作为从事文化产品生产和提供文化服务的经营性行业，一开始就是文化与经济结合的产物，是先进生产力发展到一定阶段的结果。

文化事业和文化产业是伴随着全球范围内工业化和现代化而产生和发展起来的。在人类社会发展史上，文化产品出现可以追溯到很早以前，像以谋生为目的的各种民间艺术品的制作和民间艺术表演，可以看作是文化产业的雏形。文化产品的经营和采用工厂形式制造生产，集中出现在工业革命以后，像报馆、图书馆、印书馆、博物馆等，在工业革命后的欧洲地区已经比较多地出现了，这一时期可以看作是文化产业的初始阶段。文化产业体系的形成距今天时间不算太长，二战以前，西方发达国家出现文化与经济密切结合、比较系统的文化产业体系，但这时的文化产业还只是一个弱小的、在国民经济体系中无足轻重的产业。二战后的半个世纪里，文化产业得到较快的发展，从过去一个附属的产业形态，逐步发展成为人类社会不可缺少的产业部门。近几年来，随着高新技术向文化领域的广泛渗透，文化产业作为新的经济增长点迅速崛起，占据经济总量的比重越来越大。美国、日本、英国、澳大利亚等发达国家文化产业已成为国民经济的支柱产业，从业人员也占有很高比例。从文化产业的发展历程可以看出，文化产业首先是在经济发达国家和地区出现和形成的，是先进生产力发展的必然结果。

文化产业在中国的发展历程也可以证明这个论点。改革开放以前，中国的文化产业和文化事业尽管与旧中国相比较有较快、较大的发展，但是社会生产力的发展水平和人们的生活水平都还比较低，与此相适应的文化事业和产业也处于一个低水平的发展阶段。改革开放20多年来，中国经济持续健康的发展，综合国力大幅度的跃升，产业结构的重大调整，人们物质生活水平较快的提高，有力地启动了文化产业的发展。发展文化产业已成为转变经济增长方式，实现全面建设小康社会战略目标的一个重要内容。

先进生产力的发展推动了文化事业和文化产业的发展。文化事业和文化产业的快速发展又反过来推动着社会生产力的进步。文化的巨大影响力为自己在经济社会发展中，奠定了重要的地位。当今世界，综合国力的竞争，不仅包括经济实力、科技实力和国防实力等方面的竞争，而且包括文化实力的竞争。文化产业已经成为一个国家、一座城市综合实力的重要标志之一。哪个民族和国家如果忽视了文化的培育和发展，就必然会落伍于知识经济时代。

从21世纪开始，文化产业已经成为世界各国经济发展的新增长点。20年前，美国的文化产业在国民经济中的比重还只居于第12位，现在已上升到第4位，欧洲也上升到第6位。据统计，美国文化产业的产值已占GDP的18%~25%。400家最富有的美国公司中有72家是文化企业，美国的音像业仅次于航天工业居于出口的第二位。英国文化产业平均发展速度是经济增长速度的两倍。日本娱乐业的产值仅次于汽车工业。

　　改革开放以来我国的文化产业发展速度也很快，有统计资料标明：2001 年我国城乡居民直接文化消费支出总额约为4555 亿元，2002 年达到了 5500 亿元。

　　与发达国家相比较，虽然我国文化产业增加值现在仅占GDP 的 1%左右，但从发展趋势和文化产业的影响力来看，目前和今后一个时期，发展文化产业对于刺激内需、优化结构、拓宽领域、扩大就业、提高服务业竞争力和促进国民经济可持续发展有着十分重要的意义。我国文化产业的发展空间十分巨大，发展前景非常广阔。在今后文化产业将会成为我国创造社会财富的一个新的源泉，成为我国国民经济发展的一个新的增长点，成为实现全面建设小康社会宏伟目标不可或缺的一支强大力量。

（二）发展文化事业和文化产业是满足人民文化需要的要求

　　人的需要是多层次的。从主体与客体的关系来考察，可以有两种类型。按照主体对客体需要的急迫程度可以划分，主体的需要基本上可以依次包括三个层次：生存需要、发展需要、享受需要。按照客体划分，基本可以划分为两个方面：物质需要和精神需要，精神需要通常又称作精神文化需要。实际这两种划分在一定程度上也是相交叉的，生存需要一般与物质需要相对应；而发展需要和享受需要更多的是精神文化需要。从递进层次上看，当人的物质需要、生存需要基本得到满足以后，发展需要、享受需要与精神文化需要就显得更为迫切。在社会发展进程中，人的需要是从低层次向高层次逐步迈进的。社会越进步，人们的需要层次也就越高。但是，高层次的需要不是对低层次需要的否定，而是一种升华。人们的需要定位在哪一个层次上，不是主观完全能够决定的，而是由一个社会的整体发展水平、以及由社会整体发展水平所决定的人的需求价值、审美价值、消费能力所确定的。社会有需求，市场就会有供应。社会需求越旺，产业的地位就越巩固。

改革开放以前，我国社会基本上是在为生存而努力。进入全面建设小康社会的新的发展阶段以后，我国社会的主要矛盾仍然是人们日益增长的物质文化需要同落后的社会生产之间的矛盾，主要任务还是解放和发展生产力。但矛盾的焦点和解决矛盾的方法，与改革开放以前和 20 世纪末期相比是有所变化的。

首先，在广大人民的生活总体上达到小康水平以后，人们对物质需要，特别是对生存所必需的食物需要的紧迫性大大下降，与此同时，对精神文化的需要程度日益增强，文化事业和文化产业的发展潜力巨大。

其次，解放生产力和发展生产力要通过体制改革来进行，但生产力发展最终要以物质和文化产品的极大丰富表现出来。在物质财富极其困乏、物质生活没有保障的阶段，发展生产力就必须大力发展农业、工业，提供日常生活必需品。但是，在物质商品由不足走向过剩、在全面建设小康社会的新的发展阶段，调整原有的产业结构，加大文化事业和文化产业的发展力度，向社会提供更多、更好的文化产品和文化服务，就显得特别重要。

有统计表明，随着我国经济持续快速健康发展，综合国力大幅度提高，人民生活水平的改善，人们休闲时间的增多，城乡居民的消费结构已经出现了很大变化，用于文化教育、文化消费的支出越来越多，对文化产品的要求也愈来愈高，精神文化需求也日益多样化。我国进入小康社会后，群众的文化消费进入旺盛期。这个巨大的市场需求，需要有丰富多彩的文化产品来填充，不注重去开发、培育、引导和满足这个市场，不仅是经济上的失误，更会给不健康的文化产品和文化服务留下滋生蔓延的机会。

（三）发展文化产业是应对加入 WTO 挑战的需要

中国改革开放以来，在经济发展的同时，也增强了文化消费能力和扩大了消费市场。在我国加入 WTO 以后，文化市场的有限"准入"，也为外国文化产业合法进入中国市场开通了渠道。

中国政府在 2001 年文化产品与服务市场的准入上所作出的承诺主要涉及音像制品、电影、书报刊和旅游领域。

但是，随着时间的推移，我国文化产业市场允许外国有限准入并且准入范围将逐步扩大。西方发达国家在文化产业发展方面明显具有市场观念优势、产业资本优势、高新技术优势、经营机制优势和管理经验优势，而且他们企图利用这种优势形成文化市场的霸权。像美国目前已经控制了世界 75%的电视节目和 60%以上的广播节目的生产和制作。许多国家的电视节目中，美国节目占到 60%~70%，有的占到 80%以上。现在，世界许多国家已瞄准我国的巨大文化市场，急于抢滩登陆。对此我们不能漠然视之，不能无所作为，如果不抓紧发展和壮大我国的文化事业和文化产业，提高总体实力，很难适应加入世界贸易组织后文化领域的进一步开放和竞争，就会给国外文化产品进入我国留下巨大空间。为此，我们必须增强危机感和紧迫感，转变观念，把自己的文化产业做大做强，把自己的文化产品做多做好，把自己的文化服务做优做全，以此来应对我国加入 WTO 后外来资本和外来产品的冲击，打造中华民族的文化产业。

二 文化事业和文化产业发展的基本态势

改革开放以来的二十多年，是我国文化事业和文化产业发展的最好时期。在这二十多年里，我国文化事业和文化产业乘改革开放的东风和加入 WTO 的有利机遇，取得了重大的成就，文化事业和文化产业的发展速度迅猛，发展趋势更为喜人。但是我们也应该看到，在我国的文化事业和文化产业发展中还面临着许多需要克服的问题。在全面建设小康社会、加快推进社会主义现代化的新的历史阶段，文化事业和文化产业所处的国内外环境都发生了重大的变化，我们必须正确认识变化了的新情况，抓住机遇，迎接挑战，加快推进我国文化事业和文化产业的发展。

（一）文化事业和文化产业取得的成就

随着我国经济社会的发展和人民生活水平的提高，从20世纪90年代以来，人民对文化生活的需求显得日益迫切。在人民日益增长的文化需要的推动下，我国文化事业和文化产业进入了加速发展的轨道。

第一，文化艺术领域"弘扬主旋律，提倡多样化"，社会效益和市场效益同时提高。各级文化部门以繁荣文艺为中心，狠抓艺术创作的组织和引导，狠抓重点剧目创作，推动"舞台艺术精品工程"的实施，推出了一大批群众喜闻乐见的优秀作品。改革文艺评奖制度和文化下乡方式，压缩耗资巨大的一般性综艺晚会，鼓励优秀作品的移植、推广和普及。艺术产品的市场营销意识明显增强，文艺演出的经济效益和社会效益同时提高。

第二，基层文化建设扎实推进，群众文化生活丰富多彩。国家对基层文化建设的投入力度进一步加大，特别是加强了对西部地区、少数民族地区文化建设的扶持力度。农村文化基本队伍建设得到加强，从业人员素质有较大的提高。健康向上的基层活动内容不断丰富充实，群众喜闻乐见的活动方式得到总结推广。充分利用高新技术手段，文化信息资源共享工程也已启动。

第三，对外文化交流空前活跃。对外文化交流从服从、服务于现代化建设和国家外交大局出发，积极主动地向世界介绍中国优秀的文化，特别是当代中国的新文化，以增进中国人民与世界各国人民的了解和友谊，在树立社会主义现代化中国的形象，促进国家政治关系的发展上发挥了不可替代的独特作用，成为我国外交工作中继经济、政治之外的第三大支柱。对周边国家的文化交流稳步发展，对非洲和广大发展中国家的文化交流力度不断加大，同美国、俄罗斯、日本、欧盟等重点国家和地区的文化交流有了突破性进展，逐步构建了全方位对外文化交流的新格局。目前，我国已与160多个国家和地区有不同形式的文化往来，与数千个外国和国际文化组织保持着各种形式的联系。多边和区域文化合作取得明显进展。

第四，文化产业发展迅猛，文化市场治理整顿成效明显，比较完善的文化市场体系逐步建立。自1998年以来文化领域面向市场的改革步伐明显加快，文化产业开始进入快速发展时期，正在成为我国国民经济发展具有潜力的新的增长点。艺术、新闻出版、广播影视各自在系统内展开了自我调节，国内已经开始市场运作的文化产业机构如出版集团、报业集团、广电集团、演展集团已加快了集约化、规模化进程。社会力量兴办的文化产业发展迅猛。文化主管部门初步明确了文化产业发展的思路和对策，确定了"十一五"期间文化产业发展的基本方针、主要目标和基本任务。各级文化部门加大了对文化市场治理整顿力度，相继开展了一系列专项治理行动，逐步解决了人民群众广泛关注的热点问题，文化市场秩序有了好转，文化市场日益繁荣。

第五，历史文化遗产保护取得了显著成绩。文物保护专项经费的投入力度逐年加大，及时抢救和保护了一大批濒临损坏的珍贵文物，西藏布达拉宫、秦始皇兵马俑、延安革命旧址等一批重点文物得到修复。进一步加强了对古遗址、古墓葬特别是大遗址的保护和规划工作。以配合基本建设为主，考古勘探、调查、发掘工作成绩显著。三峡文物抢救保护工作取得阶段性成果。公布了第五批全国重点文物保护单位，全国重点文物保护单位由750个增至1268个。中国的世界文化和自然遗产增加到28处，名列世界第三。非物质文化遗产保护受到广泛关注。2002 年，民族民间文化遗产保护工程开始启动。全国博物馆的数量和质量有了新的提高。

第六，文化法制建设积极推进，文化立法框架基本确立。颁布了《娱乐场所管理条例》，修改并重新颁布了《音像制品管理条例》、《电影管理条例》。《互联网上网服务营业场所管理条例》也已经颁布。近五年来，文化部共颁布了11 件部门规章。还有一些法律法规正在制订和修改之中。绝大多数省、自治区、直辖市出台或者修改了《文化市场管理条例》，颁布了一系列有关文化管理的政府规章。初步确立了文化法制建设的基本框架，开始建设比较完备的文化法规体系。

第七，文化体制改革稳步推进。在总结近年来改革经验的基础上，提出了建立党委领导、政府管理、行业自律、企事业单位自主运营的文化管理体制的目标。加强了对文化单位改革的分类指导，出台了一系列改革文件，对文化单位的改革提出了指导性意见。切实转变政府职能，改革行政审批制度，按照国务院关于行政审批制度改革的总体部署，对行政审批项目进行了清理。加快了文化领域的结构调整，优化文化艺术资源配置。在结构调整中着眼于建构满足人民群众多层次、多方面文化需求的文化产品生产和文化服务体系。根据市场需求的变化，进行数量和品种上的合理布局，同时注意运用高科技改造和提升传统文化产业，开发新兴文化产业，下大工夫推进文化产品的多层次开发和网络化服务。

此外，近些年来，我国文化事业经费投入明显增加，重点文化设施建设步伐加快。各级文化部门更加重视文化人才的培养，文化人才队伍建设得到了加强。

（二）文化事业和文化产业发展面临的问题

改革开放以来，我国文化事业和文化产业发展取得的成绩是很大的，但存在的问题也是不容忽视。

在文化事业发展中存在的突出问题主要表现为：第一，

各级政府部门对文化事业的投入不足，文化设施和设备还很难适应社会经济的发展、人民群众生活水平的提高对文化生活的需求。第二，公益文化事业的发展很不平衡，沿海发达地区公益文化事业发展很快。而经济欠发达地区公益文化事业发展的步子就较慢，甚至处于停滞不前的状态。这种不平衡，严重影响了整个国家公益文化事业的发展水平。第三，文化单位的内部管理和自我发展机制还不完善，文化产品和服务的数量、质量、品种与人民群众日益增长的精神文化需求还不相适应。

在文化产业发展中存在的突出问题主要表现为：第一，市场观念不强，对文化产业发展的重要性认识不充分。一些文化产业领域看不到或不愿正视文化的商品性和产业性，认识不到文化产业已经成为国民经济的新的增长点，思想还停留在计划经济时代，以办事业的方式来办文化产业。第二，文化产业赖以生存、发展的文化市场还不够规范和完善，有关法律制度尚待进一步健全。第三，文化体制改革、文化产业发展政策还不完全配套，影响了文化产业稳定、健康、持续的发展。第四，与文化产业迅猛发展的形势相适应的文化制造和经营人才不足，文化产品的国际竞争力还不强。

在上述原因共同作用下，现阶段我国文化发展水平与全面建设小康社会的目标和进程还不相适应，文化体制机制与完善社会主义市场经济体制、进一步扩大对外开放的形势还不相适应，文化产品和服务的数量、质量、品种与人民群众日益增长的精神文化需求还不相适应，文化产品的国际竞争力还不强[①]。

---

① 参见：《国家"十一五"时期文化发展规划纲要》。

三　推动小康社会文化事业和文化产业的发展

文化是国家和民族的灵魂，集中体现了国家和民族的品格。当今世界，文化与经济、政治相互交融，与科技的结合日益紧密，在综合国力竞争中的地位和作用日益突出，越来越成为衡量一个国家综合实力强弱的重要尺度之一。因此，我们必须加快发展文化事业和文化产业，激发民族生命力，增强民族凝聚力，提高民族创造力，为实现全面建设小康社会宏伟目标、构建社会主义和谐社会提供思想保证和精神动力。

（一）始终把社会效益放在首位

小康社会的文化事业和文化产业发展，是在建立和完善社会主义市场经济体制过程中进行的。市场经济要求把文化作为一种产品对待，处于市场中的文化产品必然具有两重属性与两种价值。

文化产品首先具有物质属性。文化产品的物质属性使它也成为一种物质产品，在市场上同其他产品一样被用来进行买卖。同时，文化产品特有的精神内涵，又使它具有精神属性，从而有别于一般商品。文化产品的精神属性是根本属性，抽去精神内涵，它就不是文化产品。精神内容如何，是衡量文化产品优劣的首要标准。所以，优秀的文化产品，首先必须具有高尚的、积极的、优美的精神内涵。

文化产品一旦进入市场，就有商业价值。市场中文化产品的这种价值，与一般商品没有什么区别，文化产品的生产者、经营者都力求在经营中取得更大的效益。即使进入市场的一部分非营利性文化产品虽然市场价格只相当于甚至低于成本，也具有一定的商业价值，因为在它的交换中也要争取一定的补偿，欠缺部分一般由政策性补贴来解决。同时，文化产品固有的精神内涵，又决定它具有文化价值。文化价值体现为它的社会效益，包括满足人们审美、娱乐的需要，影响人们的思想、情操、趣味等。在商品价值和文化价值中，文化价值是主要方面，商业价值从属于文化价值。

文化产品的两种属性和两种价值，决定了面向市场的文化事业和文化产业必然产生两种效益，即经济效益和社会效益。经济效益以经济收入的额度为标准。文化产品的生产经营者，争取较高的经济收益是无可厚非的。社会效益以产品的精神内涵在社会生活中产生的作用为标准。文化产品在使用过程中，通过影响人的精神世界进而影响社会生活。这种影响可能是积极的，也可能是消极的。文化产品应当有利于人的健康成长和社会的进步，而不应当起消极的、破坏的作用。处理好文化的社会效益和经济效益，对于任何社会都非常重要。

从理论上讲，在社会主义条件下文化的社会效益与经济效益是不矛盾的。文化产品的社会效益越高，其影响就越广泛，就会有越多的市场需求，从而就能取得更大的利润。反过来同样如此，经济效益高的文化产品，必然有广大的文化消费者，消费者之所以选择这样的文化产品，就是因为其能够给人们提供充实的精神食粮。一些优秀的影片、高雅的电视节目、经典音乐、思想内涵深刻的书籍总是经销不衰，既产生了极大的社会效益，又产生了巨大的经济效益。但是，在实际生活中文化产品的社会效益和经济效益并不总是一致的，即使一致两者的效益也并不总是一样大小的。有的文化产品社会效益大于经济效益，有的经济效益大于社会效益；有的文化产品经济效益是负数，也有的社会效益是负数。这几种情况在文化市场上都有所出现。

小康社会文化事业和文化产业发展的方针应该是：经济效益高而社会效益偏低的文化产品，是可以流通的，但如果社会效益降为负面状态，无论其经济效益多高，也是必须取缔的。同时，社会效益高而经济效益偏低甚至成为负面状态的文化产品，则可以而且应当促使其流通，国家对这种产品应尽可能给予政策性支持。

始终把社会效益放在第一位，是中国社会主义文化生产的一个原则。邓小平指出："思想文化教育卫生部门，都要以社会效益为一切活动的唯一准则，它们所属的企业也要以社会效益为最高准则。"[1]党的十六大报告也指出："发展各类文化事业和文化产业，都要坚定不移地贯彻发展先进文化的要求，始终把社会效益放在首位。"

始终把社会效益放在首位，要求我们必须在坚持社会效益第一的前提下去讲求经济效益，实现经济效益和社会效益的正确结合。当经济效益同社会效益相矛盾时，要自觉地服从社会效益，绝不能为了经济效益而不顾甚至牺牲社会效益。

始终把社会效益放在首位，要求我们要具体分析各类文化事业和文化产业的多样性。（有公益性的，有营利性的，也有程度不同地兼具公益性和营利性的）一方面，既要看到它们都是社会主义文化的组成部分，都必须具有先进文化的属性，同时也都要适应社会主义市场经济发展的要求。另一方面，我们也要充分重视它们的特殊性和复杂性，区别各种不同的情况，采取相应的政策措施和管理方法，使它们能够在市场经济条件下始终把社会效益放在首位，合乎规律地健康发展。

（二）支持和推进文化公益事业发展

中国特色社会主义文化的根本任务，是要促进全民族思想道德素质和科学文化素质不断提高，为我国经济发展和社会进步提供强大的精神动力和智力支持，培育适应社会主义现代化要求的一代又一代有理想、有道德、有文化、有纪律

---

[1]《邓小平文选》第3卷，145页，北京：人民出版社，1993。

的公民。因此，社会主义文化建设主要不是直接创造物质财富，而是直接创造精神财富，不断增强人民的精神力量，不断丰富人民的精神世界。从这个意义上说，社会主义文化建设的根本目的不是为了盈利，各类文化事业和文化产业都应该具有鲜明的公益性。由于文化公益事业经济效益不高，所以在发展过程中经费不足问题成为面临的最大问题，经费不足加上管理方面存在的一些问题造成了公益文化数量不多、品种单一、整体质量不高，特别是在经济欠发达地区公益文化发展不能满足群众文化需求，以至于出现封建迷信、愚昧落后、黄色下流的反文化的产品和服务。要改变这种局面，促进文化公益事业的发展、繁荣，关键在于国家要综合运用多种手段对文化公益事业给予有力的支持和保障，并鼓励它们努力运用市场机制增强自身的发展活力。

党和政府要从长远和全局的战略性高度，规划文化公益事业的发展方针、制定有关法规和文件，运用行政手段推动文化公益事业发展。文化公益事业是社会发展的重要目标之一。文化公益事业的发展不能放任完全走市场化的路子。从世界各国文化公益事业的发展来看，即使在市场经济发达的国家里，市场调节手段也只是辅助性的，而政府行政手段无论在什么时候都是主要手段。因此，各级政府要积极研究制定新的政策措施，鼓励社会力量投资文化建设，逐步形成政府投入为主、社会多渠道筹资为辅的文化建设投入格局。

要加快文化公益事业立法步伐，依靠完备的法律手段，保证文化公益事业的发展。法律代表国家意志，具有严肃性、强制性、稳定性的特点，人人必须遵守法律，违法必究。通过立法的形式，把对文化公益事业的支持和文化公益事业的地位、作用，特别是经费来源，用法律条文固定下来，对于文化公益事业的发展有重要的保证作用。

利用报纸、广播、电视等新闻媒介的宣传、报道，在全社会形成关心支持文化公益事业建设的社会舆论，通过舆论手段推动文化公益事业的发展。舆论宣传有很重要的教育和引导作用，通过广泛深入的舆论宣传能使广大人民群众认识文化公益事业在小康社会建设中的地位、作用，以及国家投资兴办文化公益事业的重要意义，支持和关心文化公益事业；能够使各级领导在抓经济建设的同时，重视文化公益事业建设，从而在全社会形成关心和支持文化公益事业发展的合力。通过大张旗鼓地宣传那些支持文化公益事业，特别是为文化公益事业建设作出贡献的先进人物和先进事迹，可以起到表彰先进、树立典型的作用，鼓励和引导社会对文化公益事业的支持和投入，促进文化公益事业更加健康地发展。

各级党委和政府及其各级文化管理机构，要因地制宜积极综合运用行政、经济、法律、舆论等手段，加大对文化公益事业发展的支持力度。同时，要充分重视文化的社会效益，真正做到把社会效益放在第一位。

各级党委和政府要重视基层文化建设。要确保文化事业经费的增长不低于当年财政收入的增长幅度；文化事业建设费的安排应向基层文化建设项目倾斜；保证有影响的重大群众文化活动的经费投入；对于群艺馆、文化馆、图书馆等公益文化事业单位的日常工作给予必要的经费保障，保证各级公共图书馆有一定数量的购书经费；要加大对基层文化基础设施建设、配套设备及其维修、流动文化车购置、文化信息网络建设、文化队伍教育培训、老年教育等经费的投入，特别要对西部地区文化事业发展予以重点扶持。

（三）增强文化产业整体实力和竞争力

我国文化建设一直采用计划经济下由国家统一规划、统一领导、统一步调的发展模式。"文革"前十七年间文化建设虽然取得了很大的成就，但随着社会的发展，采用国家财政拨款的文化投资方式远远满足不了人民群众对文化的需求。改革开放以来，我国逐步打破了计划经济条件下的"事业型"文化发展模式，从 20 世纪 80 年代中期开始，我国正式采用世界多数国家的统计方式，即用国民生产总值来核算国家经济发展的程度，按第一产业、第二产业、第三产业来划分各个行业。文化列为第三产业的一个重要部分，我国文化建设开始了由"事业模式"向"产业模式"的转变。2000年10月，十五届五中全会通过了《中共中央关于制定国民经济和社会发展第十个五年计划的建议》，第一次在中央全会文件中使用了文化产业概念，提出了要完善文化产业政策，要加强文化市场建设和管理，提出了文化产业发展的任务和要求。这对于我国文化产业的进一步发展起了有力的推动作用。由于我国文化产业的发展起步较晚，文化产业发展体制、机制和市场经营方略都还很不完善。所以，文化产品总量规模偏小、质量档次不高、种类少且重复、资源分散、效益低下、科技含量低，竞争力差等问题表现得还相当明显。在文化产业在国民经济中的地位和综合国力竞争中的地位日益突出的今天，我们必须采取积极的措施，加大对文化产业发展的支持，不断增强我国文化产业的整体实力和竞争力。

要加强对文化市场的培育、完善、监管，把握文化发展导向，维护文化产业发展所需要的良好环境。近几年我国文化市场上充斥着不健康的、低级庸俗的书刊、音像制品，与先进文化的要求格格不入。要改变这种状况，首先要坚持正确的文化导向，明确文化产业是一个特殊的产业，它提供的不是一般的产品，而是精神产品和文化服务，是满足人们精神和文化需要、为经济社会发展提供精神动力和智力支持的产品和服务。因此，发展文化产业也必须以马列主义、毛泽东思想、邓小平理论为指导，用"三个代表"重要思想统领文化建设。在坚持社会效益的前提下，实现经济效益与社会效益的正确结合，决不允许为了经济利益而不顾社会效益，制造传播文化垃圾。其次，要积极培养市场主体，无论是单位还是个人、无论什么样的经济成分、无论什么样的组织形式，只要符合法律规定，都要鼓励、支持他们投资、经营文化产业，并且要注重对他们进行培训，提高素质，引导他们合法生产经营，维护他们的合法权益。再者，要完善市场法律法规，在保护合法经营者利益的同时，打击"假、冒、伪、劣"文化产品的生产经营者，为文化产业的发展创造一个良好的市场环境。

要加大文化产业的文化科技含量。当发达国家把大量高科技的文化产品、文化服务推向全球市场时，我们若跟不上这一发展形势，我们就不能赢得市场，即使有一定的市场，也不会有多么高的经济效益。近几年美国大片在中国电影市场颇为风行，赚取了大把钞票。我们认真分析一下，不难发现，这些大片的故事情节和思想内容包括逻辑结构都简单的不能再简单了。《泰坦尼克号》所宣扬的爱情悲剧在故事情节和感人程度上要比中国的《梁祝》差十万八千里，但是在1998年这部片子，就拿走了当年全国21%票房。原因何在？就在于其影片制作过程中在色彩、音像、场面等方面运用了现代科技发展的最新成果，满足了人们的感官需求。反观我们的影片包括在世界电影节上捧大奖的影片，其市场占有率、经济效益又有多高呢？不断提高文化产品的科技含量，这是国外文化产业发展给我们提的一个醒。

要整合文化资源，形成规模优势，做大、做强我国文化产业。在我国文化产业的发展过程中文化资源浪费严重。主要表现在重复投资、品种单一、规模狭小、单打独斗、缺乏规模效益等方面。在我国文化市场上，注册的文化公司多如牛毛，但很少有形成规模的，而且这些公司大多没有自己的特色产品或服务，也不去开发新的产品和服务，都集中瞄准一项或几项文化资源（比如广告、出版），展开激烈的甚至是不正当的竞争，造成文化资源的极大浪费和市场的混乱。

要改革文化体制，落实文化产业政策，培养文化产业经营型人才，扶持文化产业持续发展。目前我国文化产业从整体上说尚处于初步发展阶段，用事业方式办文化的体制还没有完全破除，面向市场的新的文化发展模式还处于探索过程当中，现有的文化产业政策还不配套。加快文化体制改革，尽快制定文化产业发展迫切需要解决的政策措施，使文化产业发展有政策法规的保障，这是当前急需要展开的工作。文化产业的发展需要经营型的文化人才，从文化产业发展比较成熟的国家来看，许多大学都设置有与文化产品经营相关的课程和专业，凡经营文化产业的职员也都经过专门的培训，他们既有深厚的文化修养，又懂得文化产品的市场运行特点。正是由于有这样一批素质较高的文化经营型人才，他们国家的文化产业才有了快速的发展，文化市场才有了繁荣的景象。我国长期以来偏重于文化理论的教育，而对面向市场的实践能力培养重视不足，以至于出现由于人才匮乏而阻碍了文化产业发展的局面。尽快培养一支高素质的文化经营人才队伍，是今后我国文化产业发展的关键。

要进一步树立市场观念，充分认识文化产品的商品属性，明确文化产业发展的重要性和必要性。在经济全球化的时代背景下，我国加入了WTO，这为我们广泛借鉴吸收世界各国文明成果，为我们在国际之间进行文化交流提供了更广阔的空间。随着我国人民生活水平的不断提高，人们对文化产品、服务提出了更多、更广的要求。我们拥有丰厚的文化资源和广大的文化市场，只要解除了观念上的束缚，面向市场，奋力拼搏，勇于创新，我们的文化产业一定会有一个飞跃性的发展。

总之，我们必须以市场为基础，以政策为导向，努力打破条块分割和行业壁垒，反对地方保护和垄断。要通过产业结构调整，提高文化产业的社会化程度，促进文化产业和相关行业联动发展，形成大文化发展新格局。要提高产业集约化程度，以资产为纽带，积极组建大型文化产业集团，增强我国文化产业的国际竞争力，还要继续整顿市场秩序、加强市场管理，建立全国统一的文化市场体系，并努力贯通国内国际两个市场，促进我国文化产业健康发展。

第 八 章
改革与创新：小康文化建设的管理体制和运行机制

在全面建设小康社会，实现中华民族伟大复兴的历史进程中，繁荣和发展社会主义先进文化具有全局性战略性的地位和作用，而文化体制是文化建设的重要制度保障。因此，我们必须从全面落实科学发展观、构建社会主义和谐社会的高度，从巩固马克思主义在意识形态领域指导地位的高度，从加强党的执政能力建设的高度，充分认识文化体制改革的重要性和紧迫性，深化改革，加快发展，为建设社会主义先进文化提供坚强的体制机制保障。

一 文化体制改革的新进展和存在的问题

改革开放以来，中国的文化体制改革也一直在不断探索之中。进入 21 纪后，中国文化体制改革的步伐进一步加快。党的十六大之后，文化体制改革试点工作在北京、上海、重庆、广东、浙江、深圳、沈阳、西安、丽江等 9 个省市，35 家新闻出版、广播影视和文艺院团等单位推开。2005 年底，中共中央、国务院颁布了《关于深化文化体制改革的若干意见》，文化体制改革按照"区别对待、分类指导、循序渐进、逐步推开"的原则，在全国积极稳妥地推进。总之，改革开放以来，我国文化体制改革，取得了一定的成绩，但也仍然面临着一些深层次的问题。

（一）文化体制改革取得的新进展

十六大以来，我国文化体制改革在总结试点经验、落实《关于深化文体体制改革的若干意见》的基础上，向前迈进了一大步。在培育市场主体、深化内部改革、转变政府职能、建立市场体系、推进综合执法等方面，取得了新的进展。

第一，以体制机制创新为重点，对经营性文化事业单位进行根本性的改革。我国文体体制改革的重点和难点之一是经营性文化事业单位转企改制问题，在十大以来的这轮文化体制改革中，这个难点问题在试点地区和单位有了很大的进展。目前，一批国有大型文化事业单位，如上海、辽宁、吉林、广东、重庆、云南等出版集团，四川、浙江、江苏等发行集团，上影、珠影、长影等电影集团，已经整体转制为企业；北京歌舞剧院、丽江民族歌舞团等直接转为股份制公司。有些试点地区和试点单位，在国有经营性文化事业单位转企业单位的改制中，新上岗员工全部告别国有身份，领导干部一律取消行政级别。体制机制的变革，激发了这些单位的内在活动，市场竞争力大大提升。

第二，公益性文化事业单位的服务意识提高，服务本领增强。公益性文化事业单位的职责就是提供公共服务，但长期以来一些单位政府管理功能大于服务功能，服务职责严重不到位。改革试点以来，国家图书馆、国家话剧院、中国文物研究所、上海中国画院等公益性文化事业单位，积极引入竞争和激励机制，深化内部改革，采用全员聘用、岗位工次、业绩考核、项目负责等办法，树立公共文化服务观念，强化服务意识，提高服务能力。通过改革，这些单位的服务质量有了很大地提高，得到了服务对象的好评。

第三，政府与企事业单位的关系进一步理顺。政府与文化企事业单位的关系不清，各自的职责不明确，是我国文化体制长期存在的弊病之一。转变政府职能，真正做到政企分开、政事分开，依法管理，是文化体制改革的重要内容之一。在这一轮试点改革中，许多试点地区的新闻出版系统已实现"局社分开"，广电系统完成了"局台分开"，初步实现了由"办"向"管"、由管微观向管宏观、由主要管理直属单位向管理全社会的三个转变。政府部门职责更加明确，"越位"、"缺位"问题得到有效解决，政策调节、市场监管、社会管理和公共服务能力明显提高。上海、广东、深圳等地采取下放、取消、合并、转移等措施，实行政务公开，改进审批方式，简化办事程序，大大提高了行政效率。

第四，文化产业在改革中不断发展壮大。文化产业是一种新兴产业，是全面小康社会的新的经济增长点。发展文化产业，提供文化产品和服务，也是满足人民群众文化需要的重要手段。十六大以后特别是在这次文化体制改革试点中，各地区、各单位坚持把深化改革与结构调整、促进发展相结合，整合文化资源，调整所有制结构，推进文化产业的规模化、集约化和专业化发展，文化企事业单位的活力、竞争力明显增加。目前，在影视制作、出版、发行、印刷、广告、娱乐、演艺、会展等重点产业，一批产业基地和大型文化产业集团开始崛起；数字电视、数字电影、网络出版、网络游戏和动漫等新兴产业得到迅速发展。

（二）文化体制存在的问题

我国原有的文化体制，是新中国成立以后，在批判和否定旧时代的文化体制基础之上，参照苏联模式逐步建立起来的文化事业体制和运行机制。这一文化体制能够依托国家的财力，支持和保护文化事业发展，所以，在历史上也发挥了重要的作用。但是，随着社会主义市场经济体制的建设和发展，随着经济全球化的进程加快和我国人民生活水平的不断提高，这一文化体制与社会主义市场经济发展的要求、与人民对精神文化产品及服务日益增长的要求，越来越不相适应，其弊端开始日益暴露出来。

第一，文化单位和从业者的行政化，用现在的观念来看，从事文化产品生产经营和提供文化服务的单位或个人，都应该是自由的市场主体，根据市场的需要依法从事生产经营和服务。但是，在与计划经济相适应的文化体制下，各个文化单位都是一个准官方机构，每一级政府文化管理机构也都办有隶属于自己的文化单位。一切文化从业人员都隶属于某一个文化单位，身份都是国家干部。一切文化单位、艺术团体都要和行政部门相比照，以确定在行政系统中的官级地位。艺术从业人员也都比照行政官员确定相应的职级。社会群众文化团体也是"官"费"官"办，职务级别比附行政官员。每个文化单位都是一个小社会，各自背上沉重的包袱。许多文化单位领导人的精力根本不在文化生产和经营上，而是不得不专司文化之外的办社会的职能。

文化单位和文艺团体是政府的附属物，生产什么文化产品、提供什么文化服务，生产和服务面向什么人、效益如何评价等等，一切都由政府安排，所需经费也由国家拨付。文化单位和个人由国家统包统管，丧失了应有的积极性和主动性。文化单位一是没有动力创新发展，二是没有财力创新发展。这样一来，文化产品和服务出现单调、重复、短缺的情况，也就成为必然。显然这种体制不利于文化生产力的发展，也不能满足人民群众的丰富多彩的文化生活需要。

第二，文化单位设置重复，在与计划经济相适应的文化体制下，文化单位和团体的设置，不考虑文化市场，也不注意研究观众需要，只是单纯的政府行为，存在着相当大的主观性、随意性和盲目性。以艺术表演团体为例，各地往往按统一的模式比照设置机构，不问条件，你有我也要有，不计需要。加上地域分割、条块分治的行政管理体制，便导致了设置重复、布局失衡的混乱现象。此外，演出场所的建设，也基于条块分割，单位"私"有，使布局既难合理，使用也受限制。一些属于部门所有的场所，经常闲置，出现了"又多（国家投资建得多）又少（能投入演出的少）"的怪现象。

这种奇怪现象的症结，文化产品生产经营单位和服务单位认为，是由于政府的限制才造成的，是政府管理部门没有制定产品生产和提供服务的计划；而政府文化管理机构认为，是由于文化单位不积极主动、不愿意生产与服务造成的。"公说公有理，婆说婆有理"，这似乎是一个没法理清的矛盾。但是，从社会主义市场经济的眼光来看，这个问题的症结就不难找到，这实际是深层次的文化体制问题。

第三，文化生产和服务目的错位，文化是为人民服务的，这是发展社会主义文化的宗旨，早在延安时期，毛泽东就回答了这个问题。但是在计划经济年代的文化体制下，文化生产和文化服务却在实践中不同程度上修改了这个宗旨。以个体生产为特点的文学、美术及书法等艺术门类，受计划经济体制的制约要小一些，生产和社会需要处于低水平平衡状态。但面向广大群众、面向市场的文化产品和服务出现的问题就多了起来。我们还以文化演出团体为例来说明。在原有的体制下，剧团既然作为政府的附属物，由国家财政包着保着（尽管程度不完全相同），便自然地形成了不管观众和市场的需求，只对行政主管部门负责的格局，形成了艺术生产目的的倒错：对上不对下，看领导不看票房，争奖不争观众。这种艺术生产目的倒错、不计经济效益又曲解了社会效益的情况，造成了剧团普遍亏损严重，度日维艰，也日益成为各级财政的一项负担。

国家区别不同情况对艺术事业加以经济扶持，完全必要。但目前这种包下来的平均分享的办法，只能导致剧团总体上的"死不了，也活不好"的局面。影视单位体制改革前，也是只问投入、不计产出，亏损由国家统包下来。电影制片厂只管把电影拍出来，无论市场是否需要，有人看没人看，只要发行部门收购，有人掏钱，便完成任务。这里也包含着艺术生产目的模糊的问题。

第四，文化单位所有制形式单一。在计划经济体制下，人们对所有制的认识存在着严重的误区，认为所有制形式越公、所有制成分越纯，就越是社会主义。在这种理念作用下，我国的文化单位的所有制也是遵循着这种思路发展的。

经济上的单一公有制格局使我国经济发展受到了严重制约，文化上的单一所有制模式同样严重地束缚了我国文化的发展。单一的所有制模式阻碍了社会对文化产业的投入，造成文化发展资金短缺，压制了社会办文化的积极性，导致了文化市场缺乏竞争，没有创新、没有活力，结果是人民群众对精神文化生活的多样化的要求难以满足。

如果说我国原有的文化体制与高度计划经济相适应，在当时还能推进我国文化的发展与满足人民群众的需要。那么，在社会主义市场经济体制已经确立，市场成为资源配置的基本手段以后，在经济的全球化、信息化，知识经济已经来临的时代，在经济成分、就业方式、社会组织形式、人们的思维方式、生活方式不断多样化，人民群众的文化需求日益增强的今天，原有的文化体制就成为文化发展的障碍，必须进行改革。

二 文化体制改革的基本原则

坚持社会主义先进文化的前进方向；坚持马克思主义在意识形态领域的指导地位，确保国家文化安全；坚持勇于实践、大胆创新，树立新的文化发展观；坚持把社会效益放在首位，努力实现社会效益和经济效益的统一；坚持文化事业和文化产业协调发展；坚持区别对待、分类指导，循序渐进、逐步推开。这是文化体制改革的指导性原则，从全面建设小康社会和文化建设的内在规律角度来讲，文化体制改革要服务于全面建设小康社会的总体目标，要遵循文化建设的自身规律。

（一）遵循精神文明建设的规律

精神文明重在建设。建设社会主义精神文明必须紧紧围绕经济建设这个中心，把注意力集中到团结人民、充分发挥人民的社会主义积极性和创造精神上来，集中到加强思想道德建设和教育科学文化建设上来，集中到满足人民的文化和精神需要上来，为改革开放和现代化建设提供强大的精神动力和智力支持。物质文明建设为精神文明建设提供物质技术基础和实践经验，在社会主义初级阶段经济建设是中心，精神文明建设要围绕这个中心展开。

精神文明建设要求真务实，从一件一件具体实事做起，而不能好高骛远，搞"假大空"。在实践中我们必须从实际出发，如教育、科学、文化的改革和建设，思想理论建设，道德建设，民主和法制观念建设，优良传统作风的继承和发扬，反对各种消极腐败现象，扫除各种社会丑恶现象和文化垃圾，社会治安和治理社会环境，开展群众性精神文明创建活动，营造良好的文化环境，树立良好的党风、政风和社会风气，养成文明健康的生活方式，提高群众精神文化生活质量等等，都要制定具体的规划、方案和措施，不能只是开会、发文件、下指示，而要一项一项具体落实。

精神文明建设的领导核心是党，要加强和改进对精神文明建设的领导。精神文明建设贯穿在经济和社会生活的各个方面，是一项系统工程，需要多方面的配合，党委要统一部署，协调行动。要克服忽视精神文明建设和软弱涣散状态的倾向，加强思想政治工作。按照政治强、业务精、作风正的要求，造就一支高素质的宣传思想文化教育队伍。加强制度化和规范化建设，提高组织管理水平。从社会主义现代化建设的全局出发，合理安排精神文明建设的投入，把精神文明建设纳入乡随俗经济和社会发展的总体规划，使物质文明和精神文明协调发展，相互促进。同时我们必须看到，党不是在真空中生活的，党要领导社会主义精神文明建设，首先要提高党员领导干部自身的精神文明程度。

精神文明建设要不断创新，必须要有新内容、新思路、新方法。要有新内容就是要把社会实践中一些新思想、新理论、新道德观念、新的科学文化知识，及时纳入到精神文明建设的范畴中。在道德方面，要坚持依法治国与以德治国相结合，建立与社会主义市场经济相适应、与社会主义法律规范相协调、与中华民族传统美德相承接的社会主义思想道德体系坚持"八荣八辱"，积极构建社会主义核心价值体系。在科学教育文化方面，要坚持科学技术是第一生产力思想和科教兴国战略；要大力推行科普教育，在全社会形成想信科学、反对迷信的氛围。

社会主义精神文明建设要以人为本，坚持"八荣八辱"，积极构建社会主义核心价值体系。有层次之分，占社会成员大多数的是最普通的人民群众。因此，精神文明建设要面向大多数人。在思想建设方面，以树立共同理想为重点，把全国各族人民团结在中国特色社会主义旗帜下，调动一切因素为全面建设小康社会而奋斗。在道德建设方面，要注重广泛性要求。加强社会公德、职业道德、家庭美德建设。共产党员是人民中的一员，必须自觉遵守道德的广泛性要求；共产党员又不能混同于普通的老百姓，要注重道德的先进性要求，树立共产主义思想道德。道德建设一定要从实际出发，明确先进性与广泛性要求的具体对象，有的放矢的进行。

社会主义精神文明建设必须有与时俱进的新方法。精神文明建设方法上的创新，就是要采用群众喜闻乐见的形式和方法，使人心情愉快地接受。春风化雨，润物无声，这是最有效的手法。思想道德建设要以正面宣传为主，进行灌输。

同时，揭露、批判、道德谴责、法律惩罚也不失为一种好的方式。过去我们运用第一种方式比较多，但对第二种方式用得比较少，在今后的精神文明建设过程中应该适当增加这种方式。精神文明建设的载体也要创新。精神文明建设的载体很多，有书报、广播、影视、标语、文件、会议、口号等等，但在网络出现并且迅速发展的今天，没有那一种载体能比网络传播更快捷、信息更丰富、覆盖面更广阔、影响更深远。我们必须充分认识网络在社会主义精神文明建设中的重要作用，建立自己的精神文明建设网络阵地，尽快把精神文明建设的内容用网络语言表达出来，发挥党和政府在网络上进行思想道德教育和舆论宣传的导向作用。通过网络传播科学文化知识，弘扬优秀的民族传统文化，吸收人类优秀文明成果，大力发展先进文化，支持健康有益文化，努力改造落后文化，使中国特色社会主义文化通过网络在世界得到弘扬。

精神文明建设的规律还很多，而且在精神文明建设的实践中，还会不断发现新的规律。文化体制改革必须遵循精神文明建设的规律。

（二）适应社会主义市场经济的要求

文化建设与经济社会的发展紧密联系在一起，经济体制的变化必然会对文化体制提出新的要求。党的十四大以来，随着我国社会主义市场经济体制的建立和逐步完善，人们的生活水平和生活方式以及思想观念都发生了新变化。这些新变化，一方面为我国文化体制改革提供了方向、指明了道路、赋予了新的动力、创造了新的环境；另一方面也对文化建设提出了新的要求。对文化建设的新要求，集中反映为对文化体制改革的要求。

首先，以市场为参考体系，对文化进行科学分类，是建立与社会主义市场经济体制要求相适应的前提。

文化是一个大概念，其中可以包含许多类别。文化有自身的发展规律，而每一类文化也有自己独有的发展规律。面对市场经济和市场经济体制下人们需求的多样化，结合文化自身发展的规律，建立与社会主义市场经济体制要求相适应的文化体制，必须以市场为尺度，对文化进行科学分类，分清市场文化与非市场文化的边界。就文化和市场的关系而言，可以把文化分为市场文化和非市场文化，前者属于经营性文化，或称它为市场文化；后者属于非经营性文化，或称它为非市场文化。

市场文化，包括各种文化商品和有偿文化服务。依据市场文化在市场运行中的不同地位、不同处境，又大体可以分成三种。一种是高品位高层次的高雅文化。通常包括文化学术论著，高品位的高雅文化作品，高层次高品位的文艺表演，如交响乐、芭蕾、歌剧、话剧以及京剧等。它们都具有商品属性，要进入文化市场，要面对文化的消费者。但是，由于文化精神产品自身的特殊性决定了它的艺术价值和市场价值之间并不完全一致，社会效益和经济效益并不完全统一。高雅文化一般投入大，成本高，并且要求消费者有较高文化层次和较高审美价值。因而，高雅文化在市场上缺乏竞争力，曲高和寡，优而不胜。这类情况在市场经济十分发达的西方国家，也普遍地存在着。另一种是大众通俗文化。包括各种通俗文化出版物：武侠小说、侦破小说、惊险小说；通俗类的录音录像制品，流行音乐磁带，通俗作品录像带；通俗音乐舞蹈的演出等。其特点是读者面大，观众多，营业量大，票房价值高，在市场竞争中处于有利的地位，能给生产经营者带来丰厚的利润和收益。再一类是文化娱乐业，包括歌厅、舞厅、夜总会、音乐酒吧、卡拉 OK 厅以及电子游戏机、桌球活动等。其中，许多项目都具有高消费、高盈利的纯商业文化的性质。

非市场文化的特点是不进入文化市场，也不受价值规律的调控，不依市场的需求来决定其存亡兴衰。这类文化中，又有几种不同的类型。一种是自娱文化。比如，街头文化：公园街头自发开展的交际舞、迪斯科、大秧歌、吹拉弹唱等；企业、机关、学校有组织举办的各类业余文化娱乐活动等。另一种是民俗文化，即民族民间风俗文化。包括节日文化、庙会文化以及各类民俗活动。这些具有深厚传统的民族文化，也都是自娱自乐性质的非经营性文化活动。

另外一种非市场文化，是公益性文化事业，包括公共图书馆、博物馆、科技馆、美术馆、文化馆以及纪念馆等，其目的和宗旨是通过提供文化方面的服务，提高国民的科学文化素质和思想道德素质。这一部分文化事业也不进入市场，不受价值规律调控。尽管有些地方要收取少量的门票费，但不能看作是进入市场的交易行为。

概括地说，文化至少有四大类：自娱性文化、公益性文化、高雅文化、娱乐文化。前两种属于非市场文化，后两种属于市场文化。

其次，在科学分类基础上，应对不同性质不同状况的文化，区别对待、分类指导、分散决策。如果不加区别地把非市场文化与市场文化一锅煮，把高雅文化与娱乐文化一锅煮，就会断送我们的文化事业。所以，坚持分类指导，区别对待，是我们唯一正确的选择。

对于群众自娱性文化包括民族民间风俗文化，要采取积极支持和引导的态度。支持主要是政治支持、思想支持、舆论支持，也包括必要的经济支持。对于公益性文化事业，基于其非经营性质和自身担负的提高国民素质的重大使命，要采取全力支持和保护的态度。要统筹规划公益性文化事业的布局和发展前景，要运用政府的力量组织公益文化设施的建设。对于缺乏市场竞争力的高品位高层次的高雅文化，应该从实际出发，采取有重点有区别的扶植政策。国家要扶植代表国家文化艺术水准的文化艺术团体；地方各级政府也可以依据各自的情况，重点扶植一些文化团体。对于营利性的商业文化，基本由市场供求关系调节，放开搞活。实行自主经营、自负盈亏、自我发展、自我约束的原则，使之成为市场主体和独立的法人实体，通过市场竞争，优胜劣汰。

总之，适应社会主义市场经济要求的文化体制应该是一种保护公益文化，扶持高雅文化，放开、管好商业文化的体制。

三 文化体制改革的重点和方向

我国文化体制改革的总体目标任务是，以发展为主题，以改革为动力，以体制机制创新为重点，形成科学有效的宏观文化管理体制、富有效率的文化生产和服务的微观运行机制、以公有制为主体、多种所有制共同发展的文化产业格局和统一、开放、竞争、有序的现代文化市场体系；要形成完善的文化创新体系，形成以民族文化为主体、吸收外来有益文化，推动中华文化走向世界的文化开放格局。文化体系改革的重点和方向，要围绕总体目标和任务展开进行。

（一）推进文化事业单位和文化企业改革

文化事业单位有不同的性质和不同的功能。文化事业单位的改革要根据文化事业单位的性质和功能，区别对待、分类指导，明确不同的改革要求。

首先，要加大公益性文化事业投入，调整资源配置，逐步构建公共文化服务体系，进一步完善鼓励捐赠和赞助等各项政策，拓宽渠道，引导社会资金以多种方式投入文化公益事业。加大农村文化基础设施建设投入，逐步解决农村文化产品和服务相对缺乏的问题，丰富农民群众精神文化生活。完善城市社区文化设施，加强文物保护，扶持民族优秀传统文化。继续支持中西部地区、老少边穷地区建设和改造文化服务网络。要改进和完善国家扶持方式，坚持和完善有关文化领域的重点扶持政策和措施。要以项止投入为手段，以激发活力为目标，提高资金的使用效益。新闻媒体要坚持正确的舆论导向，始终确保党和人民喉舌的性质。要优化组织结构，整合内部资源，转变经营方式。

其次，要深化文化事业单位的内部改革，推进人事、收入分配和社会保障制度改革，按照政事分开的原则，事业单位和行政机关不得相互混岗。

再次，要深化文化企业改革，规范国有文化事业单位的转制。转制企业要在清产核资的基础上，合理确定产权归属，做好资产评估和产权登记等工作。确认出资人身份，明确出资人权利，建立资产经营责任制。要确保国有资产安全，防止国有资产流失。转制企业自工商登记之日起，实行企业财政、税收、社会保障、劳动人事制度，重视职工权益保障，在一定期限内给予财政、税收等方面的优惠政策。要切实做好劳动人事、社会保障的政策衔接，妥善安排富余人员。要重塑文化市场主体，按照现代企业制度的要求，加快推进国有文化企业的公司制改造，完善法人治理结构。要着力培育外向型文化企业，积极实施"走出去"战略，创新对外文化交流体制和机制。实行政府推动和企业市场化运作相结合，打造一批具有国际竞争力的文化企业，成为实施文化"走出去"战略的主体。

（二）加快文化领域结构调整

文化领域结构调整，是改变城乡、区域、不同所有制以及文化单位内部文化资源布局不合理，满足人民群众文化需要的必然要求。

首先，要合理配置文化资源，盘活存量，优化增量，解决国有文化资产结构失衡、效益不高、闲置浪费问题，科学规划和配置公益性文化事业资源、报刊及广播电视资源，促进文化资源配置向农村和中西部地区倾斜。

其次，要大力提高文化产业规模化、集约化、专业化水平。培育和建设一批出版、电子音像、影视和动漫制作、演艺、会展、文化产品分销等产业基地。重点培育发展一批实力雄厚，具有较强竞争力和影响力的大型文化企业和企业集团，支持和鼓励大型国有文化企业和企业集团实行跨地区、跨行业兼并重组，鼓励同一地区的媒体下属经营性公司之间互相参股。支持中小型文化单位向"专、精、特、新"方向发展，形成富有活力的优势产业群。

再次，要大力推进文化领域所有制结构调整，坚持以公有制为主体，鼓励和支持非公有资本以多种形式进入政策许可的文化产业领域，逐步形成以公有制为主体、多种所有制共同发展的文化产业格局。大力推进文化产业升级，用先进科学技术促进文化产业发展。

（三）培育现代文化市场体系

在市场经济条件下，文化产品和文化服务都在进入文化市场，通过交换提供给消费者。因此，建立和培育完善的现代文化市场体系，对于小康文化建设至关重要。

首先，要加强文化产品和要素市场建设，打破条块分割、地区封锁、城乡分离的市场格局，形成统一、开放、竞争、有序的现代文化市场体系。重点培育书报刊、电子音像制品、演出娱乐、影视剧等文化产品市场。

其次，要加强资本、产权、人才、信息、技术等文化生产要素市场建设，培育和规范以网络为载体的新兴文化市场，大力培育和开拓农村文化市场。

再次，要完善现代流通体制，深化国有发行企业改革，打破按行政级次、行政区划来分配文化产品的旧体制，发展现代流通组织形式。要建立健全市场中介机构和行业组织，提高文化产品和服务的市场化程度。推行知识产权代理、市场开发、市场调查、信息提供、法律咨询等专业化、社会化服务。

最后，要加强文化市场监管，建立依法经营、违法必究、公平交易、诚实可信的市场秩序，创造公开、公开、公正的市场竞争环境。

(四) 加强和改进文化领域宏观管理和组织领导

文化领域是社会主义精神文明建设的重要阵地，培育和建设文化市场，不是放任文化自流发展。在市场经济条件下，党和政府仍然要加强和改革对文化领域的宏观管理的组织领导，确保文化事业健康发展。

首先，要加快转变政府职能，明确文化行政管理部门职责，理顺文化行政管理部门与所属文化企事业单位的关系。健全文化法律法规和政策体系，加强文化立法，通过法定程序将党的文化政策逐步上升为法律法规。继续执行实践证明行之有效的文化经济政策，制定和完善扶持公益性文化事业、发展文化产业、激励文化创新等方面的政策。

其次，要切实加强对改革的组织领导，建立健全党委统一领导、政府大力支持、党委宣传部门协调指导、行政主管部门具体实施、有关部门密切配合的文化体制改革领导体制和工作机制。要高度重视人才队伍建设，按照政治强、业务精作风正的要求，着力培养文化领域的领军人物和专业人才、掌握现代传媒技术的专门人才、懂经营善管理的复合型人才。要积极稳妥地推进文化体制改革，把深化改革与加快发展结合起来，把加强宏观管理与增强微观活力结合起来，把加强思想政治工作与解决实际问题结合起来。同时，要完善配套政策，使文化体制改革与劳动、人事、分配、社会保障、行政管理等各方面的改革相衔接。

结 束 语
和谐文化：小康文化建设的
重要任务

　　构建社会主义和谐社会，是我们党从中国特色社会主义事业总体布局和全面建设小康社会全局出发提出的重大战略任务，反映了建设富强民主文明和谐的社会主义现代化国家的内在要求，体现了全党全国各族人民的共同愿望。和谐文化，是构建社会主义和谐社会的重要任务。小康社会是一种和谐社会，小康文化也应该是和谐文化。和谐文化建设是伴随着和谐社会建设的一个长期过程，在全面建设小康社会的征程上，小康文化必须体现出和谐特征，大力弘扬社会和谐的精神，服务于社会主义和谐社会建设。

一　小康文化的和谐品格

　　小康文化是反映小康社会风貌，具有时代气息、体现中华民族特色的和谐文化。因此，小康文化应该具有浓郁的和谐品种与特征。

　　第一，小康文化要体现出中国传统文化中和谐思想，能够形成广泛的群众共识。我国传统文化中社会和谐的思想十分丰富。孔子说过"和为贵"；墨子提出了"兼相爱"、"爱无差等"的理想社会方案；孟子描绘了"老吾老以及人之老，幼吾幼以及人之幼"的社会状态；《礼记·礼运》中描绘了"大道之行也，天下为公，选贤与能，讲信修睦。故人不独亲其亲，不独子其子，使老有所终，壮有所用，幼有所长，矜、寡、孤、独、废、疾者皆有所养"的大同社会；太平天国运动的领袖洪秀全提出要建立"务使天下共享"，"有田同耕，有饭同食，有衣同穿，有钱同使，无处不均匀，无人不饱暖"的社会生活状态；康有为在《大同书》中提出要建立一个"人人相亲，人人平等，天下为公"的理想社会。这些思想虽然带有不同时代的烙印和历史局限性，在阶级压迫和阶级剥削的旧制度下，是根本无法实现的，但都在一定程度上反映了广大人民群众对美好生活的向往。小康文化要充分吸取这些和谐思想，体现出文化的深厚和谐底蕴，成为凝聚人们的精神纽带。

第二，小康文化要有广泛的兼容性，具有宽阔的世界眼光和博大的人类胸怀。实现社会和谐不仅是从古到今中国人的理想，也是人类所共有的价值追求。在西方，古希腊哲学家毕达哥拉斯第一个明确地把"和谐"作为哲学的根本范畴加以研究。从苏格拉底开始，"和谐"被引入社会领域和人学领域。柏拉图阐述了"公正即和谐"的观点，提出"理想国"构想。亚里士多德认为，一个国家的政权应该由中等阶层来掌握，这样能够很好地协调贫富两个阶层的利益，避免矛盾和冲突，从而实现社会的稳定与和谐。19世纪的法国经济学家巴斯夏撰写了《和谐经济论》，认为"一切正当的利益彼此和谐"，企图建立一种彼此协调而又自由竞争的社会经济体系。现代西方哲学中的和谐思想更是丰富多彩，科学主义揭示了结构的和谐、社会的和谐、宇宙的和谐等。人本主义揭示了人与自然、人与社会的关系，批判人的异化现象，高扬生命的和谐等。宗教哲学鼓吹上帝创造了有序结构、和谐宇宙等。当代西方的一些社会学家对和谐社会提出种种理论和主张，像结构功能论、协和社会论、社会系统论等等，不一而足。总之，自古希腊时期以后，西方的和谐思想源远流长，不同版本的和谐社会蓝图也层出不穷。建设社会主义小康文化，应该借鉴人类文明发展中所形成的和谐思想。

第三，小康文化要充分反映马克思主义、特别是我们党关于社会建设的思想。不同时期的空想社会主义者对社会和谐的蓝图都有着极度的渴望与设想，和谐社会是他们共同的价值追求。傅立叶把他的理想社会制度叫做"和谐制度"，欧文把他在美国的共产主义实验称作"新和谐公社"，魏特林写下了著作《和谐与自由的保证》。马克思、恩格斯对空想社会主义的和谐社会思想进行了批判地继承，他们认为未来社会将会是一个"自由人联合体"，在那里，没有私有制、没有阶级、没有国家，没有城乡之间、脑力劳动和体力劳动之间的对立和差别；全体劳动者的积极性充分发挥，社会物质财富极大丰富、人民精神境界极大提高，实行各尽所能、各取所需，实现每个人自由而全面的发展，在人与人之间、人与自然之间都形成和谐的关系。列宁在领导俄国十月革命和社会主义建设的过程中，也创造性地提出了一系列社会主义和谐社会建设的思想。马克思、恩格斯、列宁关于未来社会的科学设想，指明了构建社会主义和谐社会的前进方向。小康文化只有坚持和发展马克思列宁主义的社会主义社会建设思想，才能充分体现出小康文化的社会主义和谐之特征。

第四，小康文化要总结我们党在社会建设方面的经验，体现我国社会主义社会建设的和谐追求。中国共产党非常重视中国社会的和谐发展，我们党把马克思主义基本原理同中国具体实际相结合，取得了新民主主义革命的胜利，建立了人民当家做主的新中国，进而建立了社会主义制度，为构建社会主义和谐社会创造了根本的政治前提。1956 年，毛泽东发表《论十大关系》这篇重要著作，提出了调动国内外一切积极因素的基本方针，对正确处理我国社会的一些重大关系作出了深刻论述。1957年，毛泽东在《关于正确处理人民内部矛盾的问题》这篇重要著作中，明确提出了社会主义基本矛盾的理论，创立了关于两类不同性质矛盾的学说。尽管由于种种原因，毛泽东的这些正确思想没有得到全面贯彻。但是，毛泽东关于社会主义社会建设的正确思想，对我们构建社会主义和谐社会仍然具有重要的指导意义。党的十一届三中全会以后，以邓小平为核心的党的第二代中央领导集体，深刻总结新中国成立以来正反两方面的经验，断然抛弃"以阶级斗争为纲"的错误方针，果断地把党和国家的工作重点转移到社会主义现代化建设上来，坚定不移地实行改革开放，开辟了建设中国特色社会主义的新道路。邓小平科学阐述了建设中国特色社会主义的一系列重大理论观点，也对社会主义社会建设作出了一系列重要论断。邓小平强调，社会主义的本质，是解放生产力，发展生产力，消灭剥削，消除两极分化，最终达到共同富裕；贫穷不是社会主义，社会主义要消灭贫穷，提高人民的生活水平；社会主义发展生产力，成果是属于人民的；要调动一切积极因素，努力化消极因素为积极因素，团结一切可以团结的力量，为把我国建设成为现代化的社会主义强国而奋斗；要按照统筹兼顾的原则来调节各种利益的相互关系，正确处理人民内部矛盾，调动人民群众的积极性；没有安定团结的政治环境，没有稳定的社会秩序，什么事也干不成。党的十三届四中全会以后，以江泽民为核心的党的第三代中央领导集体，根据国内外形势的发展变化，根据我国经济社会发展的新要求和我们党肩负的新任务，进一步丰富和发展了我们党关于社会主义社会建设的理论。党的十六大以来，中央强调要坚持立党为公、执政为民，做到权为民所用、情为民所系、利为民所谋；牢固树立和落实科学发展观，按照"五个统筹"的要求，推进经济社会全面协调可持续发展；发展党内民主和人民民主，充分调动一切积极因素；坚持以人为本，始终把最广大人民的根本利益作为党和国家工作的根本出发点和落脚点，切实做好关心群众生产生活的工作，等等，都是为了推进社会主义社会建设。小康文化要充分反映这些社会主义社会建设的思想，体现出和谐文化的特征。

第五，小康文化要充分反映时代的特征，反映当代我国经济社会的新变化和我们党执政的新要求。构建社会主义和谐社会，是我们把握复杂多变的国际形势、有力应对来自国际环境的各种挑战和风险的必然要求。和平与发展仍是当今时代的主题，但国际形势继续处于深刻复杂的变化之中。由于世界力量失衡的局面在短期内难以根本改变，世界多极化趋势的发展不会一帆风顺。由于国际经济旧秩序没有根本改变，经济全球化趋势在推动世界经济发展的同时，也给各国特别是发展中国家带来挑战和风险，发展中国家在经济、政治、文化、信息、军事等方面面临着严峻压力。在复杂多变的国际形势下，我们要有力应对来自外部的各种挑战和风险，必须把国内的事情办好，始终保持国家统一、民族团结、社会稳定的局面。从国内看，构建社会主义和谐社会，是我们抓住和用好重要战略机遇期、实现全面建设小康社会宏伟目标的必然要求。目前，我国改革发展正处在一个关键时期，在当前和今后相当长一段时间内，我国经济社会发展面临的矛盾和问题可能更复杂、更突出。我们要实现全面建设小康社会的宏伟目标，就必须正确应对这些矛盾和问题，花更大气力妥善协调各方面的利益关系，正确处理各种社会矛盾，大力促进社会和谐。构建社会主义和谐社会，是巩固党执政的社会基础、实现党执政的历史任务的必然要求，是我们党坚持立党为公、执政为民的必然要求。也是我们党代表最广大人民的根本利益的重要体现，是我们党实现执政的历史任务的重要条件。

总之，小康文化作为一种和谐文化，要深深根植于中国传统和谐文化的沃土之中，为广大人民群众喜闻乐见；要具有宽广的胸怀，能够积极吸收人类社会一切和谐文化的优秀成果，反映人类社会进步的共同要求；要坚持马克思列宁主义关于社会建设的思想理论，汲取我们党建设社会主义社会的经验教训；要面向变化着的当代世界、发展着的当代中国以及我们党执政的历史任务，积极营造国际、国内、党内和我国社会的和谐发展氛围，大力促进全面建设小康社会进程。

二　小康文化建设的和谐内涵与要求

小康文化是和谐文化的现实形态，和谐文化是构建社会主义和谐社会的重要任务。因此，小康文化建设应该遵循和谐文化的建设要求，围绕建设社会主义核心价值观、培育社会主义道德风尚、坚持正确的舆论导向、开展和谐创建活动等方面加强建设。

小康文化建设要把建设社会主义核心价值体系作为重要内容。建设社会主义核心价值体系是建设和谐文化的根本，也是建设小康文化的根本。马克思主义指导思想，中国特色社会主义共同理想，以爱国主义为核心的民族精神和以改革创新为核心的时代精神，社会主义荣辱观，构成社会主义核心价值体系的基本内容。建设社会主义核心价值体系，必须坚持马克思主义在意识形态领域的指导地位，牢牢把握社会主义先进文化的前进方向，弘扬民族优秀文化传统，借鉴人类有益文明成果，倡导和谐理念，培育和谐精神，进一步形成全社会共同的理想信念和道德规范，打牢全党全国各族人民团结奋斗的思想道德基础。坚持把社会主义核心价值体系融入国民教育和精神文明建设全过程、贯穿现代化建设各方面。坚持用马克思主义中国化的最新成果武装全党、教育人民，用民族精神和时代精神凝聚力量、激发活力，倡导爱国主义、集体主义、社会主义思想，加强理想信念教育，加强国情和形势政策教育，不断增强对中国共产党领导、社会主义制度、改革开放事业、全面建设小康社会目标的信念和信心。加强马克思主义理论研究和建设，增强党的思想理论工作的创造力、说服力、感召力。坚持以社会主义核心价值体系引领社会思潮，尊重差异，包容多样，最大限度地形成社会思想共识。要使社会主义核心价值体系，成为全民族奋发向上的精神力量和团结和睦的精神纽带，成为团结全国各族人民全面建设小康社会的内在动力。

小康文化建设要加强社会主义荣辱观教育，培育文明道德风尚。坚持依法治国与以德治国相结合，树立以"八荣八耻"为主要内容的社会主义荣辱观，倡导爱国、敬业、诚信、友善等道德规范，开展社会公德、职业道德、家庭美德教育，加强青少年思想道德建设，在全社会形成知荣辱、讲正气、促和谐的风尚，形成男女平等、尊老爱幼、扶贫济困、礼让宽容的人际关系。普及科学知识，弘扬科学精神，养成健康文明的生活方式。发扬艰苦奋斗精神，提倡勤俭节约，反对拜金主义、享乐主义、极端个人主义。弘扬我国传统文化中有利于社会和谐的内容，形成符合传统美德和时代精神的道德规范和行为规范。加强政务诚信、商务诚信、社会诚信建设，增强全社会诚实守信意识。

小康文化建设要坚持正确导向，营造积极健康的思想舆论氛围。正确的思想舆论导向是促进社会和谐的重要因素。新闻出版、广播影视、文学艺术、社会科学，要坚持正确导向，唱响主旋律，为改革发展稳定营造良好思想舆论氛围。新闻媒体要增强社会责任感，宣传党的主张，弘扬社会正气，通达社情民意，引导社会热点，疏导公众情绪，搞好舆论监督。健全突发事件新闻报道机制，及时发布准确信息。

233

加强对互联网等的应用和管理，理顺管理体制，倡导文明办网、文明上网，使各类新兴媒体成为促进社会和谐的重要阵地。哲学社会科学要坚持以马克思主义为指导，以重大现实问题研究为主攻方向，发挥认识世界、传承文明、创新理论、咨政育人、服务社会的作用。文学艺术要弘扬真善美，创作生产更多陶冶情操、愉悦身心的优秀作品，丰富群众文化生活。坚持不懈地开展"扫黄打非"。

小康文化建设要从维护社会和谐入手，注重群众的生产、生活实践。为此，要广泛开展和谐创建活动，形成人人促进和谐的局面。着眼于增强公民、企业、各种组织的社会责任，把和谐社区、和谐家庭等和谐创建活动同群众性精神文明创建活动结合起来，突出思想教育内涵，广泛吸引群众参与，推动形成我为人人、人人为我的社会氛围。以相互关爱、服务社会为主题，深入开展城乡社会志愿服务活动，建立与政府服务、市场服务相衔接的社会志愿服务体系。注重促进人的心理和谐，加强人文关怀和心理疏导，引导人们正确对待自己、他人和社会，正确对待困难、挫折和荣誉。加强心理健康教育和保障，健全心理咨询网络，塑造自尊自信、理性平和、积极向上的社会心态。

主要参考文献

1.《马克思恩格斯选集》第 1、2、3、4 卷，北京：人民出版社，1995。

2.《马克思恩格斯全集》第 23 卷，北京：人民出版社，1972。

3.《列宁选集》第 2、3、4 卷，北京：人民出版社，1995。

4.《毛泽东选集》第 3、4 卷，北京：人民出版社，1991。

5.《毛泽东文集》第 3 卷，北京：人民出版社，1996。

6.《毛泽东文集》第 7、8 卷，北京：人民出版社，1999。

7.《周恩来选集》上卷，北京：人民出版社，1980。

8.《李大钊文集》（下），北京：人民出版社，1984。

9.《邓小平文选》第 1 卷，北京：人民出版社，1989。

10.《邓小平文选》第 2 卷，北京：人民出版社，1994。

11.《邓小平文选》第 3 卷，北京：人民出版社，1993。

12.《邓小平同志论教育》，北京：人民出版社，1990 年。

13.《江泽民论科学技术》，北京：中央文献出版社，2000。

14.《江泽民论"三个代表"》，北京：中央文献出版社，2001。

15.《江泽民论有中国特色社会主义》（专题摘编），北京：中央文献出版社，2002。

16.《十一届三中全会以来党的历次全国代表大会中央全会重要文件选编》（下），北京：中央文献出版社，1997。

17. 中共中央文献研究室编：《十三大以来重要文献选编》（中），北京：人民出版社，1991。

18. 中共中央文献研究室编：《十三大以来重要文献选编》（下），北京：人民出版社，1993。

19. 中共中央文献研究室编：《十四大以来重要文献选编》（中），北京：人民出版社，1997。

20. 中共中央文献研究室编：《十五大以来重要文献选编》（中），北京：人民出版社，2001。

21.《中国共产党第十五次全国代表大会文件汇编》，北京：人民出版社，1997。

22.《中共中央关于制定国民经济和社会发展第十一个五年规划的建议》（单行本），北京：人民出版社，2005。

23. 中华人民共和国国家统计局编：《新时代，新跨越》，北京：中国统计出版社，2002。

24. 陈至立：《切实落实教育优先发展战略地位》，参见《十六大报告辅导读本》，北京：人民出版社，2002。

25. 朱丽兰等编著：《科教兴国——中国迈向21世纪的重大战略决策》，北京：中共中央党校出版社，1995。

26. 梁漱溟：《东西方文化及其哲学》，北京：商务印书馆，1922。

27. 张岱年：《文化与价值》，北京：新华出版社，2004。

28. 黄楠森、龚书铎、陈先达主编：《有中国特色社会主义文化研究》，济南：山东人民出版社，1999。

29. 许明等著：《建设新世纪的先进文化》，上海：上海社会科学出版社，2002。

30. 郭齐勇：《文化学概论》，武汉：湖北人民出版社，1990。

31. [苏] C.P.米库林斯基等著：《社会主义和科学》，北京：人民出版社，1985。

32. 李述一，李小兵：《文化的冲突与抉择：中国的图景》，北京：人民出版社，1987。

33. 李道中：《中国特色社会主义文化》，北京：经济科学出版社，1998。

34. 曾小华：《文化·制度与社会变革》，北京：中国经济出版社，2004。

35. 刘伟胜：《文化霸权概论》，石家庄：河北人民出版社，2002。

36. 顾作义等：《文化产业论》，广州：广东经济出版社，2001。

37. 郭太风：《文化的主流和支流》，上海：学林出版社，2002。

38. 邓安庆，邓名瑛：《文化建设论：中国当代的文化理念及其系统构建》，长沙：湖南人民出版社，1998。

39. 蔡俊生等：《文化论》，北京：人民出版社，2003。

40. 张骥等：《文化与当代国际政治》，北京：人民出版社，2003。

41. 何玉长等编：《知识就是力量》，广州：广东旅游出版社，1999。

42. [美] 亨廷顿、哈里森主编，程克雄译：《文化的重要作用：价值观如何影响人类进步》，北京：新华出版社，2002。

43. [英] 贝尔著、赵一凡等译：《资本主义文化矛盾》，北京：三联书店，1989。

44. [英] 史密斯著、张美川译：《文化：再造社会科学》，长春：吉林人民出版社版，2005。

45. 孙家正：《牢牢把握中国先进文化前进方向——党的十五大以来我国文化建设的伟大成就》，《求是》，2002（21）

46. 路甬祥：《对国家创新体系的再思考》，《求是》，2002（9）

后 记

2002年5月，我申请了一项关于小康社会研究的国家社科基金青年项目。作为课题主持人，我承担了这一课题的主要研究任务。同时，我也希望借此机会能够带领课题组的同志，对全面建设小康社会问题做更深入、更系统的研究。这一想法很快得到了广东教育出版社社长曾宪志同志的肯定和支持，党的十六大闭幕后不久，他就和我商定出版一套全面建设小康社会研究丛书。几年来，虽然我和课题组有关同志的工作有所变化，课题组个别成员和研究计划也有所调整，但整个研究工作随着理论和实践的发展一直在向前推进。目前呈现在读者面前的这套丛书，就集中反映了各位作者近年的研究成果。

全面建设小康社会研究丛书包括《小康社会论》、《小康经济论》、《小康政治论》和《小康文化论》4部学术著作，着重研究和探讨十六大以来全面建设小康社会进程中遇到的一些重大理论和实践问题。《小康社会论》由我撰写导论、第一至五章及第十二章，中共中央组织部博士李兵撰写第十一章，其他几章约请中共中央党校几位博士撰稿，其中，张爱丰撰写第六章，邹健、胡月英撰写第七章，黄雯、胡月英撰写第八章，黄圣撰写第九章，何芹撰写第十章。

《小康经济论》由中共中央党校副教授、经济学博士曹立撰稿。《小康文化论》由中共中央党校副教授、博士牛先锋撰稿。《小康政治论》由中共中央党校博士胡月英和中共中央党校副教授、博士熊云撰稿，其中第一章由熊云提供初稿、胡月英修改，其他各章均由胡月英撰写。中共中央党校博士詹玲做了大量组织协调工作，为这套丛书的出版作出了积极贡献。

这套丛书强调学术性，力求在借鉴学术界研究成果的基础上提出独立见解；强调现实性，力求从更深层次分析全面建设小康社会的重大理论和实践问题。为了鼓励学术创新，也不要求各位作者在理论上形成一致的学术见解。因此，我虽协助有关作者拟定了写作提纲并承担统稿任务，但文章的责任还是由各位作者自己负责。

在写作过程中，我们吸收、借鉴了理论界的相关研究成果，谨向有关作者表示衷心的感谢。囿于水平所限，本书难免有缺点和疏漏之处，敬请读者批评指正。

白　河

2005 年 11 月于北京